EDMOND GONDINET

THÉATRE

COMPLET

II

LE PANACHE
LES GRANDES DEMOISELLES — JONATHAN
LE TUNNEL — OH! MONSIEUR!

PARIS

CALMANN LÉVY, ÉDITEUR

ANCIENNE MAISON MICHEL LÉVY FRÈRES

3, RUE AUBER, 3

1893

THÉATRE COMPLET

DE

EDMOND GONDINET

II

IMPRIMERIE CHAIX, RUE BERGÈRE, 20, PARIS. — 1894-10-92. — (Encre Lorilleux).

LE PANACHE

COMÉDIE EN TROIS ACTES

Représentée pour la première fois, à Paris, sur le théâtre du PALAIS-ROYAL,
le 12 octobre 1875.

PERSONNAGES

PONTÉRISSON.	MM. GEOFFROY.
BORROMÉE, valet de chambre de Pontérisson.	BRASSEUR.
OSCAR DE VILLECRESNES, avocat.	CALVIN.
BIROCHET, aubergiste.	HYACINTHE.
ALARIC DE FAUQUEMBERGHES, agent matrimonial	PELLERIN.
UN FACTEUR.	PAUL.
LUCRÈCE, femme de Pontérisson . . .	Mmes MARIE MAGNIER.
AMÉNAÏDE, femme de Birochet	GRANDVILLE.
CADISETTE. .	JULIETTE BARATAUD.
MÉLIE. . . . . Servantes de l'hôtel du	RAYMONDE.
MANDA . . . . Cadran vert.	LINDA.
FANCHETTE .	MIETTE.

POMPIERS, PAYSANS ET PAYSANNES.

De nos jours ; le premier acte à PARIS, les deux autres à MONTBRISON.

NOTA. — Toutes les indications sont prises de la gauche et de la droite du spectateur. — Les changements de position sont indiqués par des renvois au bas des pages.

S'adresser, pour la mise en scène détaillée, au régisseur général du théâtre du Palais-Royal. Et pour la musique, au chef d'orchestre du théâtre.

LE PANACHE

ACTE PREMIER

Un riche salon. — A gauche, premier plan, un piano. — Deuxième plan,
la chambre de Pontérisson. — Troisième plan, en pan coupé, un cabinet de
toilette. — Au fond, la porte d'entrée. — A droite, premier plan, une cheminée. — Deuxième plan, la chambre de Lucrèce. — Troisième plan, en pan
coupé, une fenêtre. — A droite, près de la cheminée, un canapé et un petit
guéridon. — Entre la porte de la chambre de Pontérisson et la porte du cabinet de toilette, un cactus dans un riche cache-pot. — Grandes glaces sur
la cheminée et au-dessus du piano. — Fauteuils, chaises, tabouret de piano, etc...

SCÈNE PREMIÈRE

LUCRÈCE, puis OSCAR.

Lucrèce entre par la gauche, deuxième plan, avec une figure rayonnante. Elle va à
la fenêtre ; elle l'ouvre ; elle prend une jardinière, la pose devant la fenêtre, va au
piano et joue le finale du premier acte des *Brigands* : « J'entends un bruit de bottes » ;
— Oscar paraît à la porte du fond, qu'il ouvre vivement.

OSCAR, essoufflé*.

Me voici.

LUCRÈCE, se levant

Enfin !

* Lucrèce, Oscar.

OSCAR.

Comment, enfin ! Aussitôt que j'ai aperçu le cactus, je me suis précipité dans mes escaliers, j'ai traversé la rue au pas gymnastique...

LUCRÈCE, le prenant par la main et le faisant asseoir près d'elle, sur le canapé*.

Approchez, approchez vite.

OSCAR, inquiet.

Votre mari ne rentrera pas?

LUCRÈCE.

Il est sorti furieux ; je lui ai fait une scène.

OSCAR.

Pourquoi?

LUCRÈCE.

Pour rien... en déjeunant.

OSCAR.

Vous m'aviez promis de le ménager.

LUCRÈCE.

Il m'agace !

OSCAR.

C'est le meilleur des hommes.

LUCRÈCE.

Il m'exaspère, il m'horripile... Mais ne parlons que de nous.

OSCAR.

De nous... de nous seuls. Votre femme de chambre n'ouvrira pas la porte, comme l'autre jour?

LUCRÈCE.

Je lui ai permis d'aller voir sa famille... à l'École militaire. Vous pouvez être tranquille.

* Oscar, Lucrèce.

OSCAR.

Quel raisonnement! — Et le valet de chambre?

LUCRÈCE.

Borromée? Je l'ai envoyé à l'ambassade d'Espagne, et quand Borromée entre chez le concierge d'un ambassadeur, il n'en revient plus.

OSCAR.

Vous pensez à tout, chère Lucrèce; mais vous devriez vous méfier de Borromée.

LUCRÈCE.

Pourquoi?

OSCAR.

Il a servi chez des cocottes.

LUCRÈCE, se levant et passant à gauche*.

Qu'entendez-vous par là?

OSCAR, se levant.

Je... j'entends qu'il a été le valet de chambre de mademoiselle Gudulette.

LUCRÈCE.

Parce qu'elle se faisait appeler baronne. Il a un faible pour l'aristocratie.

OSCAR.

Et puis... sa façon de parler n'est pas naturelle.

LUCRÈCE.

Dites qu'il bredouille... un peu. Mais tout vous effraye depuis quinze jours.

OSCAR.

Pour vous, pour vous seulement.

LUCRÈCE.

Moi, j'aime le danger. Et, d'ailleurs, j'ai une bonne nouvelle.

_____
* Lucrèce, Oscar.

OSCAR, inquiet.

Ah !

LUCRÈCE.

Mon mari va partir.

OSCAR.

Quand ?

LUCRÈCE.

Dans deux heures.

OSCAR.

Où va-t-il ?

LUCRÈCE.

A Neuvy-Pailloux.

OSCAR.

Quoi faire ?

LUCRÈCE.

Soigner sa candidature au conseil municipal.

OSCAR.

Les élections sont faites.

LUCRÈCE.

Une vacance vient de se produire dans son canton. On vote dimanche ; M. Pontérisson se présente ; il sera élu ; nous le ferons nommer maire.

OSCAR.

Il veut être maire ?

LUCRÈCE.

C'est son rêve.

OSCAR.

A Neuvy-Pailloux ?

LUCRÈCE.

A Neuvy-Pailloux, faute de mieux.

OSCAR.

Et pourquoi ?

LUCRÈCE.

Pour être quelque chose, — comme tout le monde. — Il aime le... le...

OSCAR.

Le panache!

LUCRÈCE.

Oui.

OSCAR, avec élan, passant à gauche *.

Voilà un homme qui a tout ce qu'il faut pour vivre heureux : une fortune énorme, un hôtel à Paris, une femme adorable... et qui a la niaiserie...

LUCRÈCE, l'interrompant, avec tendresse.

Ingrat!

OSCAR, ne comprenant pas.

Moi!

LUCRÈCE.

Il sera absorbé par les affaires de la commune; je le connais : il dormira avec son écharpe.

OSCAR.

Oh! oui, oui, ingrat, triple ingrat!

LUCRÈCE.

Maintenant, rentrez chez vous, restez caché derrière vos rideaux et attendez le cactus.

OSCAR, avec embarras.

C'est que, ce matin, je...

LUCRÈCE.

Vous hésitez?

OSCAR.

J'ai une affaire importante...

LUCRÈCE.

Monsieur de Villecresnes, vous ne m'aimez plus!

OSCAR.

J'attendrai... j'attendrai. — Adieu, Lucrèce.

LUCRÈCE.

Adieu, Oscar.

* Oscar, Lucrèce.

OSCAR, avec déchirement.

Oh !

LUCRÈCE, de même.

Oh !

Oscar sort par le fond. Lucrèce remet le cactus en place, ferme la fenêtre, va s'asseoir près du guéridon, prend un journal, y jette les yeux, pousse un cri d'étonnement, court à la fenêtre, l'ouvre, remet le cactus et va au piano rejouer le même air.

OSCAR, revenant encore plus essoufflé que la première fois et tombant sur un fauteuil, au fond *.

Me voici !

LUCRÈCE, se levant vivement.

Enfin !

OSCAR.

Comment, enfin ! Je...

LUCRÈCE, le prenant par la main et le faisant descendre.

Écoutez cela.

Elle prend le journal.

OSCAR, à part.

Ne vous logez jamais en face de la femme qui vous aime.

LUCRÈCE, lisant.

« Le *high life* parisien est menacé de perdre un de ses membres les plus distingués ; M. O. de V... »

OSCAR, vivement.

Ce n'est pas moi.

LUCRÈCE, continuant.

« Serait désigné pour une haute position en province. »

OSCAR.

C'est absurde ! c'est ridicule ! — (A part.) Diable de journal ! — (Haut.) Mais il y a beaucoup de noms commençant par un V.

LUCRÈCE.

Et de prénoms par un O ?

OSCAR.

Octave, Olivier, Olydor. Eh ! tenez, j'ai un oncle, — très distingué aussi, — qui s'appelle Ovide.

* Lucrèce, Oscar.

LUCRÈCE.

Vous me jurez qu'il ne s'agit pas de vous?

OSCAR.

Si je vous le jure!... Mon rêve, à moi, n'est-il pas de vivre caché derrière mes rideaux, épiant ce cactus, écoutant la divine harmonie de ce piano?

LUCRÈCE.

Faut-il vous croire?

OSCAR.

Certes, il le faut!

LUCRÈCE.

C'est que si vous m'abandonniez jamais...

OSCAR.

Ne dites pas cela. (A part.) Nous aurons des larmes.

LUCRÈCE.

Je sens que je ferais des folies.

OSCAR, prenant le journal et le jetant sur le guéridon.

Maudit journal! qui vous trouble ainsi sans raison.

LUCRÈCE.

Touchez mes mains, mon ami : elles sont glacées.

OSCAR, lui prenant les mains.

Mais oui, oui : elles sont froides, ces pauvres menottes. — (Brusquement, en changeant de ton.) Nous ne sommes pas seuls.

LUCRÈCE.

Comment?

OSCAR.

On a remué derrière cette porte.

Il indique le cabinet de toilette.

LUCRÈCE.

C'est le cabinet de toilette de mon mari. Allez voir... (Oscar va pour ouvrir *.) Prenez garde.

Il touche à la porte, qui s'ouvre, et on aperçoit Borromée devant la toilette se frottant énergiquement la tête avec deux énormes brosses.

* Oscar, Lucrèce.

1.

OSCAR et LUCRÈCE, ensemble.

Borromée!

LUCRÈCE.

Que fait-il?

OSCAR.

Il se donne une contenance. — Il écoutait.

LUCRÈCE.

Qu'avons-nous dit?

OSCAR.

Je ne sais plus.

LUCRÈCE.

Ni moi.

Oscar remonte à droite *. — Borromée, devant une glace, se regarde en s'éloignant pour mieux juger sa coiffure et entre dans le salon sans s'en   ercevoir.

SCÈNE II

LUCRÈCE, OSCAR, BORROMÉE.

BORROMÉE, tenant un flacon.

Voilà une eau que je ne connaissais pas; elle embaume. (Il en met sur ses cheveux.) Oh! madame la baronne!

OSCAR.

Hein ?

LUCRÈCE.

Baronne?

BORROMÉE.

Pardon, pardon ! — Dans mon trouble, je dis : Madame la baronne, parce que j'ai servi chez une baronne, et j'ai pris l'habitude de dire : Madame la baronne. Je trouve que c'est plus court.

LUCRÈCE, bas à Oscar.

Il nous nargue.

* Borromée, Lucrèce, Oscar.

OSCAR.

J'en ai peur.

LUCRÈCE, à Borromée.

Je croyais vous avoir chargé de porter une lettre...

BORROMÉE.

A l'ambassade d'Espagne, — oui, madame. — Mais je ne pouvais me présenter chez un ambassadeur sans avoir fait... le cabinet de toilette de monsieur.

LUCRÈCE.

Il doit être fait ?

BORROMÉE, se regardant dans la glace.

A peu près, madame la bar... madame. Je me trompe toujours. Madame me pardonne ?

LUCRÈCE.

Oui, Borromée, oui, je vous pardonne.

Borromée remonte lentement, va se débarrasser de ses brosses, de son flacon, et revient avec son chapeau.

LUCRÈCE, bas, à Oscar.

Avez-vous remarqué son sourire ironique ?

OSCAR.

Et son air narquois ?

BORROMÉE, se retournant *.

Puisque madame est en si bonnes dispositions aujourd'hui, je lui rappellerai qu'elle m'a promis d'intercéder auprès de M. Pontérisson.

Lucrèce et Oscar se regardent avec inquiétude.

LUCRÈCE.

Pourquoi ?

BORROMÉE.

Pour ma livrée.

LUCRÈCE.

M. Pontérisson tient beaucoup à celle qu'il a choisie.

* Lucrèce, Borromée, Oscar.

BORROMÉE.

Elle est terne. Il n'y a même pas de plumet sur la cocarde. — Je rougis de me présenter ainsi à l'ambassade.

LUCRÈCE.

Cela n'a pas d'importance.

BORROMÉE.

Pas d'importance !... Mais tout est là, madame. Quand j'étais chez madame la baronne de Sainte-Gudulette, j'avais une perruque poudrée et des aiguillettes. Aussi madame la baronne était considérée : elle recevait des princes qui faisaient antichambre avec moi, — et sans mon accident...

OSCAR.

Votre accident ?

BORROMÉE, vivement.

Monsieur ne sait pas ? — Madame la baronne de Sainte-Gudulette avait l'habitude de sonner un coup pour sa femme de chambre, deux pour moi. Un matin, elle sonne un coup, j'en entends deux. Je me précipite dans son boudoir : elle sortait du bain. J'ai eu un tel saisissement que je suis tombé à la renverse dans la baignoire, et en tombant je me suis mordu le bout de la langue. Depuis lors, je prononce moins bien. Je ne peux plus poser une annonce importante. — Je dirai parfaitement : Monsieur Pontérisson ; mais s'il faut dire : Monsieur le marquis de la Haute-Futaie de la Roche-Filandreuse, — c'est clair, mais seulement ça n'a pas d'éclat. (Avec désespoir.) Je ne peux plus servir que dans la bourgeoisie. J'ai donné la préférence à M. Pontérisson, parce que nous sommes du même pays. Mais monsieur m'avait promis qu'il serait bientôt quelque chose, — quelque chose d'officiel, — et que j'aurais un costume de chasseur, avec un chapeau à cornes et des plumes de coq.

LUCRÈCE.

Cela viendra.

BORROMÉE.

Je trouve que madame ne pousse pas assez monsieur; madame n'est pas assez ambitieuse pour monsieur, — et pourtant·tout est là.

LUCRÈCE.

Nous en recauserons, Borromée. Contentez-vous de cette livrée pour aujourd'hui, et allez à l'ambassade.

BORROMÉE, à la porte, en se redressant.

Madame peut compter sur mon zèle. — Je vais à l'ambassade.

Il disparait par le fond.

LUCRÈCE.

Il était dans ce cabinet de toilette pour nous épier.

OSCAR.

Il est peut-être encore là. .

LUCRÈCE.

. Il nous a entendus.

OSCAR.

Il n'a pas perdu un geste.

LUCRÈCE.

Et il est dévoué à mon mari.

OSCAR.

Il lui dira tout.

LUCRÈCE.

Que faire?

OSCAR.

Réfléchissons avec calme. — C'est lui!

LUCRÈCE.

Non, — c'est M. Pontérisson.

OSCAR.

Déjà?

SCÈNE III

LUCRÈCE, OSCAR, PONTÉRISSON.

Pontérisson entre timidement par le fond, regarde Lucrèce avec inquiétude, va à Oscar, lui presse la main avec un soupir, sans prononcer un mot, et s'avance avec précaution vers Lucrèce.

PONTÉRISSON *.

Est-ce fini ?

LUCRÈCE.

Non, monsieur

PONTÉRISSON.

Ah !

Il se retourne avec douceur et se dirige vers la porte du cabinet. Oscar fait un mouvement pour le retenir.

LUCRÈCE.

Mais je ne vous renvoie pas.

PONTÉRISSON, s'arrêtant étonné et avec la même douceur.

Ah ! (Bas,‘ à Oscar.) Vous allez me soutenir, n'est-ce pas?

OSCAR.

Comme toujours, vous le savez bien.

PONTÉRISSON, revenant à sa femme.

Lucrèce !

LUCRÈCE.

Mon cher ami !

PONTÉRISSON, aussi joyeux que surpris.

J'aime à croire que tu fais des vœux pour le succès de ma candidature ?

LUCRÈCE.

Les vœux les plus ardents.

PONTÉRISSON.

Tu désires que je triomphe dimanche ?

* Lucrèce, Pontérisson, Oscar.

LUCRÈCE.

Beaucoup.

PONTÉRISSON.

Cela dépend de toi.

LUCRÈCE, étonnée.

De moi?

PONTÉRISSON.

Si tu voulais m'accompagner...

LUCRÈCE.

A Neuvy-Pailloux?

OSCAR, vivement.

Mais oui, mais oui.

PONTÉRISSON.

Je te présenterais à mes électeurs.

LUCRÈCE.

Moi?

PONTÉRISSON.

Ils seraient flattés.

LUCRÈCE.

Vous croyez?

PONTÉRISSON.

On ne sait pas l'influence d'une femme.

LUCRÈCE.

Ne comptez pas sur la mienne.

PONTÉRISSON.

Si je te priais de venir?

LUCRÈCE.

Ce serait inutile.

PONTÉRISSON.

Et si je l'exigeais?

LUCRÈCE.

Ce serait plus inutile encore.

OSCAR, lui faisant des signes désespérés.

Oh!

PONTÉRISSON, furieux.

Mais, madame, je suis votre mari.

LUCRÈCE.

Je m'en aperçois bien.

PONTÉRISSON.

Neuvy-Pailloux est mon domicile politique.

LUCRÈCE.

Cela m'est égal.

PONTÉRISSON.

Et je peux vous contraindre...

LUCRÈCE, avec violence.

Jamais, jamais, jamais, jamais!

Elle va s'asseoir sur un fauteuil en lui tournant le dos.

PONTÉRISSON, allant à Oscar, avec calme.

Voilà! voilà!

OSCAR, navré.

Madame Pontérisson est un peu vive, mais au fond...

PONTÉRISSON.

Elle est insupportable.

OSCAR, se récriant.

Oh!

PONTÉRISSON.

Insupportable... mais c'est exprès; je l'ai choisie ainsi pour
me préparer aux luttes de la tribune.

Il va au guéridon et se met à sonner.

OSCAR.

Ah!

PONTÉRISSON.

Vous comprenez qu'un homme qui a vécu trois ans avec
madame Pontérisson... (Il sonne encore.) peut affronter toutes
les interruptions. (Imitant le député à la tribune.) Non, messieurs,

non... (Il sonne encore.) vos murmures, vos cris et vos couteaux
à papier... (Il carillonne.) ne parviendront pas à m'émouvoir.
(Il carillonne.) J'en ai bien vu d'autres.

Oscar s'efforce de l'empêcher de sonner, il recommence.

LUCRÈCE.

Qu'avez-vous à sonner ainsi?

PONTÉRISSON.

J'appelle Borromée.

OSCAR et LUCRÈCE, à part.

Borromée!

PONTÉRISSON, recommençant.

Il est donc sourd?

LUCRÈCE.

Je crois qu'il est sorti.

OSCAR, qui est allé ouvrir le cabinet de toilette, avec joie *.

Oui, oui, il est sorti.

PONTÉRISSON.

Mais il m'est nécessaire à l'instant même.

LUCRÈCE.

Pourquoi?

PONTÉRISSON.

Je l'emmène à Neuvy-Pailloux.

OSCAR **.

Hein?

LUCRÈCE.

Il vous faut un domestique pour un voyage de quelques
jours?

PONTÉRISSON.

Je ne l'emmène pas comme domestique, je l'emmène
comme électeur.

OSCAR et LUCRÈCE.

Ah!

* Oscar, Lucrèce, Pontérisson.
** Lucrèce, Pontérisson, Oscar.

PONTÉRISSON.

Il est né à Neuvy-Pailloux, il est inscrit à Neuvy-Pailloux, il vote à Neuvy-Pailloux ; il m'est indispensable.

LUCRÈCE.

Je vous l'enverrai par le train suivant.

PONTÉRISSON.

Ce n'est pas la même chose. Et puis ma malle n'est pas faite.

LUCRÈCE.

Nous vous la ferons.

PONTÉRISSON.

Qui ?

LUCRÈCE.

M. de Villecresnes et moi.

OSCAR.

Mais certainement, certainement.

PONTÉRISSON.

Vous consentiriez ?...

LUCRÈCE.

Puisqu'il s'agit de votre élection.

PONTÉRISSON.

C'est que... mes habits ne sont pas brossés.

LUCRÈCE.

Nous les brosserons.

OSCAR.

Nous les brosserons.

PONTÉRISSON.

Je suis confus.

OSCAR.

Pourquoi ?

LUCRÈCE.

Votre malle est dans le cabinet de toilette ?

PONTÉRISSON.

Oui, bobonne.

OSCAR.

Je vais la prendre.

Il entre vivement dans le cabinet de toilette.

LUCRÈCE, le suivant et s'arrêtant à la porte.

Quels vêtements emportez-vous ?

PONTÉRISSON.

Tous, — je les emporte tous, — pour varier suivant la nuance de mes électeurs.

LUCRÈCE.

Très bien.

PONTÉRISSON.

Ils sont admirables !

Oscar revient avec la malle, — Lucrèce avec des vêtements et une brosse. — Ponté-risson ému s'empare d'eux et les conduit ainsi jusque sur le devant de la scène *.

PONTÉRISSON.

Oscar ! Lucrèce ! je suis ému ; votre empressement me prouve que vous avez compris l'importance pour moi de cette bataille électorale. — Vous reconnaissez qu'il n'y a pas de petit théâtre pour un homme politique. Merci, merci.

Il s'essuie les yeux.

LUCRÈCE, laissant tomber les objets qu'elle tenait à la main.

Maladroite ! (Apercevant une photographie qui s'est échappée des effets.) Qu'est cela ?

PONTÉRISSON, se baissant pour ramasser la photographie.

Ce n'est rien.

LUCRÈCE, qui l'a prise avant lui.

C'est votre photographie ?

PONTÉRISSON, voulant la lui reprendre.

Oui, bobonne, oui.

LUCRÈCE, lisant au dos.

« A mademoiselle Honesta. »

* Oscar, Pontérisson, Lucrèce.

PONTÉRISSON.

Rends-moi cela.

LUCRÈCE, lisant.

« *Incessu patuit Dea.* »

PONTÉRISSON.

C'est du latin.

LUCRÈCE.

Qui veut dire ?

PONTÉRISSON.

Demande à Oscar.

PONTÉRISSON et OSCAR, qui est au fond, à gauche,
s'occupant de la malle. Ensemble.

Dea, la déesse...

LUCRÈCE.

La déesse !

PONTÉRISSON et OSCAR.

Patuit, se dévoile...

LUCRÈCE.

Se dévoile !

PONTÉRISSON et OSCAR.

Incessu...

LUCRÈCE, avec pudeur.

N'achevez pas.

PONTÉRISSON, étonné.

Comment ! — *Incess...*

LUCRÈCE, avec autorité.

N'achevez pas. — Ah ! il y a une demoiselle Honesta !

PONTÉRISSON, avec mystère.

Très importante ! C'est la sœur du greffier.

LUCRÈCE.

Quel greffier ?

PONTÉRISSON.

Le greffier de Neuvy-Pailloux.

LUCRÈCE.

Et vous lui envoyez votre photographie ?

PONTÉRISSON.

Je l'envoie à toutes les dames du canton.

LUCRÈCE et OSCAR.

Ah !

PONTÉRISSON.

Chut !... n'en parlez pas, on m'accuserait de corruption électorale.

OSCAR, qui est descendu en scène.

Avec des dédicaces en latin ?

PONTÉRISSON.

Non, non, je mets ordinairement : « A la belle, à la spirituelle, à l'élégante, à la charmante... » — Honesta n'est pas jolie, elle n'est pas élégante, elle n'est pas spirituelle, mais elle est énorme. Alors j'ai mis : « *Incessu patuit Dea.* » La déesse se reconnait à son... à sa prestance. — Et tu as cru ?... Oh ! Lucrèce ! Oh ! (Montrant la photographie à Oscar.) Comment me trouvez-vous ?

OSCAR.

Parfait !

Lucrèce remonte.

PONTÉRISSON.

N'est-ce pas ? J'avais donné quelques conseils au photographe.

OSCAR, étonné.

Vous avez une décoration ?

PONTÉRISSON.

C'est un faux pli. — Le hasard a fait ce qu'un gouvernement aveugle... Mais ne traitons pas de questions irritantes. — Savez-vous si le ministre a lu ma dernière brochure : *Quelques réformes ?*

OSCAR.

Comment le saurais-je ?

PONTÉRISSON.

Par votre ami le secrétaire général.

OSCAR.

Mon ami et le vôtre.

PONTÉRISSON.

Vous me l'avez présenté : il daigne m'appeler son ami ;
Vous reconnaîtrez que je ne lui ai fait aucune avance. Je
ne lui ai pas caché que pour servir mon pays j'accepterais
les plus hautes fonctions, mais je ne lui ai rien demandé.
Et alors... on m'oublie... Mais ne traitons pas de questions
irritantes.

Il va au guéridon enfermer la photographie avec les autres.

LUCRÈCE, à part *.

Oh! mon Dieu!

OSCAR.

Quoi?

LUCRÈCE.

Borromée est revenu.

OSCAR.

Hein?

LUCRÈCE.

Emparez-vous de lui.

OSCAR.

Moi?

LUCRÈCE.

Trouvez un prétexte pour l'éloigner.

OSCAR.

Mais votre mari?

LUCRÈCE.

Je vais l'emmener... (Allant à Pontérisson **.) Monsieur Pontérisson?

PONTÉRISSON.

Bobonne! (Entre ses dents.) Ne traitons pas de questions irritantes.

* Lucrèce, Oscar, Pontérisson.
** Oscar, Lucrèce, Pontérisson.

LUCRÈCE.

Laissez M. de Villecresnes achever votre malle.

PONTÉRISSON.

Pauvre Oscar! — Mais je regrette de ne pas voir Borromée.

LUCRÈCE, vivement.

Et allez vous habiller.

PONTÉRISSON.

Je n'ai qu'à prendre un autre chapeau, à mettre une autre cravate.

Oscar remonte vers la droite et s'occupe des habits de Pontérisson *.

LUCRÈCE.

Je vais vous l'attacher.

PONTÉRISSON, stupéfait.

Toi! toi!

LUCRÈCE.

De mes blanches mains.

PONTÉRISSON, à part.

Je ne l'ai jamais vue si douce.

LUCRÈCE.

Allons, allons, venez vite.

PONTÉRISSON.

Ah! si tu voulais m'accompagner?

LUCRÈCE.

Je ne peux vivre qu'à Paris.

PONTÉRISSON.

Deux jours seulement.

LUCRÈCE.

J'en mourrais!

PONTÉRISSON.

Et si tu mettais tes diamants?

* Lucrèce, Pontérisson, Oscar.

LUCRÈCE, se dirigeant vers la porte.

Ne parlons plus de cela.

PONTÉRISSON, à Oscar.

J'aurais quinze cents voix de majorité! quinze cents!

OSCAR, bas, à Pontérisson.

Insistez.

PONTÉRISSON.

Vous croyez?

OSCAR.

Oui.

PONTÉRISSON, à Lucrèce qui est déjà entrée à gauche, deuxième plan.

Quinze cents voix de majorité, Lucrèce! quinze cents!

Il sort en la suivant.

OSCAR, seul, s'occupant de la malle.

Si elle pouvait le suivre! Mais non, elle restera... elle restera seule... et ce serait le moment de lui avouer que ce
journal avait raison... que je suis nommé... en province...
très loin... à Nice ou à Pau, mais ce n'est pas encore fait.
On se presserait davantage si on connaissait ma situation.
(Borromée entre.) En attendant, il faut que je renvoie Borromée.

SCÈNE IV.

OSCAR, BORROMÉE.

Borromée est entré furibond, par le fond, son chapeau sur la tête;
il marche à grands pas *.

OSCAR, à part.

Comment vais-je entamer la conversation? Il garde son
chapeau sur la tête; il ne m'a pas vu. (Haut.) Borromée?

* Borromée, Oscar.

BORROMÉE.

Monsieur?

OSCAR, à part.

Il n'ôte pas son chapeau!

BORROMÉE, à Oscar.

Quand les maîtres manquent de confiance envers leurs
gens, ça finit toujours mal.

OSCAR, étonné.

Ah! diable.

BORROMÉE, avec force.

Toujours!

OSCAR.

Voudriez-vous aller jusqu'au boulevard?...

BORROMÉE.

Je ne peux plus sortir.

OSCAR, étonné.

Bah!... Ce cher Borromée! que vous est-il donc arrivé?

BORROMÉE.

Un autre accident.

OSCAR.

Bah!

BORROMÉE.

Madame la baronne m'envoie à l'ambassade d'Espagne.
Très bien. J'entre chez M. le concierge principal. Très bien.
Il causait avec trois de mes collègues. Très bien. Je me découvre; ils se mettent à rire tous les quatre. Je m'incline;
ils rient plus fort.

OSCAR.

Pourquoi?

BORROMÉE.

Parce que M. Pontérisson a manqué de confiance.

OSCAR.

Comment cela?

BORROMÉE.

Mon maître se teint les cheveux.

OSCAR.

Ah! ah!

BORROMÉE.

Et il ne me le dit pas.

OSCAR.

Oh! fi!

BORROMÉE.

Alors, moi, je me frictionne sans défiance...

OSCAR, comprenant.

Ah!

BORROMÉE.

Naturellement.

OSCAR.

Et vos cheveux?...

BORROMÉE, ôtant son chapeau et montrant ses cheveux.

Pas partout... pas partout!

OSCAR.

Oh! mon pauvre Borromée!

On entend sonner à la porte extérieure.

BORROMÉE, remettant son chapeau, à Oscar.

On sonne.

OSCAR.

Oui, on sonne.

BORROMÉE.

Monsieur aurait-il l'obligeance d'aller ouvrir à ma place?

OSCAR.

Moi?

BORROMÉE.

Monsieur ne voudrait pas que je fisse rire encore, quand j'ôterai mon chapeau.

OSCAR.

Eh bien, ne l'ôtez pas.

BORROMÉE.

Pour qui monsieur me prend-il?

OSCAR.

Puisque vous le gardez ici.

BORROMÉE.

Ici, je ne suis pas en fonctions, j'ai seulement l'honneur de causer avec monsieur; mais, dans mon antichambre...

OSCAR.

Alors, ôtez-le.

BORROMÉE, avec aigreur.

Monsieur est sans pitié! sans pitié!

Il sort majestueusement par le fond.

OSCAR.

Et je ne peux rien dire! Et il faut que je sois poli avec ce valet! parce qu'il était là quand madame Pontérisson m'appelait Oscar!... Je ne lui ai rien répondu de grave, moi... Mais je lui ai pris les mains. Ah! sapristi! je lui ai pris les mains!... et il devait regarder par le trou de la serrure! Allons, il faut acheter son silence. (Tirant son portefeuille.) Je n'ai que cinq cents francs.

BORROMÉE, revenant très digne, son chapeau à la main *.

C'est le valet de chambre de monsieur.

OSCAR.

Joseph?

Il va pour sortir.

BORROMÉE.

Monsieur va ouvrir maintenant?

OSCAR.

Je vais savoir ce que me veut Joseph.

BORROMÉE.

C'est inutile, monsieur.

* Borromée, Oscar.

OSCAR.

Ah!

BORROMÉE.

Je connais mon service... (Tout à coup.) Monsieur a ri.

OSCAR.

Moi?... non, oh! non... je ne ris pas.

BORROMÉE.

Je croyais. M. Alaric de Fauquemberghes...

OSCAR.

Je ne connais pas.

BORROMÉE.

Monsieur rit en dedans.

OSCAR.

Ah! je vous jure que non.

BORROMÉE.

M. Alaric de Fauquemberghes attend depuis une heure dans le salon de monsieur.

OSCAR.

Eh bien, qu'il attende!

BORROMÉE.

J'ai rempli ma mission.

Il va vers le fond.

OSCAR, le retenant.

Borromée, vous êtes un homme d'esprit.

BORROMÉE.

Oui, monsieur.

OSCAR.

Eh bien, moi aussi... et, entre gens d'esprit, il est facile de s'entendre.

BORROMÉE.

Oui, monsieur.

OSCAR, lui mettant un billet de cinq cents francs dans la main.

Tenez.

BORROMÉE, stupéfait, regardant le billet.

Quoi?

OSCAR, bas, avec intention.

Afin de vous engager à être discret.

BORROMÉE.

Cinq cents francs?

OSCAR.

A compte!

BORROMÉE.

Pour ne pas dire que mon maître se teint les cheveux?

OSCAR.

Comment!

BORROMÉE.

Ah! vous êtes un ami, vous.

OSCAR, ahuri.

Il ne savait rien.

BORROMÉE.

Ah! pour un ami, vous êtes un ami. Voilà ce que j'appelle un ami.

Il va pour sortir.

OSCAR, à part.

Mais je suis volé, moi. (Courant après Borromée.) Permettez...

BORROMÉE, s'arrêtant.

Quoi?

OSCAR, après un moment d'hésitation.

Aidez-moi donc à faire cette malle.

BORROMÉE.

Volontiers, monsieur, très volontiers. (Tout en plaçant les effets dans la malle.) Mais puisque monsieur est si bon, je me permettrai de lui demander un service.

OSCAR, faisant passer les vêtements à Borromée, qui les place dans la malle.

A moi?

BORROMÉE.

Monsieur doit savoir comment ça s'enlève...

2.

OSCAR.

Quoi?

BORROMÉE.

La teinture.

OSCAR.

Ça ne s'enlève pas.

BORROMÉE, faisant un bond.

Ça ne s'enlève pas! — Comment, ça ne s'enlève pas?

Fauquemberghes paraît au fond.

SCÈNE V

OSCAR, BORROMÉE, FAUQUEMBERGHES.

FAUQUEMBERGHES, très prétentieux, cheveux très noirs, se présentant avec l'aplomb d'un commis voyageur *.

M. de Villecresnes?

OSCAR.

Hein!

Il a des vêtements sous les bras, sur les épaules, dans les mains.

BORROMÉE.

Oh!

Il cherche à cacher ses cheveux en se présentant de face et en relevant prodigieusement le menton.

OSCAR, très embarrassé.

C'est moi, monsieur.

FAUQUEMBERGHES, se présentant.

Alaric de Fauquemberghes.

OSCAR, très mécontent.

Mais, je ne suis pas chez moi.

* Borromée, Fauquemberghes, Oscar.

FAUQUEMBERGHES.

Vous excuserez mon indiscrétion quand vous saurez ce qui m'amène. Je viens du ministère de l'intérieur.

OSCAR.

Ah! (Il laisse tout tomber.) Ah! vous venez...?

FAUQUEMBERGHES.

Oui.

BORROMÉE, à Oscar *.

Monsieur?

OSCAR.

Quoi?

BORROMÉE.

Si je me frottais avec de la benzine?

OSCAR.

De la benzine?

BORROMÉE.

Ça détache.

OSCAR.

Essayez.

BORROMÉE.

Je vais essayer.

OSCAR.

Et enlevez cette malle.

BORROMÉE.

Volontiers.

Il achève de mettre tous les vêtements dans la malle et la ferme.

OSCAR, à Alaric.

Vous me trouvez travaillant pour un ami, sans façon; mais croyez bien, monsieur, que j'ai, quand il le faut, la gravité et la dignité nécessaires.

FAUQUEMBERGHES.

Oh! monsieur!...

* Fauquemberghes, Oscar, Borromée.

BORROMÉE, allant à Fauquemberghes *.

Monsieur sait peut-être comment ça s'enlève.

FAUQUEMBERGHES.

Quoi donc?

BORROMÉE.

La teinture.

FAUQUEMBERGHES.

Mais non, je ne sais pas, je ne sais pas du tout. Comment saurais-je?

BORROMÉE.

Je croyais.

Il entre dans le cabinet de toilette avec la malle.

FAUQUEMBERGHES, passant à droite **.

Comment saurais-je? (A Oscar.) J'avais l'honneur de vous dire...

OSCAR, vivement et à mi-voix.

Que vous venez du ministère de l'intérieur. Je n'ai confié à personne que je sollicitais ma rentrée dans l'administration... de peur d'un échec.

FAUQUEMBERGHES.

Mais vous êtes nommé!

OSCAR, avec joie.

Je suis préfet!

FAUQUEMBERGHES.

Vous serez compris dans la prochaine promotion.

OSCAR.

Préfet!... où?

FAUQUEMBERGHES.

A Montbrison.

OSCAR.

A Montbrison! Ce doit être affreux, Montbrison! mais j'accepte, monsieur, j'accepte, et je ferai un préfet excel-

* Fauquemberghes, Borromée, Oscar.
** Oscar, Fauquemberghes.

lent. J'ai un système d'administration : la douceur! je n'emploie que la douceur.

FAUQUEMBERGHES.

J'avais l'honneur de vous dire...

Borromée revient.

OSCAR.

Nous ne sommes pas seuls.

BORROMÉE*.

Rien n'y fait, monsieur, rien; au contraire. -

OSCAR.

Je vous avais prévenu.

BORROMÉE.

Alors, je prends une résolution.

OSCAR.

Prenez.

BORROMÉE.

Je vais m'achever.

OSCAR.

Allez.

BORROMÉE, à Fauquemberghes.

On imbibe, n'est-ce pas? et on laisse sécher.

FAUQUEMBERGHES.

Mais, je ne sais pas, moi, je ne sais pas du tout.

BORROMÉE.

J'ai lu l'instruction. On laisse sécher vingt-deux minutes, en interceptant l'air. C'est très simple. J'aurai la nuance de mon maître.

Il rentre dans le cabinet de toilette.

FAUQUEMBERGHES.

Comment saurais-je? (**A** Oscar **.) Je vous disais donc, monsieur...

---

* Oscar, Borromée, Fauquemberghes.

** Oscar, Fauquemberghes.

OSCAR, à mi-voix.

Que je suis compris dans le mouvement général. Je désire que ma nomination reste secrète.

FAUQUEMBERGHES.

C'est de rigueur.

OSCAR, plus bas.

J'ai une... parente... une vieille parente... qui m'aime beaucoup... et qui est très nerveuse...

FAUQUEMBERGHES, parlant bas comme lui.

Est-ce qu'elle est ici ?

OSCAR.

Comment, ici? Non, elle n'est pas ici. Ici, nous pouvons parler haut.

FAUQUEMBERGHES.

Très bien.

OSCAR, parlant encore plus bas.

Elle ferait une scène épouvantable si elle apprenait ma omination par le journal.

FAUQUEMBERGHES.

Je comprends, cher monsieur, je comprends parfaitement.

OSCAR.

Je vous supplie donc de rappeler au secrétaire général qu'il m'a promis une lettre officieuse constatant que je n'ai pas sollicité, que le gouvernement me nomme malgré moi, et cætera, et cætera.

FAUQUEMBERGHES.

Parfait, parfait! une lettre à montrer.

OSCAR.

Et je la voudrais aujourd'hui même, parce que ce soir ma parente sera seule, et la scène que je prévois...

FAUQUEMBERGHES, finement.

Ne donnerait pas l'éveil au mari.

OSCAR, souriant.

Si vous voulez !... vous direz tout cela au secrétaire
général.

FAUQUEMBERGHES.

Volontiers. Seulement, je n'ai pas l'honneur de le connaître.

OSCAR, étonné.

Vous ne venez pas de sa part ?

FAUQUEMBERGHES.

Non.

OSCAR.

Vous n'êtes pas attaché au ministère de l'intérieur ?

FAUQUEMBERGHES.

Pas du tout.

OSCAR.

Vous me dites que vous en sortez !

FAUQUEMBERGHES.

Je sors d'y voir un ami qui me renseigne.

OSCAR, en colère.

Et vous me laissez vous conter mes petites affaires ?

FAUQUEMBERGHES.

Oh! monsieur, vous allez être rassuré; veuillez jeter les
yeux sur ma carte.

OSCAR, lisant.

« Discrétion, célérité. »

FAUQUEMBERGHES.

« Mariages brillants. »

OSCAR, ahuri.

Vous êtes un agent matrimonial?

FAUQUEMBERGHES, sa'uant.

« Spécialité de fonctionnaires. »

OSCAR, furieux.

Comment, monsieur, vous vous permettez de vous présenter sans qu'on vous appelle?

FAUQUEMBERGHES, avec aplomb.

Oui, monsieur, mes collègues se bornent à unir les gens
qui songent à se marier; où est le mérite? — Moi, je m'a-
dresse à ceux qui n'y songent pas. J'ai élargi, en l'élevant,
ou plutôt j'ai élevé, en l'élargissant, la profession matrimo-
niale. A l'affût de toutes les nominations, mutations et pro-
motions, je viens à vous et je vous crie discrètement : L'heure
est venue, mais le temps vous manque; vous avez des amis
à voir, des visites à rendre, des cartes à envoyer, une ins-
tallation à organiser; ne vous dérangez pas. Je suis là. (Oscar,
exaspéré de ne pouvoir placer un mot, va et vient dans le fond *.) J'ai
pour tout ce qui porte l'habit brodé, l'hermine, le chapeau
à plumes ou l'aigrette, des dots superbes avec des beaux-
pères à souhait et presque pas de belles-mères. Voilà ce que
j'appelle répondre à un des besoins de notre époque. (Oscar
veut parler, il l'en empêche.) Vous allez à Montbrison ! accepteriez-
vous, à Montbrison, une dot de cinq cent mille francs, avec
un château gothique, parc et chasses réservées?

OSCAR, avec une colère concentrée.

Monsieur, je vous répondrai poliment parce que je ne
suis pas chez moi. Croyez bien que sans cela...

FAUQUEMBERGHES, sans se déconcerter.

Mademoiselle Ernestine de Montjovi, — joli nom, — vingt-
trois ans, — ne veut épouser qu'un préfet.

OSCAR.

Je vous répète, monsieur...

FAUQUEMBERGHES, continuant.

J'ai télégraphié que le nouveau titulaire était garçon.

Fauquemberghes, Oscar.

OSCAR, ne l'écoutant pas *.

C'est trop fort.

FAUQUEMBERGHES, de même.

Le père me répond : « Enfin ! » — Pourrai-je dire que vous avez bien accueilli cette première ouverture ?

OSCAR, exaspéré.

Comment !... (Pontérisson entre.) On vient...

FAUQUEMBERGHES, saluant.

Je le pourrai.

Il remonte comme pour sortir, et s'arrête à la porte en voyant entrer Pontérisson.

SCÈNE VI

OSCAR, FAUQUEMBERGHES, PONTÉRISSON.

PONTÉRISSON, entrant vivement par la droite **.

J'ai fait le tour pour vous demander un service en cachette de ma femme. Le maire de Neuvy-Pailloux a donné sa démission... (Apercevant Fauquemberghes.) Ah ! pardon !

OSCAR, vivement.

Monsieur est venu pour moi, il se retirait. (Pontérisson salue.) — Le maire de Neuvy-Pailloux a donné sa démission, et vous voulez ?

PONTÉRISSON, tirant un journal de sa poche.

Je veux d'abord que vous sachiez ce que pense de moi un écrivain indépendant. Lisez cet article-là, troisième colonne.

Oscar lit.

FAUQUEMBERGHES, revenant et s'adressant à Pontérisson.

Permettez-moi, monsieur, de vous remettre ma carte : « Alaric de Fauquemberghes ».

* Oscar, Fauquemberghes,
** Oscar, Pontérisson, Fauquemberghes.

PONTÉRISSON, lisant.

« Agent matrimonial. »

FAUQUEMBERGHES, saluant.

« Spécialité de fonctionnaires. »

PONTÉRISSON, d'un ton sentencieux.

Si j'avais l'honneur d'être quelque chose dans les conseils du gouvernement, je favoriserais le développement des agences matrimoniales, dans l'intérêt des masses.

FAUQUEMBERGHES, avec enthousiasme.

Monsieur me comprend !

PONTÉRISSON.

Si vous lisiez ma brochure : *Quelques réformes...*

FAUQUEMBERGHES.

Je la lirai.

PONTÉRISSON.

Ou mon autre brochure : *De l'influence des couleurs sur la politique,* que j'appelle plus simplement : « La Politico-chromatisation », — vous verriez que j'ai tout un système d'administration. D'abord, une main de fer. Je ploie tout sous ma main de fer.

OSCAR, intervenant, son journal à la main.

Excellent ! excellent !

PONTÉRISSON.

Aimable ! c'est aimable ! — « Pontérisson, notre compatriote, cet homme de génie... » — c'est aimable ! Ne pourriez-vous pas mettre ce journal sous les yeux de notre ami le secrétaire général ? Cela vous sera plus facile qu'à moi.

OSCAR.

Parfaitement.

PONTÉRISSON.

Allez jusqu'au bout. « Cet homme supérieur, trop modeste... »

FAUQUEMBERGHES, à l'oreille de Pontérisson.

Je marie monsieur.

PONTÉRISSON, surpris.

Oscar ?

FAUQUEMBERGHES.

En province. Cinq cent mille francs de dot, château gothique, parc et chasses réservées.

PONTÉRISSON.

Ah !... Il aurait dû me le dire.

FAUQUEMBERGHES, saluant *.

Au revoir, cher monsieur, à l'honneur de vous revoir.

Il sort par le fond.

PONTÉRISSON.

Oscar aurait dû me le dire. (D'un ton froissé.) Mais puisqu'il ne me le dit pas... c'est bien.

OSCAR.

Le secrétaire général lira cet article aujourd'hui.

PONTÉRISSON, d'un ton peiné.

Merci, mon ami, merci.

OSCAR.

Qu'est-ce qu'il a donc ?

SCÈNE VII

PONTÉRISSON, OSCAR, LUCRÈCE, puis BORROMÉE.

LUCRÈCE, venant de sa chambre **.

Comment ! vous êtes là ?

---

* Oscar, Fauquemberghes, Pontérisson.
** Oscar, Lucrèce, Pontérisson.

PONTÉRISSON.

Oui... oui... je venais voir si ma malle était prête.

OSCAR.

Borromée l'achève.

PONTÉRISSON.

Il est revenu ?

Il va sonner.

LUCRÈCE, étonnée.

Borromée ?

PONTÉRISSON.

Je tiens à ce que Borromée m'accompagne, pour qu'il ne subisse pas, avant le vote, des influences étrangères.

Il sonne.

OSCAR, bas, à Lucrèce.

Il n'a rien vu, il n'a rien entendu. C'est un imbécile.

LUCRÈCE, bas.

Alors, rentrez chez vous, restez caché derrière vos rideaux, et attendez...

OSCAR.

Le cactus. (A part.) Je cours au ministère.

BORROMÉE, entrant, la tête absolument enveloppée dans un madras *.

Monsieur a sonné ?

PONTÉRISSON.

Oui.

BORROMÉE, bas, à Oscar.

Ça marche ! ça marche !

PONTÉRISSON, le regardant.

Qu'est cela ?

BORROMÉE.

J'ai ma migraine.

OSCAR.

Bon voyage, mon cher Pontérisson, et bonne chance !

* Lucrèce, Oscar, Borromée, Pontérisson.

PONTÉRISSON, d'un air pincé.

Merci, cher ami, merci.

OSCAR.

Qu'est-ce qu'il a donc?... (Avec cérémonie.) Madame !

LUCRÈCE, lui rendant le même salut.

Monsieur !

Oscar sort par le fond.

BORROMÉE, allant à la glace et regardant sa montre [*].

Encore sept minutes et demie.

SCÈNE VIII

PONTÉRISSON, BORROMÉE, LUCRÈCE.

PONTÉRISSON, à Lucrèce, aussitôt qu'Oscar a refermé la porte.

Je ne suis pas content d'Oscar.

LUCRÈCE, souriant.

Vraiment !

PONTÉRISSON.

Il se marie.

LUCRÈCE.

Lui?

PONTÉRISSON.

En province. Cinq cent mille francs de dot, château gothique, parc et chasses réservées.

LUCRÈCE, suffoquée, à part.

Il se marie! en province!... Tout s'explique.

PONTÉRISSON.

Ne trouves-tu pas qu'il aurait dû me le dire?

LUCRÈCE.

Oui, oui...

* Lucrèce, Pontérisson, Borromée.

PONTÉRISSON.

Au point où nous en sommes! (D'un ton très vexé.) Mais je
ne suis pas susceptible, et, d'ailleurs, j'ai bien d'autres préoccupations. Il faut que je cause avec Borromée, avant de
monter en wagon.

BORROMÉE, devant la glace, tenant sa montre à la main.

Encore deux minutes et quart.

Lucrèce a couru à la fenêtre; — elle a posé le cactus, elle se dirige vers le piano.

PONTÉRISSON, l'arrêtant du geste.

Oh! non! oh! non! — Tu joues toujours le même air...

LUCRÈCE, fermant le piano et sortant.

Je vais chez lui.

Elle sort vivement par le fond.

PONTÉRISSON.

Merci!

BORROMÉE.

Ça y est.

Il enlève son madras et apparait avec une superbe chevelure blonde.

SCÈNE IX

PONTÉRISSON, BORROMÉE.

PONTÉRISSON*.

Borromée!

Il s'arrête stupéfait en le voyant. Borromée, souriant avec satisfaction, mais très
inquiet, s'avance vers lui. Pontérisson le considère avec des yeux ébahis. Borromée
ne bronche pas.

BORROMÉE.

Monsieur désire me parler?

PONTÉRISSON.

Oui, oui. — Que diable avez-vous donc?

* Pontérisson, Borromée.

BORROMÉE.

Rien, monsieur, rien.

PONTÉRISSON.

Comment, rien? Vous aviez les cheveux noirs?

BORROMÉE.

Oui, monsieur.

PONTÉRISSON.

Et maintenant ils sont jaunes.

BORROMÉE.

Ils sont jaunes?... C'est un accident.

PONTÉRISSON.

Un accident

BORROMÉE.

J'époussetais dans le cabinet de toilette de monsieur...

PONTÉRISSON.

Chez moi?

BORROMÉE.

Mon plumeau a accroché une fiole.:.

PONTÉRISSON.

Hein?

BORROMÉE.

Et les éclaboussures...

PONTÉRISSON.

Taisez-vous.

BORROMÉE.

Bien, monsieur.

PONTÉRISSON, à part.

S'il ne devait pas voter dimanche!... (Haut.) Vous feriez croire que je me teins les cheveux?

BORROMÉE.

Monsieur peut être tranquille; on m'a payé pour ne pas le dire.

PONTÉRISSON.

On vous a payé! Qui?

BORROMÉE.

M. de Villecresnes.

PONTÉRISSON.

Bah!

BORROMÉE.

Monsieur peut se vanter d'avoir un ami. Ah! pour un ami, c'est un ami.

PONTÉRISSON.

Bon Villecresnes! — Il fait des trait pareils et il ne m'annonce pas son mariage.

BORROMÉE.

Il m'a mis dans la main...

PONTÉRISSON.

Combien?

BORROMÉE.

Cinq cents francs.

PONTÉRISSON.

Je les lui rendrai.

BORROMÉE.

Ça me fera plaisir.

PONTÉRISSON.

Borromée?

BORROMÉE.

Monsieur!

PONTÉRISSON.

Nous. . (Il regarde et s'arrête. A part.) C'est tout à fait ma nuance (Haut.) Nous allons partir pour Neuvy-Pailloux.

BORROMÉE.

Je suis prêt, monsieur.

PONTÉRISSON.

Très bien... On... (Il le regarde et s'arrête encore. A part.) Il est très désagréable de voir ses cheveux sur la tête de son domestique.

BORROMÉE.

Monsieur n'a plus rien à me dire?

PONTÉRISSON.

Je n'ai pas commencé. — On vote dimanche pour l'élection d'un... (Même jeu, à part.) J'ai l'air d'être son fils... (Haut.) D'un conseiller municipal... Vous êtes électeur.

BORROMÉE.

Électeur... (Se redressant avec importance.) Oui, je suis électeur.

PONTÉRISSON.

Je me présente.

BORROMÉE, d'un ton protecteur.

Ah! ah! ah! monsieur se présente.

PONTÉRISSON, devenant petit garçon.

Je ne chercherai pas à influencer votre vote.

BORROMÉE.

Monsieur est bien bon.

PONTÉRISSON.

Vous agirez selon vos convictions.

BORROMÉE.

Oui, monsieur.

PONTÉRISSON.

Et selon votre conscience.

BORROMÉE, se redressant de plus en plus.

Oui, monsieur.

PONTÉRISSON.

Je ne vous dirai donc rien.

BORROMÉE.

Bien, monsieur.

PONTÉRISSON.

Vous me connaissez?

BORROMÉE.

Comme moi-même.

3.

PONTÉRISSON.

Puis-je compter sur votre voix ?

BORROMÉE.

Je l'espère.

PONTÉRISSON.

Merci.

BORROMÉE.

Pourtant...

PONTÉRISSON, étonné.

Pourtant?...

BORROMÉE.

Je désirerais adresser à monsieur quelques questions.

PONTÉRISSON.

C'est votre droit.

BORROMÉE.

Que pense monsieur de l'impôt sur les boissons?

PONTÉRISSON, prenant malgré lui l'attitude et le ton d'un candidat à la tribune.

L'impôt sur les boissons? Je vous sais gré de m'avoir adressé cette grave et intelligente question. Personne, mieux que moi, ne saurait y répondre. Ceux qui ont lu ma brochure : *Quelques réformes*...

BORROMÉE.

Je ne l'ai pas lue.

PONTÉRISSON.

Je le regrette. — Ceux qui l'ont lue n'en peuvent douter. Ne supprimons pas, équilibrons. Demandons plus à l'impôt et moins aux contribuables.

BORROMÉE.

Bravo!

PONTÉRISSON.

Voilà le problème : il est posé ; n'en exigeons pas davantage. Laissons au temps et au progrès le soin de le résoudre.

BORROMÉE, enthousiasmé.

Ah! bravo! bravo! vous êtes mon homme, vous!

PONTÉRISSON, avec modestie.

Je vous ai satisfait? J'en suis heureux. — Mettez-moi
mon paletot.

BORROMÉE, lui mettant son paletot *.

Oui, monsieur. — Pourquoi monsieur n'est-il pas député?

PONTÉRISSON.

Pourquoi? pourquoi?... Ne traitons pas de questions irritantes.

BORROMÉE.

J'aurais voulu être le valet de chambre d'un député ou
d'un... d'un personnage... d'un...

PONTÉRISSON, lui tapant sur le bras *.

N'anticipons point sur les événements.

BORROMÉE.

Monsieur m'avait promis qu'il serait bientôt... quelque
chose et que j'aurais un chapeau à cornes avec des plumes
de coq.

PONTÉRISSON:

N'anticipons pas. Je suis conseiller municipal... Je vais
être maire; il suffit d'une occasion pour me faire distin-
guer. Que le ministre entende prononcer mon nom; qu'il
lise ma brochure : *Quelques réformes*, ou mon autre brochure : *De l'influence des couleurs sur la politique*, que
j'appelle plus simplement : « La Politico-chromatisation... »

BORROMÉE.

Je ne l'ai pas lue.

PONTÉRISSON.

Je le regrette. (Tirant un journal de sa poche.) Voulez-vous

* Borromée, Pontérisson.
** Pontérisson, Borromée.

voir ce que pense de moi un écrivain indépendant? Là...
« Élection de Neuvy-Pailloux   Le concurrent du sieur
Jean-Paul Bachelu... »

BORROMÉE.

Bachelu! Bachelu, Jean-Paul?

PONTÉRISSON.

Un crétin.

BORROMÉE.

C'est mon oncle.

PONTÉRISSON.

Votre oncle?

BORROMÉE.

Bachelu, Jean-Paul, dit Poulot! Le mari de la sœur de
papa!

PONTÉRISSON.

J'espère qu'entre monsieur Jean-Paul, dit Poulot, et moi
vous n'hésiterez pas.

BORROMÉE.

Oh! non... Oh! non. Je voterai pour Jean-Paul.

PONTÉRISSON.

Comment?

BORROMÉE.

C'est mon homme!

PONTÉRISSON.

Vous venez de me promettre votre voix.

BORROMÉE.

Monsieur ne me disait pas qu'il avait l'honneur d'être le
concurrent de mon oncle.

PONTÉRISSON.

Vous devez me supposer plus intelligent que le sieur
Bachelu.

BORROMÉE.

Monsieur a dit qu'il ne voulait pas m'influencer?

PONTÉRISSON.

Je ne vous influence pas, je vous éclaire.

BORROMÉE.

Je vote pour mon oncle.

PONTÉRISSON.

Connaissez-vous ses opinions?

BORROMÉE.

Je ne les connais pas, mais je les partage.

PONTÉRISSON.

Enfin, j'ai votre parole.

BORROMÉE.

Vive Bachelu ! — Quand partons-nous ?

PONTÉRISSON, remettant le journal dans sa poche et passant à droite*.

Nous ne partons pas.

BORROMÉE.

Oh !

PONTÉRISSON.

Je partirai demain, sans vous.

BORROMÉE.

J'accompagnerai monsieur.

PONTÉRISSON.

Je vous le défends.

BORROMÉE.

Alors, j'irai de mon côté.

PONTÉRISSON.

Êtes-vous, oui ou non, mon domestique ?

BORROMÉE.

Je quitterai plutôt le service de monsieur.

* Borromée, Pontérisson.

PONTÉRISSON.

Vous le quitterez. Ah ! oui, vous le quitterez... dans huit jours seulement.

BORROMÉE.

On n'a pas le droit de violenter un électeur.

PONTÉRISSON.

Je ne vous violente pas comme électeur, je vous violente comme domestique.

BORROMÉE.

Je vous abandonne mes huit jours.

PONTÉRISSON.

Je ne les accepte pas.

BORROMÉE.

Je partirai.

PONTÉRISSON.

Vous ne partirez pas.

BORROMÉE.

Si.

PONTÉRISSON.

Non.

BORROMÉE.

C'est ce que nous verrons.

PONTÉRISSON.

Je vais vous conduire devant le commissaire.

BORROMÉE.

Je suis prêt à y suivre monsieur.

PONTÉRISSON.

A l'instant!

BORROMÉE.

A l'instant!

Ils s'apprêtent à sortir quand Lucrèce paraît.

SCÈNE X

LES MÊMES, LUCRÈCE.

LUCRÈCE, stupéfaite *.

Que se passe-t-il?

PONTÉRISSON.

Rien, Lucrèce, rien.

LUCRÈCE.

Vous manquerez le train.

PONTÉRISSON.

Je ne pars plus.

LUCRÈCE.

Vous ne partez plus?

PONTÉRISSON.

Non, je conduis Borromée chez le commissaire.

LUCRÈCE.

Comment?

BORROMÉE.

C'est-à-dire que j'y suis monsieur.

PONTÉRISSON.

Je vous y conduis.

BORROMÉE.

J'y suis monsieur.

PONTÉRISSON, furieux.

Borromée!

BORROMÉE.

Monsieur!

---

* Borromée, Pontérisson, Lucrèce.

PONTÉRISSON, le prenant au collet.

Je vous y conduis.

BORROMÉE.

Je vous y suis. Vive Bachelu !

PONTÉRISSON, exaspéré.

Ah !

Ils sortent tous les deux par le fond.

SCÈNE XI

LUCRÈCE, puis OSCAR.

LUCRÈCE, seule.

Oscar n'était pas chez lui ; on m'a dit qu'il devait être au ministère de l'intérieur. J'ai couru au ministère ! il n'y était plus.

Elle va à la fenêtre.

OSCAR, entrant[*].

Je les ai vus partir... comme des gens en retard. Elle doit être seule. (L'apercevant.) Ah !

Il prend immédiatement un air navré.

LUCRÈCE, se retournant.

C'est lui.

Elle reste debout affectant le plus grand calme.

OSCAR.

Ah ! Lucrèce !

LUCRÈCE, se contenant, et d'une voix douce.

Qu'avez-vous, mon ami ?

OSCAR.

Nous sommes exposés, nous autres hommes, à de ter- ribles luttes.

Oscar, Lucrèce.

LUCRÈCE.

Quelles luttes, mon ami?

OSCAR.

Si vous saviez ce qui m'arrive! Non, je n'oserai jamais vous le dire moi-même. (Tirant une lettre de sa poche.) Lisez cette lettre.

LUCRÈCE.

Lisez-la vous-même; vous la lirez mieux.

OSCAR.

Vous voulez?...

LUCRÈCE.

Je vous écoute.

OSCAR.

Elle est de notre ami le secrétaire général, — l'ami de M. Pontérisson et le mien.

LUCRÈCE.

Ah!

OSCAR, lisant.

« Mon cher ami... (Il s'interrompt entre chaque phrase pour pousser des soupirs désolés.) Un homme de votre valeur ne peut plus long-temps rester inutile. » Ouh! ouh! « Vous nous êtes néces-saire. » Hi! hi! hi! « Aussi je ne vous consulte pas. » Euh! euh! euh! « Je vous annonce seulement que vous êtes nommé préfet... » Hou! hou! hou! « A Montbrison. » Hi! hi! hi! hi!

LUCRÈCE.

A Montbrison!

OSCAR.

Oui. (Avec sanglots.) C'est horrible! horrible!

LUCRÈCE.

Continuez.

OSCAR.

« La nomination ne sera officielle que dans quelques jours. Gardez le secret jusque-là. (Redoublant ses sanglots.) Je ne veux

ni remerciements, ni visite, et je n'admets pas de refus. »
— C'est un ordre.

LUCRÈCE.

Cette nomination vous surprend-elle beaucoup?

OSCAR.

Si elle me surprend!... vous n'avez donc pas écouté? Lisez,
Lucrèce, lisez vous-même.

LUCRÈCE, prenant la lettre avec colère et la froissant dans sa main.

Est-ce qu'elle n'a pas été sollicitée par votre futur beau-
père?

OSCAR, étonné.

Mon beau-père!... Quel beau-père?

LUCRÈCE, avec éclat.

Ne voyez-vous pas que je sais tout?

OSCAR.

Mais non, mais non. Je vous jure...

LUCRÈCE.

Après les serments que vous m'aviez faits!

OSCAR, éperdu.

Vous allez vous évanouir; elle va s'évanouir. J'ai des sels.

LUCRÈCE, se redressant tout à coup.

J'entends mon mari!

OSCAR.

Il n'est pas parti?

LUCRÈCE.

Il ne part pas.

OSCAR.

Grand Dieu! mais s'il vous voit dans cet état...

LUCRÈCE.

Sortez.

OSCAR.

Je ne puis vous laisser ainsi.

LUCRÈCE.

Vous voulez donc me perdre?

OSCAR, ahuri.

Vous perdre, moi?...

LUCRÈCE.

Le voici!

OSCAR.

Oh!

Il s'esquive par la porte de droite.

LUCRÈCE, froissant la lettre avec rage.

Oh! le perfide! le perfide!

Elle tombe évanouie sur le canapé.

SCÈNE XII

LUCRÈCE, PONTÉRISSON*.

PONTÉRISSON, revenant maussade.

Le commissaire a été partial... Il a été partial. — Lucrèce!
Lucrèce évanouie!... Que s'est-il passé? Bobonne, reviens à
toi, bobonne!... Une lettre... dans sa main crispée! Une
lettre froissée!... (Devenant très soucieux.) Oh! oh! qu'est cela?

LUCRÈCE, ouvrant les yeux et apercevant Pontérisson, avec effroi.

Il lit la lettre d'Oscar!

Pontérisson a hésité avant de lire la lettre, mais aux premières lignes sa figure
s'éclaire; elle s'illumine, elle rayonne. Lucrèce n'ose plus le regarder.

PONTÉRISSON, allant à elle et s'efforçant de contenir sa joie.

Voyons, bobonne, voyons. Tu aimes Paris. Je comprends
ton émotion, mais pas jusqu'à l'évanouissement. Montbrison
n'est pas Neuvy-Pailloux.

LUCRÈCE, le regardant avec des yeux effarés.

Quoi?...

* Pontérisson, Lucrèce.

PONTÉRISSON, continuant.

C'est une ville, — petite, mais enfin c'est une ville.

LUCRÈCE, ahurie.

Comment?

PONTÉRISSON.

Allons, bobonne, console toi : ça devait arriver.

LUCRÈCE, n'y comprenant rien.

Ah!

PONTÉRISSON.

Mais j'ai des dispositions à prendre, moi. (Appelant.) Holà! quelqu'un! holà! quelqu'un!

SCÈNE XIII

Les Mêmes, OSCAR, puis BORROMÉE.

La porte du fond est restée ouverte; on aperçoit Oscar qui cherche à s'esquiver, au moment où Borromée paraît, tenant sa livrée sur le bras.

PONTÉRISSON.

Oscar! Entrez, cher ami. (Apercevant Borromée qui entre.) Borromée!

BORROMÉE.

Je vous rapporte ma livrée.

PONTÉRISSON, à Oscar*.

J'ai une grande nouvelle à vous annoncer.

OSCAR, un peu surpris.

Ah!

PONTÉRISSON.

Le gouvernement n'est pas aussi aveugle que nous le supposions.

---

* Borromée, Oscar, Pontérisson, Lucrèce.

OSCAR, cherchant à comprendre.

Vraiment?

PONTÉRISSON.

Je suis nommé préfet.

OSCAR, stupéfait.

Vous?

BORROMÉE, avec joie.

Monsieur est préfet!

Il se met en devoir de remettre sa livrée.

PONTÉRISSON.

A Montbrison.

OSCAR, ahuri.

Hein?

PONTÉRISSON, lui tendant la lettre.

Et on dit qu'il faut solliciter!

ACTE DEUXIÈME

Une vaste cuisine avec une énorme cheminée et un grand luxe de cuivre, formant le salon de conversation à l'hôtel du *Cadran vert*. — A gauche : premier plan, une porte vitrée conduisant à la salle à manger ; — deuxième plan, une vaste cheminée à manteau ; — troisième plan, un couloir conduisant à l'intérieur. — Au fond, à gauche, un grand fourneau au-dessus duquel est suspendue la batterie de cuisine. — Au milieu, la porte d'entrée donnant sur la cour de l'hôtel. — A droite, premier plan, une porte ; — deuxième plan, un dressoir chargé de vaisselle ; — troisième plan, une porte. — Au fond, à droite, une petite porte par laquelle on voit les premières marches d'un escalier qui conduit à l'étage supérieur. — A droite, une grande table de cuisine. — Entre la porte du fond et l'escalier, la huche au pain. — Près de la cheminée, un panier rempli de bûches. — Chaises, etc., etc.

SCÈNE PREMIÈRE

BIROCHET, AMÉNAÏDE, CADISSETTE, FANCHETTE, puis MANDA et MÉLIE.

Cadissette lave la vaisselle. Fanchette arrange le feu. Brochet lit un journal, *l'Écho de Montbrison*.

BIROCHET, à Aménaïde qui entre par le fond.

Nous n'avons pas encore de préfet !

AMÉNAÏDE, sans l'écouter *.

Pas tant de bois, Fanchette ; tu veux donc mettre le feu à Montbrison ?

* Fanchette, Aménaïde, Cadissette, Birochet.

BIROCHET, la poursuivant.

Mame Birochet!

AMÉNAÏDE.

Monsieur Birochet?

BIROCHET.

Nous n'avons pas encore de préfet.

AMÉNAÏDE, allant à la table *.

Que voulez-vous que j'y fasse? — Ne frotte pas si fort, Cadissette, tu uses le linge.

CADISSETTE.

Oui, mame Birochet.

BIROCHET.

Je veux que vous vous étonniez, comme mon journal...

AMÉNAÏDE.

Votre journal!... En voilà un oracle!

BIROCHET.

Comme mon journal et comme moi-même, que le gouvernement nous laisse ainsi...

AMÉNAÏDE.

Le gouvernement a bien d'autres chats à fouetter.

BIROCHET, lui prenant le bras.

L'ancien préfet est parti depuis quinze jours.

AMÉNAÏDE, versant du lait dans un vase.

Ne renversez pas mon lait.

BIROCHET.

M. le secrétaire général hérite de sa belle-mère, en Belgique.

AMÉNAÏDE, à Cadissette.

Va chercher de l'eau, Cadissette.

CADISSETTE.

Oui, mame Birochet.

Elle sort.

* Fanchette, Cadissette, Birochet, Aménaïde.

BIROCHET.

La préfecture marche toute seule.

AMÉNAÏDE, à Fanchette.

Fanchette, prépare les tasses.

FANCHETTE.

Oui, mame Birochet.

BIROCHET.

Les bons citoyens ont le droit de se préoccuper...

AMÉNAÏDE.

Préoccupez-vous donc de vos intérêts.

BIROCHET, se redressant.

Je ferai toujours passer mes intérêts particuliers après ceux de mon pays.

AMÉNAÏDE.

Et occupez-vous de votre hôtel.

Cadissette revient avec une carafe d'eau qu'elle pose sur la table.

BIROCHET.

Qu'est-ce qu'un hôtel, je vous le demande, sur toute la la surface du globe.

AMÉNAÏDE, redescendant.

Quand je pense que je l'ai épousé parce qu'il me faisait de ces phrases-là! (Aux jeunes filles.) Ah! mes enfants, si jamais vous voulez vous marier, ne vous laissez pas éblouir.

TOUTES DEUX.

Oh! non, mame Birochet!

BIROCHET, reprenant son journal avec mélancolie.

Je ne suis pas compris!

ADISSETTE*.

Moi, je ne voudrais pas d'un aubergiste. J'aimerais un garde champêtre ; ça a un sabre.

* Birochet, Cadissette, Fanchette, Aménaïde.

AMÉNAÏDE, donnant le lait dans lequel elle a mis de l'eau.

Vous direz que vous l'avez vu traire.

CADISSETTE, prenant le bol.

Oui, mame Birochet.

Elle entre à gauche et Fanchette à droite.

MANDA, sur les marches de l'escalier, présentant un bol vide.

Pour le voyageur du 14.

AMÉNAÏDE.

Je n'en ai plus.

MANDA, venant à elle *.

Oh! mame Birochet, c'est un Parisien qui veut boire du bon lait de province.

AMÉNAÏDE.

Je n'en ai plus.

MANDA.

Il est si comme il faut! il m'a pris la taille en arrivant.

AMÉNAÏDE.

Il t'a pris la taille?

MANDA.

Oui, mame Birochet.

AMÉNAÏDE, elle met un peu d'eau dans son pot à lait, l'agite et verse dans le bol de Manda.

Alors... Tu diras que tu l'as vu traire.

MANDA.

Oui, mame Birochet.

Elle sort par l'escalier.

BIROCHET, s'approchant **.

Je te le répète tous les jours, Aménaïde; tu ne mets pas assez de lait dans ton eau.

AMÉNAÏDE, passant à gauche ***.

Vous allez m'apprendre à faire mon lait, maintenant!

Elle arrange le feu.

* Birochet, Manda, Aménaïde.
** Birochet, Aménaïde.
*** Aménaïde, Birochet.

II.

BIROCHET.

On finira par le dire.

AMÉNAÏDE.

Allons donc !

BIROCHET.

Ce Parisien est peut-être un journaliste.

AMÉNAÏDE.

Eh bien ?

BIROCHET.

Tu ne connais donc pas la puissance de la presse ? — Comment s'appelle-t-il ?

AMÉNAÏDE, à Fanchette qui revient par la droite.

Comment appelles-tu le 14, Fanchette ?

FANCHETTE*.

Je sais pas, mame Birochet.

BIROCHET.

Vous ne l'avez pas inscrit ?

FANCHETTE.

C'est Mélie qui était de garde.

BIROCHET, appelant.

Mélie ! Mélie !

Fanchette remonte.

MÉLIE, accourant par la droite, un balai à la main **.

Me voilà, monsieur Birochet.

BIROCHET.

D'où viens-tu ?

MÉLIE.

Je faisais le 17.

BIROCHET.

As-tu inscrit le voyageur qui est venu ce matin ?

* Aménaïde, Birochet, Fanchette.
** Aménaïde, Birochet Mélie, Fanchette.

MÉLIE.

Non, il faisait si froid ! Mais j'ai regardé sur sa malle ; il s'appelle Alaric Fauquemburghes, ou quemborghes, ou quembirghes.

BIROCHET.

Tu ne sais pas? Elle ne sait pas! Me voilà en contravention. Vous n'ignorez pas pourtant, madame Birochet, que l'autorité a les yeux fixés sur moi.

Mélie sort à droite.

AMÉNAÏDE.

Elle se moque pas mal de vous, l'autorité !

BIROCHET.

Vous ne voulez pas admettre que les dernières élections m'ont mis en évidence.

AMÉNAÏDE.

Ça vous amuserait de passer pour un homme dangereux.

BIROCHET.

Je suis un homme politique.

AMÉNAÏDE.

Vous êtes Birochet, vous resterez Birochet.

Elle passe à droite *.

BIROCHET.

Je n'essayerai pas de vous convaincre ; vous ne m'avez jamais vu à la tribune.

AMÉNAÏDE.

Je vous y vois d'ici, à la tribune, et vous avez beau mâcher de la guimauve pour vous adoucir l'organe...

BIROCHET.

C'est de la jujube. Et, d'ailleurs, je mâcherai ce qu'il me plaira, entendez-vous, madame Birochet ?

* Birochet, Aménaïde, Fanchette.

AMÉNAÏDE.

Ce qu'il y a de sûr, c'est que vous ne dormez plus ; vous rêvez tout haut, vous ne voyez partout que traquenards.

Cadissette rentre et vient écouter ce que dit Birochet *.

BIROCHET.

A tort, peut-être, à tort ? (A Cadissette.) Veux-tu, bien vite, aller à ton ouvrage, toi ! (Cadissette se sauve. Reprenant.) Nierez-vous que l'ancien préfet a inventé le prétexte de notre puits d'eau sulfureuse pour faire inspecter mon hôtel ?

AMÉNAÏDE.

Il a pris un arrêté pour faire combler tous les puits du département qui sentent mauvais.

BIROCHET.

Ta, ta, ta, ra ta ta ! C'était contre moi, contre moi tout seul. Mais je l'exécuterai, leur arrêté ; je l'aurai exécuté quand le successeur arrivera.

AMÉNAÏDE.

Vous vous vantiez d'être indépendant.

BIROCHET.

Je suis indépendant comme homme, mais pas comme aubergiste.

SCÈNE II

LES MÊMES, FAUQUEMBERGHES.

FAUQUEMBERGHES, entrant par le fond à droite **.

Excellent lait! Excellent! Il n'y a que la province! Personne n'est venu me demander?

---

* Cadissette, Birochet, Aménaïde, Fanchette.

** Cadissette, Aménaïde, Fauquemberghes, Birochet, Fanchette.

AMÉNAÏDE, très empressée.

Non, monsieur.

BIROCHET.

Non, monsieur.

Mélie et Manda sont rentrées, la première venant de droite et la seconde à la suite de Fauquemberghes.

FAUQUEMBERGHES.

C'est étrange! On m'a donné rendez-vous à l'hôtel du Cadran.

AMÉNAÏDE.

Du Cadran vert, le meilleur de la ville.

FAUQUEMBERGHES.

Vert? Permettez, permettez, il y a erreur. J'ai reçu hier, à Paris, un télégramme ainsi rédigé : « Accepte offres services, partez Montbrison, descendez hôtel du Cadran ».

AMÉNAÏDE.

Le meilleur...

FAUQUEMBERGHES.

Mais vous n'êtes pas le Cadran, vous êtes le Cadran vert.

AMÉNAÏDE, vivement.

C'est le même. Il n'y a pas d'autre Cadran à Montbrison, et je suis sûre que la dépêche a été envoyée par un de nos clients ; si je voyais le nom...

FAUQUEMBERGHES.

Elle n'est pas signée.

AMÉNAÏDE.

Ah!... Alors monsieur ne sait pas...

FAUQUEMBERGHES.

Je sais, mais je ne dis pas... je ne dis jamais.

Il remonte.

AMÉNAÏDE.

Ah!

4.

BIROCHET, s'approchant avec le livre des voyageurs.

Monsieur n'est pas inscrit?

FAUQUEMBERGHES.

C'est juste. Alaric de Fauquemberghes; discrétion, célérité... (On se regarde avec étonnement.) Mariages brillants.

AMÉNAÏDE et toutes les jeunes filles qui sont occupées au fond.

FAUQUEMBERGHES, continuant *.

Spécialité de fonctionnaires.

AMÉNAÏDE.

Monsieur fait des mariages?

FAUQUEMBERGHES.

A vos ordres, belle enfant.

AMÉNAÏDE.

Oh! moi, je suis déjà mariée.

FAUQUEMBERGHES.

Ce sera donc pour plus tard.

BIROCHET.

Hein?

AMÉNAÏDE.

Plus tard, je ne dis pas.

BIROCHET.

Comment, tu ne dis pas?

AMÉNAÏDE, le présentant.

Monsieur Birochet.

FAUQUEMBERGHES.

Mes compliments, cher monsieur.

BIROCHET, froid.

Tu ne dis pas!

Il sort à droite.

* Aménaïde, Fauquemberghes, Birochet. Les jeunes filles au fond.

AMÉNAÏDE.

Monsieur déjeune?

FAUQUEMBERGHES.

Certainement.

AMÉNAÏDE, tenant un plat que lui a remis Fanchette.

Si monsieur veut bien me suivre...

Elle passe dans la salle à manger.

FAUQUEMBERGHES, s'arrêtant pour chercher dans son portefeuille.

Je vais toujours lui donner ma carte.

CADISSETTE, venant vivement à lui. Elle a une cruche d'eau qu'elle pose à terre pour parler à Fauquemberghes *.

Monsieur, est-ce que ça coûterait bien cher pour épouser un garde champêtre?

FAUQUEMBERGHES.

Nous vous en trouverons un dans les prix doux.

CADISSETTE.

Et vous me ferez choisir?

FAUQUEMBERGHES.

Dans un lot.

CADISSETTE, sautant de joie.

Quel bonheur! Ah! quel bonheur!

Mélie et Manda s'approchent de lui en regardant Cadissette qui se frotte les mains et fredonne un air joyeux.

MÉLIE.

Monsieur, est-ce que vous avez promis un mari à Cadissette?

CADISSETTE.

Eh bien, oui, là, il m'a promis un garde champêtre.

MANDA.

Voyez-vous la sournoise!

CADISSETTE.

Je ne m'en cache pas.

* Mélie, Manda, Fanchette, Cadissette, Fauquemberghes.

MANDA, donnant son pain à Fanchette.

Tiens, Fanchette.

MÉLIE, donnant son plat.

Tiens, Fanchette. (A Fauquemberghes.) Moi, je voudrais un valet de chambre avec un beau gilet rouge.

Carlissette et Fanchette sortent à gauche.

MANDA.

Et moi, avec une belle livrée.

FAUQUEMBERGHES, gravement.

Comme mari ou comme domestique?

MÉLIE.

Ah! dame, je l'aimerais bien mieux comme domestique!

MANDA.

Moi aussi, c'te bêtise!

FAUQUEMBERGHES.

Alors, restez demoiselles.

Il sort vivement à gauche.

MANDA [*].

Rester demoiselles!

MÉLIE.

Ah! ben, non, par exemple!

MANDA.

Nous nous marierons bien sans lui.

MÉLIE.

Et plutôt deux fois qu'une.

MANDA.

Un voyageur!

* Mélie, Manda.

SCÈNE III

OSCAR, MÉLIE, MANDA.

Oscar entre en tenue de voyage, suivi d'un commissionnaire qui porte son sac de voyage et qui s'arrête à la porte. Mélie et Manda courent prendre le sac de voyage.

MÉLIE*.

Monsieur désire une chambre?

MANDA.

Monsieur n'a pas déjeuné?

MÉLIE.

Monsieur doit avoir eu bien froid.

MANDA.

Si monsieur veut s'approcher du feu...

MÉLIE, à Manda **.

Il n'a pas entendu.

OSCAR, sans les écouter, marchant toujours, comme un homme préoccupé.

Je ne pouvais pas rester à Paris, en face de ses fenêtres, après la scène d'hier. Je voulais aller en Suisse attendre ma nomination officielle, mais Montbrison n'est pas plus loin, et je n'étais pas fâché de connaître ma future résidence. On peut y vivre; la ville est calme, l'air est pur...

MÉLIE ***.

Monsieur désire une chambre?

MANDA.

Monsieur n'a pas déjeuné?

MÉLIE.

Monsieur doit avoir eu bien froid?

* Mélie, Oscar, Manda.
** Oscar, Mélie, Manda.
*** Mélie, Oscar, Manda.

MANDA.

Si monsieur veut s'approcher du feu?

OSCAR, recommençant à marcher sans les entendre. Les jeunes filles
le suivent.

Si on apprenait au cercle que je viens en préfet avant la
lettre, on me blaguerait peut-être; mais je reparaîtrai dans
quelques jours; personne ne se sera aperçu de mon absence,
et d'ailleurs j'ai dit à Joseph, en partant, que j'allais à Versailles. Tout le monde va à Versailles. — Quel calme! quel
calme!... Seulement les rues sont mal pavées. J'introduirai
le macadam.

MÉLIE et MANDA, recommençant.

Monsieur désire?...

OSCAR, les interrompant.

Je désire tout cela. Je désire surtout une chambre avec
un bon feu.

MÉLIE et MANDA, faisant la révérence.

Dans cinq minutes, monsieur.

Elles vont pour sortir.

OSCAR, les arrêtant.

Eh! eh! Regardez-moi donc.

MÉLIE et MANDA, très gracieuses.

Quoi, monsieur?

Il les prend chacune à un bras, puis, tout à coup, les laisse interdites.

OSCAR *.

Non, non. (A part.) A partir de ce moment, je suis un homme
grave.

MANDA.

Voilà un original!

MÉLIE.

Nous allons le fourrer au 29, où la cheminée fume.

MANDA.

Où les fenêtres ne ferment pas.

* Oscar, Mélie, Manda.

MÉLIE.

Et où l'on sent la peinture.

Elles s'échappent par l'escalier du fond, à droite.

OSCAR, s'allongeant sur une chaise près de la cheminée.

Je serai très bien dans cet hôtel. (Se relevant vivement.) Mais pas de laisser aller, pas de laisser aller. De la dignité toujours, et de la douceur. J'ai mon système d'administration. (Regardant au fond.) Une dame! Il faut être imposant.

Lucrèce paraît à la porte du fond, regarde à l'intérieur et se retourne vers son guide.

LUCRÈCE.

Merci, je suis arrivée.

SCÈNE IV

OSCAR, LUCRÈCE.

OSCAR, stupéfait *.

Lucrèce!

LUCRÈCE.

Oui, monsieur.

OSCAR.

Vous me suiviez?

LUCRÈCE.

Dans le compartiment des dames.

OSCAR.

Comment une pareille idée a-t-elle pu vous venir?

LUCRÈCE.

Bien simplement. Je voulais savoir le nom de votre future épouse.

OSCAR.

Mais elle n'existe pas.

* Lucrèce, Oscar.

LUCRÈCE, allant déposer son sac sur la table *.

J'ai pensé que votre éternel cousin, M. de Bénac, la connaissait. Je suis allé voir sa femme.

OSCAR.

Et vous avez appris ?...

LUCRÈCE.

Rien du tout. Il y avait là quatre ou cinq membres de votre cercle. On a parlé de vous. J'ai annoncé que vous étiez nommé.

OSCAR.

Mais je n'avais rien dit.

LUCRÈCE.

Aussi ont-ils été furieux!

OSCAR.

Vous me brouillerez avec tous mes amis.

LUCRÈCE.

Et cela a été bien autre chose quand M. de Bénac est rentré.

OSCAR.

Comment?

LUCRÈCE.

Votre concierge lui avait appris que vous partiez le soir même pour Montbrison.

OSCAR.

Hein! Ils savent que je suis ici?

LUCRÈCE.

Je me suis levée, je suis rentrée chez moi, j'ai fait une scène à mon mari, je lui ai crié : Je vais chez ma mère,... j'ai couru à la gare de Lyon, j'ai pris le même train que vous, et me voici. (Remontant et regardant au fond.) C'est une bien jolie ville que Montbrison.

* Oscar, Lucrèce.

OSCAR, gagnant la droite *.

Oui, madame, oui, bien jolie!

LUCRÈCE, redescendant.

Est-ce que ma présence vous gêne?

OSCAR.

Mon Dieu! non, au contraire.

LUCRÈCE, s'asseyant près de la cheminée.

Vous ne direz plus que vous quittez Paris parce que le ministre vous y oblige?

OSCAR.

Mais si, mais si...

LUCRÈCE.

Puisque vous partez avant d'être nommé officiellement.

OSCAR.

Cela ne prouve rien.

LUCRÈCE.

Cela prouve qu'un autre intérêt vous attire à Montbrison.

OSCAR.

Il faut vous dire la vérité? Eh bien! je suis parti pour vous. J'ai pensé que vous vous expliqueriez plus facilement avec M. Pontérisson si je n'étais pas là.

LUCRÈCE.

Je n'avais pas à m'expliquer avec mon mari.

OSCAR.

Cependant ma lettre... Qu'a-t-il pensé de ma lettre?

LUCRÈCE.

Vous l'avez bien vu.

OSCAR.

Mais après, quand j'ai été sorti, que s'est-il passé?

* Lucrèce, Oscar.

LUCRÈCE.

Rien.

OSCAR.

Comment, rien?

LUCRÈCE.

Rien du tout.

OSCAR.

Vous ne lui avez pas avoué que cette lettre était pour moi ?

LUCRÈCE.

Il l'avait trouvée toute froissée dans mes mains.

OSCAR.

Vous la teniez et vous ne l'avez pas cachée?

LUCRÈCE.

J'étais évanouie.

OSCAR.

Mais alors, on ne pourra jamais expliquer à votre mari... (Avec désespoir.) Où allons-nous? où allons-nous?

LUCRÈCE, se levant.

Vous comprenez bien que ce n'est pas M. Pontérisson qui me préoccupait?

OSCAR.

Nous ne sommes plus seuls.

Ils se séparent vivement.

SCÈNE V

OSCAR, LUCRÈCE, BIROCHET.

BIROCHET, entrant par le fond, à part *.

Voici des voyageurs, c'est de l'aristocratie, ça se reconnaît tout de suite... à la femme. (Haut.) Madame a fait un bon voyage?

* Lucrèce, Birochet, Oscar.

LUCRÈCE.

Très bon.

BIROCHET.

Et monsieur?

OSCAR.

Excellent.

BIROCHET, à part.

Ils ne me regardent seulement pas : ce sont des gens titrés. (A Aménaïde qui rentre par la gauche.) Aménaïde, faites préparer le numéro 7.

AMÉNAÏDE*.

La chambre du général? Fanchette! Fanchette! la chambre du général!

FANCHETTE, accourant par la gauche.

La chambre du général!

Aménaïde et Fanchette sortent vivement par la droite.

BIROCHET, très grave, à Oscar**.

Au premier. (A Lucrèce.) Sur la grand'rue.

OSCAR, à part.

Il nous donne la même chambre!

BIROCHET, tout en allant chercher le livre des voyageurs qui est sur la table.

Madame verra la place de sa fenêtre.

OSCAR, à part.

Et elle ne réclame pas!

BIROCHET.

Monsieur verra aussi le palais de justice.

OSCAR, à part.

On dirait que ça l'amuse.

BIROCHET, continuant.

Et la prison.

_____

* Lucrèce, Aménaïde, Birochet, Oscar
** Lucrèce, Birochet, Oscar.

OSCAR, à part.

Elle me sourit! Me voilà compromis en arrivant!

BIROCHET, présentant son livre à Oscar.

La petite formalité ordinaire!

OSCAR, à part.

Je ne peux plus donner mon nom. (Haut.) Monsieur Dupont.

BIROCHET, déconcerté.

Ah!

Il écrit.

OSCAR.

Voyageur de commerce.

BIROCHET, de même.

Ah!

OSCAR.

De Bordeaux.

BIROCHET.

Ah!

OSCAR, à part, avec rage.

Je débute bien dans ma préfecture!

Il remonte à gauche.

BIROCHET, à part *.

Si j'avais su!... (Inscrivant.) Monsieur Dupont... de commerce... de Bordeaux. (A Lucrèce.) Et madame Dupont?

LUCRÈCE.

Mais non, mais non, je n'ai pas dit cela.

BIROCHET.

Comment?

LUCRÈCE.

Je suis seule.

OSCAR, satisfait.

Enfin!

* Oscar, Lucrèce, Birochet.

BIROCHET.

J'étais étonné aussi... A la bonne heure ! Madame voyage seule ?

LUCRÈCE.

N..., j'attends quelqu'un.

BIROCHET.

Parfait ! parfait ! (Lui présentant le livre.) La petite formalité ordinaire !

Elle prend la plume et écrit rapidement.

LUCRÈCE, lui rendant la plume.

Voilà !

BIROCHET, lisant.

Madame Robert, modiste... Ah !

Il va pour lui parler.

OSCAR, interrompant avec impatience *.

Pardon, monsieur l'aubergiste. Est-il possible de déjeuner dans votre hôtel ?

BIROCHET, reposant son livre sur la table.

Oui, monsieur. — Que désire monsieur ?

OSCAR.

Ce que vous voudrez.

Il remonte à droite **.

BIROCHET.

Et madame ?

LUCRÈCE.

Ce qu'il vous plaira.

BIROCHET.

Nous avons tout cela. (En sortant.) Madame Robert ! modiste ! avec cette tournure-là ! Et elle attend quelqu'un C'est une marquise.

Il sort par le fond à gauche.

* Lucrèce, Oscar, Birochet,
** Lucrèce, Birochet, Oscar.

SCÈNE VI

OSCAR, LUCRÈCE, puis FAUQUEMBERGHES.

OSCAR *.

Voilà le commencement, madame. Vous êtes obligée de vous faire passer pour une modiste ; vous me forcez à prendre un faux nom, moi qui, dans quelques jours, représenterai ici le principe d'autorité ! Vous vous exposez à tous les dangers. — Et pourquoi ?... pourquoi ?

LUCRÈCE.

Pour rompre votre mariage !

OSCAR.

Mais il n'y a pas de mariage.

LUCRÈCE, passant à droit **.

Et je ne repartirai que lorsqu'il sera rompu.

OSCAR.

Sur quels saints faut-il vous jurer ?...

FAUQUEMBERGHES, entrant par la gauche, sa serviette à la main ***.

Monsieur de Villecresnes ! je vous ai aperçu.

OSCAR, stupéfait.

Fauquemberghes !

FAUQUEMBERGHES.

Daignerez-vous partager mon modeste déjeuner !

OSCAR.

Non, monsieur, non, je vous remercie.

* Lucrèce, Oscar.
** Oscar, Lucrèce.
*** Fauquemberghes, Oscar, Lucrèce.

FAUQUEMBERGHES.

J'ai reçu votre dépêche.

OSCAR.

Ma dépêche ?

FAUQUEMBERGHES.

Elle ne m'a pas surpris, je l'avais prévue. Je suis arrivé le premier.

OSCAR.

Voulez-vous m'expliquer ?

FAUQUEMBERGHES.

C'est inutile. Vous trouverez une voiture à la porte de l'hôtel.

OSCAR.

Pourquoi faire ?

FAUQUEMBERGHES.

Pour vous conduire au château de Montjovi.

OSCAR.

Moi ?

FAUQUEMBERGHES.

A un kilomètre seulement. La demoiselle est ravie et le père vous attend.

OSCAR, exaspéré.

Mais vous avez donc juré ?...

FAUQUEMBERGHES, l'interrompant.

Ah ! ah ! (Plus bas.) Je n'avais pas vu madame.

OSCAR.

Il ne s'agit pas de madame.

FAUQUEMBERGHES, avec désespoir.

Je... je... vous m'aviez prévenu. — J'ai été indiscret ! Moi, Alaric de Fauquemberghes, indiscret ! malgré ma devise ! Je ne m'en consolerai jamais... jamais... jamais !...

Il sort à gauche en courant.

OSCAR.

C'est à en devenir enragé. (Il se retourne et voit Lucrèce qui arrange vivement son chapeau pour sortir*.) Que faites-vous?

LUCRÈCE.

Je vais prendre la voiture qui attend.

OSCAR.

Où voulez-vous aller?

LUCRÈCE.

Chez mademoiselle de Montjovi.

OSCAR.

Il ne manquerait plus que cela.

LUCRÈCE, prenant son sac.

Le château gothique n'est qu'à un kilomètre.

OSCAR.

Vous ne ferez pas cette folie.

LUCRÈCE, remontant.

Vous le verrez bien!

BIROCHET, revenant du fond à gauche**.

Madame est servie.

LUCRÈCE.

Merci, je déjeunerai plus tard.

Elle sort rapidement.

BIROCHET.

Ah! (A Oscar.) Monsieur est servi.

OSCAR.

Merci, je n'ai plus faim.

Il lui tourne le dos et sort également par le fond.

BIROCHET, restant ahuri.

Ah!

* Oscar, Lucrèce.
** Oscar, Birochet, Lucrèce.

SCÈNE VII

BIROCHET, AMÉNAÏDE, FANCHETTE, MÉLIE,
MANDA, puis CADISSETTE.

MÉLIE, à l'escalier du fond, à droite.

Le feu est allumé au 27.

AMÉNAÏDE, à une autre porte à droite.

La chambre du général est prête.

BIROCHET*.

Ils n'y sont plus!

Fanchette est entrée par la gauche.

AMÉNAÏDE.

Ils sont partis?

BIROCHET.

Tous les deux.

AMÉNAÏDE.

Sans payer?

BIROCHET.

Ils n'ont rien pris.

AMÉNAÏDE.

C'est égal! Pour des gens comme il faut!

BIROCHET.

Le monsieur est un commis voyageur.

AMÉNAÏDE.

Comment?

BIROCHET.

Et la dame une cocotte!

LES JEUNES FILLES.

Une cocotte!

Elles remontent.

* Fanchette, Birochet, Aménaïde, Mélie, Manda.

5.

AMÉNAÏDE.

Une cocotte !

BIROCHET.

Je me suis trompé.

AMÉNAÏDE.

Mais vous vous trompez toujours. Vous ne voyez partout que des ducs et des marquis, comme s'il en pleuvait! Et vous croyez que ça va durer comme ça?

CADISSETTE, au fond.

Voici l'express de Lyon.

AMÉNAÏDE, changeant de ton.

Avons-nous quelqu'un?

CADISSETTE.

Un voyageur avec un domestique. Oh! le beau domestique!

AMÉNAÏDE.

Ayons l'air d'avoir de l'ouvrage.

Elles se mettent toutes à travailler, sauf Manda et Mélie. — Birochet sort par la gauche.

SCÈNE VIII

PONTÉRISSON, BORROMÉE, AMÉNAIDE, MÉLIE, MANDA, CADISSETTE, FANCHETTE.

Pontérisson entre rayonnant; Borromée, vêtu d'une livrée superbe, le suit avec un respect comique, l'entourant de soins et de prévenances.

PONTÉRISSON*.

Charmante ville! charmante ville!

* Mélie, Fanchette, Aménaïde, Pontérisson, Borromée, Cadissette, Manda.

MÉLIE.

Monsieur désire une chambre?

MANDA.

Monsieur n'a pas déjeuné.

MÉLIE.

Monsieur doit avoir eu bien froid.

MANDA.

Si monsieur veut s'approcher du feu...

PONTÉRISSON.

Parfaitement! parfaitement! (Se tournant vers Borromée.) Vous avez mes instructions?

BORROMÉE, avec empressement.

Oui, monsieur le pr... (Il s'arrête sur un geste de Pontérisson. Très bas et se penchant à son oreille.) Oui, monsieur le préfet.

Les jeunes filles s'apprêtent à recommencer autour de Borromée.

PONTÉRISSON.

Pardon, mademoiselle, pardon. J'ai un mot à dire à mon valet de chambre. (Il l'attire sur le devant.) Je vous ai dit que je voulais garder l'incognito.

BORROMÉE.

Oui, monsieur le pr... (Très bas.) Oui, monsieur le préfet.

PONTÉRISSON.

D'abord, la lettre du secrétaire général m'y invite. Je lui ai répondu : « Comptez sur ma discrétion; j'obéis et j'attends. » Et puis je veux, avant d'entrer en fonctions, étudier de près, incognito, les besoins de mon département. Avez-vous mes documents statistiques?

BORROMÉE, lui montrant une énorme valise.

Ils ne me quitteront qu'avec la vie.

PONTÉRISSON, prenant la valise.

Donnez-les-moi, je n'ai pas une minute à perdre. Vous pouvez transmettre mes ordres.

BORROMÉE, toujours très bas et se penchant à son oreille [*].

Oui, monsieur le préfet.

Il le quitte.

PONTÉRISSON, le rappelant.

Encore un mot! Vous n'oublierez pas que je veux être simple; on reproche souvent aux fonctionnaires de ne pas être assez simples. Moi, je serai simple.

BORROMÉE.

Moi aussi, monsieur le préfet.

PONTÉRISSON.

Allez!

Il remonte.

BORROMÉE.

Oui, monsieur le préfet.

Il gagne la droite [**].

PONTÉRISSON, regardant autour de lui.

Très jolies, mes administrées! Eh! eh! très jolies! Très bien, cet hôtel! Je vais me chauffer à la cuisine, en travaillant ma statistique. Il faut être simple, simple avec une main de fer. J'ai tout un système d'administration.

Il s'assied devant la cheminée, ouvre son sac de voyage, en tire des paperasses et paraît très absorbé dans ses études.

MANDA, s'approchant de lui.

Monsieur désire?...

PONTÉRISSON, à Borromée.

Répondez, Borromée.

MÉLIE et MANDA, à Borromée [***].

Monsieur désire?

BORROMÉE, criant.

Le patron? Où est le patron? je ne veux parler qu'au patron!

AMÉNAÏDE, appelant Birochet.

Birochet?

[*] Borromée, Pontérisson, Aménaïde et les jeunes filles au fond.
[**] Pontérisson, Borromée.
[***] Pontérisson, Manda, Borromée, Mélie, Aménaïde; Fanchette et Cadissette travaillent au fond.

SCÈNE IX

LES MÊMES, BIROCHET.

BIROCHET, accourant par la gauche, troisième plan.

Me voici !

BORROMÉE, à Birochet, avec importance [*].

Une chambre magnifique, un salon magnifique, un cabinet de toilette magnifique pour monsieur. Une chambre superbe sur le devant, pour moi. Nous dînons à six heures : dîner succulent pour· monsieur. On pourra me servir le même.

AMÉNAÏDE.

Bien, monsieur. (Appelant.) Fanchette, fais préparer le numéro 16.

Fanchette et Manda sortent par l'escalier du fond, à droite.

PONTÉRISSON, étudiant sa statistique.

Montbrison, bâti près d'un volcan éteint... Ils ont un volcan, et ils le laissent éteindre !

Birochet lui présente le livre des voyageurs [**].

BIROCHET.

La petite formalité ordinaire : nom, prénoms...

PONTÉRISSON, se levant et descendant.

Loi du 11 avril 1838. Il faut respecter la loi, la loi avant tout !

BIROCHET.

Votre nom ?

PONTÉRISSON.

Pontérisson... sans h.

---

[*] Pontérisson, Borromée, Birochet; es autres au fond.
[**] Pontérisson, Birochet, Borromée; es autres au fond.

BIROCHET, après avoir écrit.

Prénoms?

PONTÉRISSON.

Claude-Théophile. (Regardant.) Vous pouvez mettre un *h* à Théophile.

BIROCHET, même jeu.

Profession?

PONTÉRISSON, riant finement en regardant Borromée, qui l'imite.

Profession ?

BIROCHET.

Eh bien oui, profession !

Pontérisson se dandine sans répondre. Borromée se dandine comme lui, et Birochet les regarde tous les deux avec stupéfaction.

PONTÉRISSON, après un long silence et en soulignant.

Sans profession.

Puis il se retourne modestement, comme pour ne pas rougir de ce mensonge, et il recommence à étudier sa statistique.

BORROMÉE, bas, à Birochet.

C'est le nouveau préfet.

BIROCHET.

Hein?

BORROMÉE.

Chut! (A Aménaïde *.) C'est le nouveau préfet.

AMÉNAÏDE, remontant, à Mélie.

C'est le nouveau préfet.

BORROMÉE.

Chut!

MÉLIE, à Fanchette qui revient.

C'est le nouveau préfet.

FANCHETTE.

Oh!

* Pontérisson, Birochet, Borromée, Aménaïde, Mélie. Un peu au-dessus de Mélie se trouve Fanchette; au-dessus de Fanchette, Manda, qui arrive par l'escalier, et enfin, au-dessus de Manda, et près de la porte d'entrée, Cadissette râtissant des légumes.

BORROMÉE.

Chut!

Birochet est sorti par la gauche et a rapporté une petite table qu'il place, avec beaucoup d'empressement, devant Pontérisson.

FANCHETTE, à Manda.

C'est le nouveau préfet.

MANDA, à Cadissette.

C'est le nouveau préfet.

CADISSETTE, criant au dehors.

C'est le nouveau préfet.

BORROMÉE, mettant un doigt sur sa bouche.

Il garde l'incognito.

TOUS.

Oui.

Aménaïde va arranger le feu. Elle est aux petits soins pendant la fin de la scène.

UN FACTEUR, entrant par le fond *.

Pour M. Bir...

TOUS.

Chut!

AMÉNAÏDE, lui montrant Pontérisson avec orgueil.

C'est le nouveau préfet.

LE FACTEUR, curieusement.

Ah !

BORROMÉE.

Il travaille.

LE FACTEUR, bas.

Il est arrivé des lettres pour lui, faut-il les apporter?

BORROMÉE.

Incognito, incognito.

Le facteur se retire au moment où Fauquemberghes revient par la gauche, premier plan.

---

* Pontérisson, Birochet, Aménaïde, le facteur, Borromée; les jeunes filles au fond, à droite.

SCÈNE X

Les Mêmes, FAUQUEMBERGHES.

FAUQUEMBERGHES, entrant *.

Je ne me consolerai jamais...

TOUS.

Chut!

FAUQUEMBERGHES.

Quoi?

AMÉNAÏDE, triomphante.

Nous avons le nouveau préfet.

FAUQUEMBERGHES.

Je sais, je sais... Où est-il donc?

AMÉNAÏDE.

Là, devant la cheminée... il travaille.

FAUQUEMBERGHES.

Hein! un autre!... Villecresnes aurait-il été blackboulé?

PONTÉRISSON, devant le feu.

« Mines de cuivre, eaux sulfureuses... » Ah! ah! eaux sulfureuses! « Camp romain... » Très bon. — Je cherche un grand homme pour faire un centenaire, un simple petit grand homme; je n'en trouve pas.

BORROMÉE.

Il travaille.

TOUS.

Oui.

FAUQUEMBERGHES, à part, gagnant la gauche **.

Eh! mais c'est... c'est l'homme aux brochures.

---

* Pontérisson, Birochet, Aménaïde, Fauquemberghes, Borromée; les jeunes filles au fond.

** Pontérisson et Fauquemberghes sur le devant de la scène, à gauche; les autres, au fond, à droite, entourant Borromée.

PONTÉRISSON, apercevant Fauquemberghes et se levant.

Vous êtes exact, c'est bien ; j'aime l'exactitude.

FAUQUEMBERGHES, étonné.

Comment?

PONTÉRISSON.

Vous n'avez pas compris ma dépêche?

FAUQUEMBERGHES, étonné.

La dépêche?

PONTÉRISSON.

Je ne pouvais être plus explicite.

FAUQUEMBERGHES, à part.

C'était lui!

PONTÉRISSON.

Je suis préfet ici. C'est un secret. J'apporte un système
d'administration complet, j'ai des projets gigantesques, je
compte sur vous.

FAUQUEMBERGHES.

Que faut-il faire? parlez.

PONTÉRISSON.

Plus tard. Je suis absorbé en ce moment par des préoccupations d'un autre ordre. Borromée, le plan de la ville?

BORROMÉE.

Il ne me quitte jamais.

Il le donne à Pontérisson qui va l'étaler sur la table de la cuisine *.

PONTÉRISSON, bas à Borromée.

Si l'on se doutait que le premier magistrat du département est là ..

BORROMÉE, étouffant un petit rire.

Oui.

* Pontérisson, accoudé sur la table ; en face de lui, Borromée ; au bout de
la table, Manda et Mélio, qui les regardent curieusement ; à gauche de la
scène, Fauquemberghes, Cadissette, Fanchette, Birochet et Aménaïde, regardant Pontérisson sans prononcer un mot.

PONTÉRISSON.

Accoudé sur une table de cuisine...

BORROMÉE, de même.

Oui.

PONTÉRISSON.

Comme un simple bourgeois!

BORROMÉE, de même.

Oui, oui.

PONTÉRISSON.

Il y a des situations amusantes dans la vie.

BORROMÉE.

Oui... oui... oui.

PONTÉRISSON.

Quatrième à droite, troisième à gauche, seconde à droite. — Je vais sortir un instant.

BORROMÉE.

Seul?

PONTÉRISSON.

Oui.

BORROMÉE, lui donnant son chapeau.

Que monsieur le préfet se couvre bien!

FAUQUEMBERGHES, à part.

Il sort! Je ne veux pas le perdre. — Où est mon chapeau?

Il rentre dans la salle à manger.

PONTÉRISSON, au public.

Je vais voir comment est située la préfecture. (Il se dirige vers la porte. — Tout le monde l'accompagne en le saluant et en le resaluant. — Se retournant à la porte.) — On est très poli à Montbrison.

Il sort par le fond, suivi de Birochet et d'Aménaïde. — Ils vont tous à la porte et le suivent des yeux, excepté Borromée, qui est resté digne et grave au milieu de la scène, repliant le plan de la ville.

SCÈNE XI

BORROMÉE, MÉLIE, MANDA, FANCHETTE, CADISSETTE.

Dès qu'elles ont perdu de vue Pontérisson, les jeunes filles se précipitent vers Borromée *.

LES JEUNES FILLES.

C'est le nouveau préfet!

BORROMÉE, assis près de la table.

Oui, oui. (A part.) Soyons simple comme lui-même. (Haut.) Oui, mes enfants, oui, mes petits enfants, le nouveau préfet. Ne rougissez pas, remettez-vous de votre émotion.... nous avons l'air comme ça... un peu... Il le faut bien... mais nous sommes simples... tout à fait simples. (Prenant le menton de Manda.) C'est pour vous mettre à l'aise.

MÉLIE.

Vous, vous êtes le valet de chambre?

BORROMÉE, se levant et descendant.

Je suis tout. Vous comprenez que monsieur m'honorant de sa confiance... c'est moi qui ferai tout... je ferai... tout .. enfin, tout.

LES JEUNES FILLES, se regardant.

Ah!

BORROMÉE.

Que pensez-vous de ma livrée?

LES JEUNES FILLES.

Superbe! Elle est superbe !

BORROMÉE.

N'est-ce pas? A la bonne heure, c'est une livrée! voilà ce que j'appelle une livrée. Regardez de près.

* Cadissette, Manda, Borromée, Fanchette, Mélie.

MANDA.

Ce que j'aime, moi, c'est ce collet de velours.

BORROMÉE.

Il me va bien?

FANCHETTE.

Oh! oui, avec vos cheveux blonds.

BORROMÉE.

Les cheveux de M. le préfet.

TOUTES.

Comment?

BORROMÉE.

La même nuance. Je veux dire : la même nuance.

MÉLIE.

Moi, j'aime les gilets rouges!

BORROMÉE.

J'en ai deux brodés d'or; et quand je serai en chasseur...

CADISSETTE.

Vous aurez un sabre?

BORROMÉE.

J'aurai un panache.

FANCHETTE.

Ah! que je voudrais voir ça!

BORROMÉE.

Vous le verrez. Mais je vous parlerai de moi plus tard. Aujourd'hui, je ne songe qu'à mon maître. Puis-je conférer avec le patron ou avec la patronne?

CADISSETTE, remontant.

La patronne était là.

FANCHETTE, regardant à la porte.

La voilà qui revient.

MÉLIE, s'approchant très vite de Borromée*.

Si M. le Préfet avait besoin d'une femme de chambre !

MANDA, descendant.

Qui sait repasser !

FANCHETTE, même jeu.

D'une bonne à tout faire !

CADISSETTE, même jeu.

D'une solide laveuse de vaisselle

BORROMÉE.

Très bien, je prends note.

SCÈNE XII

LES MÊMES, AMÉNAIDE, puis BIROCHET.

AMÉNAÏDE, entrant par le fond.

Je l'ai dit aux voisines.

LES JEUNES FILLES, à Borromée.

Chut !

BORROMÉE**.

Madame l'aubergiste, j'ai à vous faire une communication importante.

AMÉNAÏDE.

Ah !

Elle veut renvoyer les jeunes filles.

BORROMÉE, l'arrêtant.

Ces demoiselles peuvent entendre. (Avec importance.) Je crois... j'ai lieu de croire que M. le Préfet serait flatté si, ce soir, une petite manifestation spontanée...

---

* Borromée, Mélie ; les autres au fond.
** Mélie, Fanchette, Aménaïde, Borromée, Manda, Cadissette.

AMÉNAÏDE.

Mais il voyage incognito!

BORROMÉE.

Eh bien?

AMÉNAÏDE.

Quand on voyage incognito, c'est pour ne pas être connu.

BORROMÉE.

C'est pour être reconnu.

AMÉNAÏDE.

Ah!

BORROMÉE.

Croyez-en mon expérience. J'ai servi chez la baronne de
Sainte-Gudulette, et si je n'avais pas reconnu tout de suite.
les princes qui venaient la voir incognito, elle m'aurait
flanqué à la porte.

AMÉNAÏDE.

Ah!

BORROMÉE.

Je disais donc qu'une petite manifestation spontanée
comme, par exemple, un feu d'artifice.

LES JEUNES FILLES.

Un feu d'artifice!

BORROMÉE.

Oui.

AMÉNAÏDE.

C'est qu'à Montbrison...

BORROMÉE.

J'en ai apporté un de Paris : douze soleils, quarante
fusées et un serpent.

AMÉNAÏDE.

Oh! alors...

BORROMÉE.

Et puis, à l'heure du dîner, un peu de musique...

AMÉNAÏDE.

La musique des pompiers!

BORROMÉE.

J'allais le dire.

AMÉNAÏDE.

Mon cousin Gustave est lieutenant.

BORROMÉE.

Très bien.

AMÉNAÏDE.

Il déjeune ici.

BORROMÉE.

Très bien, très bien, très bien! — Pardon! c'est une bonne musique?

AMÉNAÏDE.

Elle a eu une médaille.

BORROMÉE.

Il y a une grosse caisse?

CADISSETTE.

Et une fameuse! Boum!... Boum!

Toutes remontent en chantant l'air des pompiers qui se joue à la fin de l'acte.

BORROMÉE.

Parfait! parfait! (A Aménaïde.) Je crois... j'ai lieu de croire que cette manifestation partant d'une population heureuse de voir enfin...

BIROCHET, entrant par le fond en se frottant les mains.

Je viens du café de la Comédie.

BORROMÉE*.

Monsieur l'aubergiste, nous organisons une petite manifestation.

AMÉNAÏDE.

En l'honneur de M. le préfet.

* Aménaïde, Borromée, Birochet. Les jeunes filles sont au fond à gauche.

BIROCHET.

Ah ! très bien. Je lui ferai un discours.

AMÉNAÏDE.

Mais non, mais non, il aime mieux la musique.

BORROMÉE, aux jeunes filles.

Si ces demoiselles voulaient, comme par hasard, nous tresser quelques guirlandes de fleurs ?

TOUTES.

Oui... oui...

BORROMÉE.

Quelques couronnes de feuillage... Le chêne uni au laurier.

BIROCHET.

Avec des devises.

Les jeunes filles sortent par la gauche.

BORROMÉE.

Nous nous comprenons ! (A la porte du fond). Le voici. Attention ! il va entrer.

AMÉNAÏDE.

Et nous pouvons le reconnaître ?

BORROMÉE.

Vous le pouvez, pendant que je me dissimule.

Il monte deux ou trois marches d'escalier et se dissimule aux yeux de Pontérisson.
qui entre.

SCÈNE XIII

PONTÉRISSON, BIROCHET, BORROMÉE, AMÉNAIDE.

PONTÉRISSON, s'avançant radieux *.

Très bien, la préfecture. Douze fenêtres de façade, des

* Aménaïde, Pontérisson, Birochet ; Borromée au fond.

jardins. J'ai parlé au concierge, il a été malhonnête. C'est adorable. S'il se doutait !... Il y a des situations amusantes (Haut.) Voulez-vous appeler mon valet de chambre ?

AMÉNAÏDE, prenant le chapeau et le paletot que lui tend Pontérisson.

Oui, monsieur le préfet.

PONTÉRISSON.

Comment ? quoi ? Monsieur le préfet ! Qui vous a dit ?...

BORROMÉE, reparaissant *.

Ce n'est pas moi, je n'étais pas là.

PONTÉRISSON.

Cependant, il faut bien...

BIROCHET, avec emphase.

Nous avons deviné tout de suite, monsieur le préfet.

PONTÉRISSON, à part.

Il est intelligent, cet aubergiste.

BORROMÉE, à Pontérisson.

Nous avons pourtant bien dissimulé.

PONTÉRISSON.

Mais oui, je ne comprends pas... Le fait est qu'ils m'ont reconnu. Je n'y puis rien.(Prenant l'allure de préfet, à Birochet.) Et alors, en me voyant, vous vous êtes dit tout de suite : C'est le... Oui... Et vous êtes content de votre hôtel ?

BIROCHET.

Oui, monsieur le préfet.

PONTÉRISSON.

Les affaires vont bien ?

BIROCHET.

Très bien, monsieur le préfet.

PONTÉRISSON.

Vous avez des enfants ?

* Aménaïde, Pontérisson, Borromée, Birochet.

BIROCHET.

Non, monsieur le préfet.

PONTÉRISSON.

Ah ! — Vous êtes depuis longtemps à Montbrison ?

BIROCHET.

Oui, monsieur le préfet, et je puis me flatter de connaître l'esprit du département.

PONTÉRISSON.

Ah ! ah ! Il est bon ?

BIROCHET.

Excellent. Et si monsieur le préfet daignait me consulter...

PONTÉRISSON.

Un fonctionnaire intelligent ne doit négliger aucun moyen
de s'éclairer.

Il s'éloigne.

BORROMÉE, bas, à Birochet *.

Comment le trouvez-vous ?

BIROCHET, bas.

Très bien. Il est très bien. Je suis satisfait.

BORROMÉE.

Vous n'êtes pas difficile, vous !

Il remonte.

AMÉNAÏDE, à Pontérisson.

J'espère que monsieur le préfet nous donnera les dîners
officiels ?

PONTÉRISSON.

Certainement, certainement ! — Ah !... c'est madame Birochet ? Et vous êtes contente ?

AMÉNAÏDE.

Oui, monsieur le préfet.

PONTÉRISSON.

Tout marche bien ?

Aménaïde, Pontérisson, Birochet, Borromée.

AMÉNAÏDE.

Oui, monsieur le préfet.

PONTÉRISSON.

Vous êtes satisfaite, enfin ? Vous avez des enfants ?

AMÉNAÏDE.

Oui, m... (Se reprenant.) Non, monsieur le préfet.

PONTÉRISSON.

Oh ! oh !... Avec cette figure !...

AMÉNAÏDE, baissant les yeux.

Je n'en ai pas encore.

PONTÉRISSON.

Tant pis ! (A part.) Il est en retard, ce département.

BORROMÉE, bas à Aménaïde *.

Comment le trouvez-vous ?

AMÉNAÏDE, avec transport.

Oh ! je l'embrasserais !

PONTÉRISSON, qui a entendu, se retournant.

Faites... faites... (Elle l'embrasse.) Cet hommage spontané me va au cœur.

BORROMÉE, à part.

Voilà ! voilà ce que c'est que les grandeurs ! Ça éblouit les femmes.

PONTÉRISSON.

Certainement, je vous donnerai les dîners officiels.

---

* Borromée, Aménaïde, Pontérisson, Birochet.

SCÈNE XIV

LES MÊMES, OSCAR.

OSCAR, entrant par le fond *.

Lucrèce m'a échappé. Je suis allé voir la préfecture.

BORROMÉE.

Monsieur de Villecresnes!

OSCAR.

Borromée!

PONTÉRISSON.

Oscar!

OSCAR, à part.

Pontérisson! Allons, c'est complet. (Haut.) Oui, oui, c'est moi...

Borromée, Birochet et Aménaïde remontent.

PONTÉRISSON, au fond à droite.

A Montbrison!

OSCAR.

J'ai été appelé pour une affaire.

PONTÉRISSON.

C'est dans mon département que vous vous mariez?

OSCAR, à part.

Lui aussi!... (Haut.) Oui, oui.

PONTÉRISSON.

Vous allez devenir un de mes administrés... Quelle bonne fortune! — C'est égal, Oscar, vous auriez dû me le dire.

OSCAR.

On ne peut pas toujours.

* Borromée, Aménaïde, Pontérisson, Oscar, Birochet.

PONTÉRISSON.

Vous l'auriez dû, mais je vous pardonne. Ma femme m'a
fait une scène, elle est allée chez sa mère. Alors, j'ai cru
devoir, pour répondre à la confiance du ministre, venir
étudier incognito les besoins de mon département.

OSCAR.

Ah!

PONTÉRISSON.

Rien ne va, Oscar... Rien ne va... Il était temps que j'ar-
rivasse. (Appelant Birochet.) Monsieur l'aubergiste! (Birochet
accourt *.) Je trouve dans mes documents officiels que Montbrison possède des eaux sulfureuses.

BIROCHET, inquiet.

Oui, monsieur le préfet, oui; nous possédons en effet des
eaux qui empestent.

PONTÉRISSON.

Ils ont des eaux qui empestent, et ils n'ont pas de
Casino !

BIROCHET.

Mais je fais combler mon puits.

PONTÉRISSON.

Votre puits?

BIROCHET.

Dans mon arrière-cuisine.

PONTÉRISSON.

Et vous le faites combler?

BIROCHET.

Avec empressement.

PONTÉRISSON.

Pourquoi?

BIROCHET.

Cela a été ordonné.

* Pontérisson, Birochet, Oscar. Les autres au fond.

PONTÉRISSON.

Par qui?

BIROCHET.

Par l'autre préfet.

PONTÉRISSON.

L'autre!... (Avec un soupir.) Pauvre pays! Où se trouve votre arrière-cuisine?

BIROCHET.

Là, de ce côté... au fond... On peut passer par ici.

Il indique le premier plan à gauche.

PONTÉRISSON, à Aménaïde.

Voulez-vous me donner un verre? je tiens à les goûter.

AMÉNADE, lui donnant un verre.

Voilà, monsieur le préfet.

PONTÉRISSON.

Donnez-en un aussi à Oscar.

AMÉNAÏDE, même jeu.

Voilà, monsieur.

PONTÉRISSON.

Vous m'accompagnez, Oscar?

OSCAR.

Oui, oui.

PONTÉRISSON.

Passez, Oscar. Les grandeurs ne me changent pas, moi. Je serai toujours simple. Passez. (Oscar passe.) Si l'on se doutait que le premier magistrat du département vous fait passer avant lui!... Il y a des situations amusantes dans la vie.

Ils sortent, Oscar le premier.

BORROMÉE, avec importance, à Aménaïde.

Voulez-vous me donner un verre? Je tiens à les goûter aussi, comme mon maître. (Aménaïde lui donne un verre.) Les grandeurs ne me changent pas. (A Birochet.) Passez, passez donc.

BIROCHET.

Jamais !

BORROMÉE.

Si l'on se doutait que le premier valet de chambre du préfet vous offre de passer devant lui !... Il y a des situations amusantes dans la vie.

Il sort par la même porte.

AMÉNAÏDE.

Ils ont du courage!

SCÈNE XV

BIROCHET, AMÉNAIDE, FAUQUEMBERGHES, puis OSCAR.

FAUQUEMBERGHES, entrant par le fond en courant*.

J'ai perdu monsieur le préfet. Il a tourné, tourné autour de la préfecture...

AMÉNAÏDE.

Il est dans l'arrière-cuisine.

FAUQUEMBERGHES.

Que fait-il?

BIROCHET.

Il boit de notre eau sulfureuse.

FAUQUEMBERGHES.

Il boit? Je vais boire aussi. Donnez-moi un verre.

Aménaïde lui donne un verre. Il sort.

LE FACTEUR, entrant par le fond **.

Voici trois lettres pour M. le préfet.

* Birochet, Fauquemberghes, Aménaïde.
** Birochet, le facteur, Aménaïde.

BIROCHET.

Ne le dérangez pas. Posez-les sur ce plateau, je les lui remettrai.

LE FACTEUR.

Avec les journaux ?

BIROCHET.

Avec les journaux.

Le facteur sort.

AMÉNAÏDE.

C'est égal, il faut que j'en boive aussi, moi, de notre eau.

Elle prend un verre et disparaît.

OSCAR, revenant par la gauche, troisième plan *.

Elle revient, elle revient... Et l'aubergiste est là !

BIROCHET.

Ils en boivent tous. Est-ce qu'elle serait bonne ?

Il prend un verre et suit les autres.

OSCAR, à la vue de Lucrèce, qui entre par le fond.

Il était temps !

Il tombe sur une chaise, brisé par l'émotion. Lucrèce entre triomphalement.

SCÈNE XVI

OSCAR, LUCRÈCE.

LUCRÈCE**.

Votre mariage est rompu.

OSCAR.

Ah !

LUCRÈCE, s'asseyant près de la table.

Vous allez recevoir la visite du père. Il est furieux.

* Birochet, Oscar.
** Oscar, Lucrèce.

OSCAR.

Très bien.

LUCRÈCE.

Sa fille est indignée.

OSCAR.

Allez, allez.

LUCRÈCE.

Elle a pleuré, j'ai pleuré, nous avons pleuré. Nous sommes intimes. Je lui ai donné un de vos billets.

OSCAR.

Comment?

LUCRÈCE.

Celui qui commence par : « O Lucrèce, âme de ma vie... »

OSCAR, qui s'est levé.

Vous avez raconté...

LUCRÈCE.

J'ai dit que j'étais veuve.

OSCAR.

Et votre mari ?

LUCRÈCE.

Il est si loin !

OSCAR.

Il est ici !

LUCRÈCE.

Mon mari?

OSCAR.

Votre mari en personne.

LUCRÈCE, incrédule.

Comment serait-il à Montbrison?

OSCAR.

Comment? Mais comme préfet !

LUCRÈCE, se levant d'un bond.

Lui!

OSCAR.

Le vrai préfet, le seul préfet! Il m'a pris ma place. Voilà où nous en sommes.

LUCRÈCE, effrayée.

Mais il me croit chez ma mère!... j'ai pris un faux nom, je viens de me faire passer pour veuve! Il comprendra que nous sommes venus ensemble... Que répondrai-je s'il me voit?

OSCAR.

Il ne faut pas qu'il vous voie, il ne le faut à aucun prix. Ce serait un éclat terrible et un scandale abominable.

LUCRÈCE.

Que faire alors? que faire?

OSCAR.

Fuir le plus vite possible et le plus loin possible.

LUCRÈCE.

Ah! oui, oui. Où vous voudrez, où vous voudrez.

OSCAR.

Venez! (Il sort par la porte du fond et rentre aussitôt.) Non. Ils sont à la fenêtre!

LUCRÈCE.

Grands dieux! que vais-je devenir?

OSCAR.

Montez dans votre chambre, numéro 7. N'en sortez pas, quoi qu'il arrive, et attendez-moi.

LUCRÈCE.

Le numéro 7? Où trouverai-je le numéro 7?

OSCAR, ouvrant la porte du premier plan à droite.

On me l'a indiqué. Montez un étage, tournez à gauche.

LUCRÈCE, sortant.

Ah! pourquoi êtes-vous venu à Montbrison?

OSCAR.

Eh bien, et vous? et vous? (Il referme la porte et essaye de se remettre.) Quelle situation pour un homme grave? — Elle est en sûreté, me voilà quelques moments de répit. Je la ferai échapper pendant le dîner. Il y a un train à huit heures.

Il tombe assis près de la table.

SCÈNE XVII

OSCAR, PONTÉRISSON, BORROMÉE, BIROCHET, FAUQUEMBERGHES, AMÉNAÏDE.

Pontérisson revient par la gauche, suivi de Fauquemberghes, de Birochet, de Borromée et d'Aménaïde.

PONTÉRISSON.

Oscar! Oscar, vous nous avez abandonnés?

OSCAR.

Oui... je suis un peu fatigué.

PONTÉRISSON.

Mon ami, ces eaux sont excellentes.

BIROCHET, FAUQUEMBERGHES, AMÉNAÏDE, en faisant la grimace.

Excellentes!

BORROMÉE, de même *.

Excellentes!

PONTÉRISSON.

Regardez Borromée, il n'y a pas résisté.

BORROMÉE.

Mais si... mais si... j'ai résisté.

* Borromée, Birochet, Aménaïde, Fauquemberghes, Pontérisson, Oscar.

PONTÉRISSON.

Mal... Tu résistes mal... et je sens que moi-même... (A Oscar.) Mon ami, je débute en faisant la fortune de Montbrison. Montbrison va devenir une ville d'eau... (A part.) J'ai eu tort de boire de cette eau.

BORROMÉE, à part.

J'ai voulu en boire plus que monsieur le préfet...

PONTÉRISSON.

Pourrais-je avoir un peu de thé?

AMÉNAÏDE.

A l'instant, monsieur le préfet.

BIROCHET.

Avec du rhum de 1804.

Ils sortent à droite, troisième plan.

BORROMÉE, à part.

J'en prendrais bien aussi. (Haut à Pontérisson.). On prépare une petite manifestation en l'honneur de monsieur le préfet.

PONTÉRISSON.

Vraiment?

BORROMÉE.

J'y vole... pour chauffer l'enthousiasme.

PONTÉRISSON.

Excellent Borromée!

BORROMÉE.

J'ai eu tort de boire cette eau.

Il sort en suivant Aménaïde.

SCÈNE XVIII

PONTÉRISSON, OSCAR, FAUQUEMBERGHES,
puis BIROCHET et AMÉNAIDE.

FAUQUEMBERGHES, à Oscar*.

Mes compliments de condoléance; ces choses-là arrivent tous les jours.

OSCAR, bas.

C'est vous qui avez fait tout le mal.

PONTÉRISSON.

Il ne faut pas qu'un malaise passager nous arrête dans le cours de nos travaux si urgents. — Monsieur de Fauquemberghes!

FAUQUEMBERGHES, empressé.

Monsieur le préfet?

PONTÉRISSON.

Le moment est venu d'utiliser vos bons offices.

FAUQUEMBERGHES.

A vos ordres, tout à vos ordres.

PONTÉRISSON.

Vous ne me quittez plus.

FAUQUEMBERGHES.

C'est mon rêve.

PONTÉRISSON, à Oscar.

Monsieur est un agent matrimonial que j'attache à ma personne.

OSCAR.

Ah!

* Pontérisson, Fauquemberghes, Oscar.

PONTÉRISSON.

Vous ne comprenez pas?

OSCAR.

Non.

PONTÉRISSON, à part.

Il n'est pas fort, Oscar. (Haut.) Eh bien, regardez.

Il lui montre un de ses documents.

OSCAR.

C'est de la statistique.

PONTÉRISSON.

Oui, oui.

BIROCHET, revenant avec une bouteille.

Du rhum de 1804.

PONTÉRISSON.

Regardez aussi, monsieur l'aubergiste. Il est intelligent, cet aubergiste.

BIROCHET, regardant*.

C'est un tableau.

PONTÉRISSON.

Voyez les moyennes : vingt-trois naissances sur vingt-cinq décès et, plus de filles que de garçons!

BIROCHET, sans comprendre.

Ah!

OSCAR.

Eh bien?

PONTÉRISSON.

Je ne peux pas tolérer ça.

FAUQUEMBERGHES.

Non, monsieur le préfet, ne le tolérons pas.

PONTÉRISSON, tournant une page.

Tournons la page. Je ne peux pas admettre que trente-deux, trente-trois centièmes d'habitants ne me donnent qu'un enfant.

* Birochet, Pontérisson, Fauquemberghes, Oscar.

FAUQUEMBERGHES.

Nous ne le pouvons pas!

BIROCHET.

Quant à moi, c'est la faute d'Aménaïde.

PONTÉRISSON.

Et combien avons-nous d'habitants mariés par kilomètre carré? Dix-huit hommes et demi et dix-sept femmes et quart.

OSCAR, à part.

Que diable veut-il y faire?

PONTÉRISSON, à Fauquemberghes.

Nous commencerons par équilibrer.

FAUQUEMBERGHES.

Équilibrons.

PONTÉRISSON.

Vous aurez donc à me marier immédiatement un homme et demi avec trois femmes moins un quart par kilomètre carré.

FAUQUEMBERGHES.

C'est la moindre des choses.

PONTÉRISSON.

Ce n'est pas tout.

Il va chercher un autre document*

OSCAR, à part.

Il va me rendre la position impossible!

FAUQUEMBERGHES, à Oscar.

Quel préfet!

BIROCHET, à Oscar.

Quel préfet!

OSCAR, furieux, à part.

C'est trop fort!

* Pontérisson, Birochet, Fauquemberghes, Oscar.

PONTÉRISSON, revenant avec d'autres papiers *.

Je trouve à la dernière conscription cent dix-sept bossus...
Six bossus un quart par cent valides. Que faisaient donc
mes prédécesseurs ?

BIROCHET.

Ils ne faisaient rien.

FAUQUEMBERGHES.

Ils ne faisaient rien !

AMÉNAÏDE, revenant par la gauche avec un plateau.

Le thé de monsieur le préfet.

Elle le dépose sur la petite table devant la cheminée. — Birochet est remonté
vers elle.

PONTÉRISSON, à Fauquemberghes.

Vous avez compris mes intentions ?

FAUQUEMBERGHES.

Parfaitement !

PONTÉRISSON.

Accroissement de la population : des hommes surtout, et
moins de bossus.

FAUQUEMBERGHES.

C'est très clair.

PONTÉRISSON.

Vous me ferez un rapport sur les voies et moyens.

FAUQUEMBERGHES.

A l'instant même.

Il sort par le fond à droite.

PONTÉRISSON.

Voilà comment j'aime à être servi. Je crois que maintenant je peux me reposer un peu.

OSCAR, à part.

Ah ! si sa femme n'était pas là ! mais elle y est... quelle
situation !

* Birochet, Pontérisson, Fauquemberghes, Oscar.

PONTÉRISSON, à Aménaïde.

De la crème, s'il vous plaît.

Il s'assied pour prendre le thé. — Aménaïde et Birochet sont autour de lui.

OSCAR, à la table, apercevant les lettres que le facteur a apportées, à part.

Tiens ! l'écriture d'Anatole ! (Il en prend une.) « Monsieur le préfet, à Montbrison. » Bon ! l'indiscrétion de Lucrèce ! (Il lit.) « Mon bon préfet, tu t'es donc fait nommer sans le dire à papa ? » Ça commence bien. « Et tu crois que l'on va te laisser en paix dans ta capitale ?... » (Avec effroi.) Est-ce qu'ils vont me faire des farces ?

Il est descendu à droite. — Aménaïde sort par la gauche.

SCÈNE XIX

PONTÉRISSON, OSCAR, BIROCHET,
puis AMÉNAIDE.

BIROCHET*.

On a apporté trois lettres pour monsieur le préfet.

FONTÉRISSON.

Ah !

OSCAR, allant vers le plateau, à part.

Trois ? (Au moment où il s'avance pour prendre les lettres, Birochet enlève le plateau.) Comment ? (Pendant que Birochet revient vers Pontéri son.) Mais elles sont pour moi !

BIROCHET, présentant le plateau à Pontérisson.

Les voici.

OSCAR, à part

Il les lui donne !

BIROCHET.

Avec les journaux.

* Pontérisson, Birochet, Oscar.

PONTÉRISSON, les prenant.

Trois lettres, il n'y en a que deux.

Il s'est levé.

BIROCHET.

Il y en avait trois.

PONTÉRISSON.

Voyez, monsieur, voyez.

BIROCHET, ahuri.

Deux, deux seulement !

PONTÉRISSON, descendant.

Il faut retrouver la troisième. Vous comprenez que des lettres pour le préfet sont toujours de la plus haute importance.

BIROCHET.

Des dépêches officielles ! je connais ça. Mais il ne s'est jamais rien perdu à l'hôtel du Cadran vert.

Il remonte et cherche partout.

PONTÉRISSON.

De la plus haute importance.

Il en prend une et l'ouvre.

OSCAR, le suivant des yeux avec anxiété *.

C'est de Fernand. (Avec désespoir.) Ce doit être abominable !

Birochet au fond, cherchant la troisième dépêche.

PONTÉRISSON, lisant.

« Mon cher préfet, le gouvernement a été sévère. » Comment, sévère ? Le gouvernement n'est jamais trop sévère. (continuant.) « Montbrison est le maximum de la peine. »

OSCAR, rassuré.

Non... non...

PONTÉRISSON.

Quelle peine ? « Mais on vous envoie une petite compensation. » Ah !... « Recevez-la bien. » (Il regarde complaisamment sa boutonnière.) Certainement, je la recevrai bien. « Elle est

_____

* Pontérisson, Oscar.

blonde... » (Il s'arrête.) « Des yeux bleus, la taille fine, un signe sur la lèvre. » Oscar, on m'envoie une dame blonde avec des yeux bleus, la taille fine.

OSCAR, à part.

Ah ! c'est Amanda !

PONTÉRISSON.

Est-ce que c'est une tradition ?

OSCAR.

Apparemment. (A part.) Animal, va !

PONTÉRISSON.

Ah ! mais non ! Ah ! mais non ! Je suis un homme vertueux, moi. Je donnerai à mon département l'exemple de la vertu. (Appelant Birochet.) Monsieur l'aubergiste ?

BIROCHET, accourant *.

Monsieur le préfet !

PONTÉRISSON.

Une dame blonde... avec des yeux bleus...

BIROCHET, souriant.

Euh ! euh !

PONTÉRISSON.

Quoi ?

BIROCHET.

Je dis : Euh ! euh !

PONTÉRISSON.

Et la taille fine...

BIROCHET, d'un air fin.

Monsieur le préfet aime à rire.

PONTÉRISSON.

Permettez...

BIROCHET.

Voilà le préfet qu'il nous faut ! (A part.) J'obtiendrai tout ce que je voudrai.

* Birochet, Pontérisson, Oscar.

PONTÉRISSON, l'interrompant.

Je vous dis qu'une dame...

BIROCHET.

Blonde avec des yeux bleus...

PONTÉRISSON.

Viendra peut-être.

BIROCHET.

Elle est venue.

PONTÉRISSON.

Elle est venue ?

BIROCHET.

Oui, elle est au numéro **7**, chambre du général.

PONTÉRISSON.

Oscar, il paraît qu'elle est arrivée...

OSCAR.

Bah !

PONTÉRISSON.

Elle est au numéro 7.

OSCAR.

Hein ! (A part.) Sa femme !

PONTÉRISSON.

Chambre du général.

OSCAR, à part.

Il ne manquait plus que cela !

BIROCHET, de l'autre côté.

Délicieuse, monsieur le préfet ! Délicieuse !

PONTÉRISSON.

Dites donc, Oscar, il paraît qu'elle est délicieuse ?

OSCAR.

Monsieur Pontérisson !

PONTÉRISSON.

Oui, oui, je dois donner l'exemple à mon département.
(A part.) Numéro 7, chambre du général.

OSCAR, à part.

Il faut qu'elle parte.

PONTÉRISSON.

Elle vous a dit son nom ?

BIROCHET.

Elle s'est inscrite elle-même.

OSCAR, à part.

Oh ! il va reconnaître l'écriture !

Il passe vivement près du registre encore ouvert, déchire la feuille et remonte à gauche.

PONTÉRISSON.

Sous quel nom ?

BIROCHET, allant chercher le registre.

Vous allez voir, monsieur le préfet ; je suis toujours en règle.

PONTÉRISSON, prenant le registre *.

Très bien.

BIROCHET.

Là, au verso.

PONTÉRISSON.

La feuille est déchirée.

BIROCHET.

Comment ?

PONTÉRISSON.

Déchirée, monsieur, déchirée !

BIROCHET.

C'est incompréhensible.

PONTÉRISSON.

Mes lettres disparaissent et on enlève une page au livre des voyageurs ! La corrélation significative de ces deux faits graves leur donne une importance exceptionnelle.

* Oscar, Pontérisson, Birochet.

BIROCHET, à part, posant son livre.

Il va ordonner une perquisition, et s'il découvre mes futures professions de foi, je suis perdu !

OSCAR, à Pontérisson.

A votre place, je quitterais cet hôtel.

PONTÉRISSON.

Quand il y a un mystère à approfondir ?... Je connais mieux mes devoirs, Oscar. Cette page n'a pas été enlevée sans motifs. (A Birochet.) Allez dire à la dame du numéro 7 que le préfet désire lui parler.

Birochet sort par le premier plan, à droite.

OSCAR*.

Comment ?

PONTÉRISSON.

Laissez-moi faire, Oscar, je sais mener une instruction.

OSCAR, à part.

Elle ne viendra pas.

PONTÉRISSON, ouvrant la lettre qui lui reste.

Voyons ma dernière dépêche ; j'y trouverai sans doute un éclaircissement.

Oscar regarde par-dessus son épaule.

OSCAR, à part.

L'écriture d'Adolphine ! Ah ! si Adolphine s'en mêle !

PONTÉRISSON.

Oh ! oh !... (Lisant.) « Mavon pave tavi. »

OSCAR, à part.

C'est du javanais !

PONTÉRISSON.

Oh ! oh ! oh ! oh ! oh ! une dépêche chiffrée! oh! oh ! oh! Oscar ?

OSCAR, s'approchant.

Cher ami ?

* Oscar, Pontérisson.

PONTÉRISSON.

J'en étais sûr. Voici une dépêche confidentielle extrêmement importante.

OSCAR, jouant l'étonnement.

Ah ! que dit-elle ?

PONTÉRISSON.

Il n'est pas nécessaire qu'elle dise quelque chose pour que je sente son importance, moi ; au contraire.

OSCAR.

Cependant...

BIROCHET, revenant par la droite *.

Cette dame refuse de se montrer.

PONTÉRISSON.

Hein ? que vous disais-je, Oscar ? Elle ne veut pas se montrer. Donc, il faut que je la voie. (A Birochet.) Où est la chambre du général ?

OSCAR, vivement.

Mais non, c'est inutile.

PONTÉRISSON.

Vous ne suivez donc pas la corrélation des faits ?

OSCAR.

Si... si... mais... (Avec joie.) J'entends du bruit.

On entend au dehors des cris de : Vive monsieur le préfet.

PONTÉRISSON.

Il me semble qu'on crie : Vive monsieur le préfet. (Il parle bas à Birochet et termine en parlant haut.) Et vous m'en répondez sur votre tête !

Birochet sort à droite, premier plan.

OSCAR.

Mais oui... oui...

Il remonte.

CRIS AU DEHORS.

Vive monsieur le préfet !

* Oscar, Pontérisson, Birochet.

PONTÉRISSON.

Oh! déjà! (Avec joie.) Et les cris se rapprochent. (A Aménaïde, qui est entrée par la gauche.) Avez-vous un balcon?

AMÉNAÏDE*.

Oui, monsieur le préfet, nous en avons un, au premier, sur le jardin.

PONTÉRISSON, avec colère.

Sur un jardin! ce n'est pas un balcon.

SCÈNE XX

Les Mêmes, MÉLIE, MANDA, CADISSETTE, FANCHETTE, puis BORROMÉE.

Mélie et Manda entrent portant un énorme bouquet. Elles sont suivies de Fanchette et de Cadissette portant des guirlandes de feuillage et dirigées par Aménaïde.

TOUTES, lui présentant le bouquet **.

De la part des dames de Montbrison!

PONTÉRISSON.

Oh! oh! je suis ému... aussi ému que surpris... plus surpris encore qu'ému et plus ému... malgré mes graves préoccupations. Permettez-moi d'embrasser en vous toute la ville de Montbrison.

Il embrasse Mélie. La musique des pompiers paraît, conduite par Borromée déguisé en pompier. — Les jeunes filles sont allées se ranger à droite.

BORROMÉE.

Une... deux... trois.

TOUS.

Vive monsieur le préfet!

---

* Aménaïde, Pontérisson. Oscar au fond.

** Oscar, Aménaïde, Pontérisson, Mélie, Manda. Un peu au-dessus, Cadissette et Fanchette.

PONTÉRISON, ému.

Messieurs... Messieurs...

BORROMÉE.

Silence!

TOUS.

Silence!

PONTÉRISSON, bas à Oscar.

Je n'ai pas préparé de discours. (Haut, voyant Borromée.) En pompier!

BORROMÉE, bas.

Oui, je chauffe l'enthousiasme.

PONTÉRISSON.

Ah!

BORROMÉE.

Une... deux... (Birochet arrive en ce moment *.) Qu'est cela?

PONTÉRISSON, prenant une clé que lui donne Birochet.

Ce n'est rien.

BORROMÉE.

Une... deux... (Birochet parle bas à Pontérisson.) Il m'a troublé, cet animal-là. Attention!

PONTÉRISSON.

Oscar, je vais leur offrir un banquet.

OSCAR.

Un banquet!... Oui, oui, c'est une idée. (A part.) Lucrèce pourra s'échapper.

PONTÉRISSON.

Je suis tranquille sur la dame blonde. (Lui montrant la clé que Birochet vient de lui remettre.) Elle est sous clé.

OSCAR.

Hein! (A part.) Il a enfermé sa femme!

---

* Oscar, Aménaïde, Pontérisson, Birochet. Un peu au-dessus, Borromée; plus au-dessus, à gauche, les pompiers; à droite, premier plan, les quatre jeunes filles; au-dessus d'elles et au fond, paysans et paysannes.

BORROMÉE, aux pompiers.

Vive monsieur le préfet!

TOUS.

Vive monsieur le préfet!

PONTÉRISSON.

Mes amis...

BORROMÉE.

Une... deux... trois...

La musique reprend.

PONTÉRISSON.

Merci! (Posant la main sur son cœur.) Merci!

ACTE TROISIÈME

Une salle d'auberge, ornée comme pour une fête. — Des guirlandes de feuillages, des armes et des casques de pompiers en faisceaux. — A gauche, premier plan, la chambre d'Oscar; — deuxième plan, porte conduisant à l'arrière-cuisine. — A droite, premier plan, la chambre de Pontérisson; — deuxième plan, une vaste cheminée à manteau. — Entre la cheminée et la chambre de Pontérisson, une caisse contenant un arbuste tout garni de rubans. — Au fond, un peu à droite, l'entrée formée par une large voûte séparant les deux salles; — au delà de la voûte, une seconde salle vue en perspective. — Dans la première salle, trois tables au bout l'une de l'autre, recouvertes de nappes et chargées des restes d'un festin. — Devant la table du milieu, un grand fauteuil dont le dos est tourné vers le public. — Chaises, etc. — Le jour commence à paraître.

SCÈNE PREMIÈRE

BORROMÉE, endormi dans le fauteuil, FAUQUEMBERGHES, puis OSCAR.

FAUQUEMBERGHES, entrant par la porte de gauche, deuxième plan, très agité, et tenant une énorme feuille de papier ministre.

Les voies et moyens! les voies et moyens! J'ai pâli sur cette feuille de papier pendant qu'ils banquetaient, et je ne trouve rien, rien! Je voudrais au moins que M. le préfet me vît! (Il se dirige vers la chambre de Pontérisson.) Si j'allais le consulter? (Au moment de frapper, il écoute et s'arrête.) Je l'entends... il dort violemment... et il a peut-être le réveil désagréable. — Les voies et moyens! les voies et moyens!

Il s'assied au bout de la table, à gauche, et prend sa tête dans ses mains avec désespoir.

OSCAR, entrant doucement par la gauche, premier plan.

Tout le monde dort! (Il traverse à pas de loup, va à la porte de Pontérisson, écoute, sourit avec satisfaction, ouvre sans bruit et sort sur la pointe des pieds en disant:) Lui aussi!

FAUQUEMBERGHES, se levant vivement.

Une idée! J'ai une idée pour les bossus. (En sortant.) Voilà une idée! J'ai une idée!...

Il sort à gauche.

OSCAR, reparaissant à droite.

J'ai la clé du numéro 7. Enfin! — Il dormait... tout habillé... J'ai tâté ses poches, et... Quel début dans ma préfecture! (Regardant la clé.) Mais ce n'est pas celle-là! C'est une clé de commode. — Il faut recommencer.

Il va pour entrer dans la chambre de Pontérisson quand paraît Cadissette.

SCÈNE II

BORROMÉE, endormi; CADISSETTE, MÉLIE, AMÉNAÏDE, DEUX GARÇONS D'AUBERGE.

CADISSETTE, entrant par le fond avec Mélie et Aménaïde. — Aux garçons.

Enlevez la table! (Apercevant Borromée dans le fauteuil.) Il dort.

OSCAR, à part.

Il ne me reste plus qu'à prendre une échelle et à faire passer Lucrèce par la fenêtre.

Il rentre chez lui.

AMÉNAÏDE *.

Ne le réveillez pas.

CADISSETTE et MÉLIE.

Ne le réveillons pas.

Les garçons enlèvent les deux tables qui se trouvent à chaque bout et les emportent. Cadissette et Mélie placent celle du milieu au fond, à gauche.

* Cadissette, Mélie, Borromée, Aménaïde.

AMÉNAÏDE.

Marchez donc plus doucement.

CADISSETTE, admirant Borromée.

Qu'il est beau, quand il dort!

MÉLIE, même jeu.

Oh! oui!

Cadissette, en rangeant les chaises, en laisse tomber une. Borromée se réveille en sursaut.

BORROMÉE, portant un toast.

Aux pompiers de Montbrison! (Regardant partout.) Je crois que je me suis endormi dans le fauteuil de M. le préfet! Plus personne! Ils sont tous partis! Madame l'aubergiste!

AMÉNAÏDE.

Monsieur le valet de chambre!

Du geste, elle renvoie les deux jeunes filles, qui ont fini de ranger.

SCÈNE III

BORROMÉE, AMÉNAÏDE.

BORROMÉE*.

Adorable madame l'aubergiste... j'attends aujourd'hui sept, huit, neuf, dix ou douze personnes. Ce sont mes cousins.

Le jour est tout à fait venu.

AMÉNAÏDE.

Oh!

BORROMÉE.

Aussitôt que monsieur a été nommé préfet, j'ai télégraphié à mon oncle Bachelu, de Neuvy-Pailloux, de m'expédier tout ce que j'avais de cousins pour les caser dans la préfecture.

* Borromée, Aménaïde.

AMÉNAÏDE.

Ils arrivent aujourd'hui?

BORROMÉE.

Je l'espère.

AMÉNAÏDE.

Dix ou douze?

BORROMÉE.

Ou treize, ou quatorze, je ne sais pas au juste. J'en aurais voulu davantage, parce que vous comprenez que, dans ma situation, on n'a jamais trop de cousins. (Il remonte en se donnant un air d'importance, fait un tour sur lui-même et redescend à droite. — Aménaïde gagne la gauche en le regardant avec étonnement *.) Et vous, vous... vous n'avez rien à me demander?

AMÉNAÏDE.

Non, monsieur.

BORROMÉE.

Vous êtes satisfaite de votre hôtel?

AMÉNAÏDE.

Oh! oui, monsieur.

BORROMÉE.

Tout marche bien?

AMÉNAÏDE.

Oh! oui, monsieur.

BORROMÉE.

Vous avez des enfants?

AMÉNAÏDE.

Non, monsieur.

BORROMÉE.

Ah! — Vous n'avez pas à vous plaindre de monsieur Birochet?

AMÉNAÏDE.

Non, monsieur.

* Aménaïde, Borromée.

BORROMÉE.

Il doit être ambitieux?

AMÉNAÏDE.

Oh! oui!

BORROMÉE.

Je suis sûr qu'il a envie d'être... quelque chose.

AMÉNAÏDE.

Il ne rêve que ça.

BORROMÉE.

Nous le protégerons.

AMÉNAÏDE.

Je ne sais ce qu'il a... Il se promène depuis hier comme
une âme en peine. Il ne s'est pas couché.

BORROMÉE.

Il vous a laissée seule? Oh! pauvre petite femme! Oh!
pauvre petite femme!

Il lui baise la main.

AMÉNAÏDE.

Prenez garde! Birochet a remarqué que vous m'aviez
pressé la main pendant le feu d'artifice.

BORROMÉE.

Il m'a reconnu?

AMÉNAÏDE.

A votre cocarde.

BORROMÉE.

Diablesse de cocarde!

AMÉNAÏDE, regardant au fond.

Le voici! Qu'il ne nous retrouve pas ensemble.

BORROMÉE.

Non... non. Je vais me dissimuler. Renvoyez-le.

Il va se cacher derrière l'arbuste.

SCÈNE IV

AMÉNAIDE, BORROMÉE, caché derrière l'arbuste,
BIROCHET.

BIROCHET, entrant par le fond comme un conspirateur, et allant à
Aménaïde. Il tient un gros paquet d'imprimés *.

Cache ces papiers.

AMÉNAÏDE.

Où ?

BIROCHET.

Dans ton corsage.

AMÉNAÏDE.

Comment, dans mon corsage ?

BIROCHET.

Pour qu'ils soient en sûreté.

AMÉNAÏDE.

Je ne veux pas !

BIROCHET.

Aménaïde, ce sont mes futures professions de foi. Si elles
tombaient dans les mains de M. le préfet...

AMÉNAÏDE, inquiète, regardant du côté de Borromée.

Vous voulez rire ?

BIROCHET.

Il y en a de terribles... Il y en a d'autres qui... Mais il y
en a de terribles.

BORROMÉE, à part.

Terribles !

AMÉNAÏDE, s'efforçant de l'arrêter.

Allons donc !

* Birochet, Aménaïde, Borromée.

BIROCHET.

Terribles !

AMÉNAÏDE.

Alors, jetez-les au feu.

BIROCHET.

Elles me coûtent huit cents francs... et si les élections...
(S'interrompant avec effroi.) Aménaïde !... nous ne sommes pas
seuls.

AMÉNAÏDE.

Mais si !

BIROCHET, lui montrant le plumet de Borromée qui dépasse l'arbuste.

Une cocarde qui remue... Vois ! vois ! vois !

Il se sauve avec ses papiers comme un criminel, par la porte du deuxième plan,
à gauche.

BORROMÉE, sortant de sa cachette[*].

C'est ma cocarde !... Gredine de cocarde ! Voilà l'inconvé-
nient des grandeurs.

AMÉNAÏDE, courant à lui.

Ce n'est qu'un imbécile, je vous jure que c'est un imbécile.

BORROMÉE, avec importance.

Tant mieux !

AMÉNAÏDE.

Il ne sait ce qu'il dit.

BORROMÉE,

C'est une excuse. Et si vous me prouvez que c'est un
imbécile... Mais il faudra me prouver que c'est un imbécile.
(Changeant de ton.) A six heures, la jeunesse de Montbrison
doit nous donner une aubade. Tout le monde sera dehors.
Restez chez vous.

AMÉNAÏDE.

Mais je serais compromise !

* Aménaïde, Borromée.

BORROMÉE.

On ne me reconnaîtra pas, je me déguiserai. Je quitterai ma livrée pour vous... Pour vous ! Mais avouez que c'est dommage, avouez-le.

AMÉNAÏDE.

Je l'avoue.

BORROMÉE.

A la bonne heure ! (Il l'embrasse. — On sonne.) On sonne chez M. le préfet. Il s'est réveillé tout seul ! (On sonne de nouveau. — A Aménaïde qui sort par le fond.) A six heures !

SCÈNE V

BORROMÉE, PONTÉRISSON.

PONTÉRISSON, paraissant à droite *.

On ne m'entend donc pas ?

BORROMÉE.

J'accourais... nous accourions... Monsieur est déjà levé ?

PONTÉRISSON, traversant la scène **.

Je n'ai pas dormi. Je me suis jeté un instant tout habillé sur un fauteuil. Ai-je le temps de dormir? (A Borromée.) Vous irez, ce matin, au château de Montjovi.

BORROMÉE, très contrarié.

Ce matin ?

PONTÉRISSON.

Vous demanderez M. de Montjovi, maire de Montjovi, un de mes administrés les plus influents. Je l'ai vu hier soir. Il est très bien. Il m'a confié qu'il avait une fille charmante. Je lui ai répondu en souriant : Je le sais, — parce que le

---

* Borromée, Pontérisson.
** Pontérisson, Borromée.

premier magistrat du département doit tout savoir. — Mais
ce n'est pas votre affaire. Vous lui direz que vous venez de
la part du préfet ; il vous remettra une enveloppe contenant une lettre de la plus haute importance. Vous m'avez
compris ?

BORROMÉE.

Parfaitement. — Monsieur exige que je parte tout de
suite ?

PONTÉRISSON.

Le plus tôt possible. C'est une pièce de conviction que
j'attends pour aller interroger la dame que j'ai fait enfermer au numéro 7.

BORROMÉE.

C'est que... ce matin... on doit saluer le réveil de monsieur le préfet...

PONTÉRISSON.

Ah ! le canon, alors ?

BORROMÉE.

Il n'y en n'a pas. — Par quelques pétards que la jeunesse
de Montbrison a fabriqués elle-même.

PONTÉRISSON, ému.

C'est touchant !

BORROMÉE.

Et la société chorale *la Lyre Montbrisonnaise* chantera une
cantate nouvelle.

PONTÉRISSON.

Une cantate ?

BORROMÉE.

J'ai assisté à la répétition.

Il chante.

> Son arrivée, ah ! c'est l'aurore
> Qui nous éclaire en ce moment.

Ça ne peut se chanter que le matin.

Chantant.

C'est le blond Phébus...

PONTÉRISSON, l'interrompant.

Non... non... laissez-moi la surprise.

BORROMÉE.

Je voudrais être là !

PONTÉRISSON.

C'est trop naturel ; vous ne partirez qu'après la cantate.

BORROMÉE.

Merci, merci !

PONTÉRISSON.

Envoyez-moi mon agent matrimonial.

BORROMÉE.

Volontiers.

PONTÉRISSON.

J'ai des reproches à lui adresser.

BORROMÉE, sortant en fredonnant.

Son arrivée, ah ! c'est l'aurore
Qui nous éclaire en ce moment.

Il sort par le fond.

PONTÉRISSON, seul.

Je ne suis pas encore habitué aux toasts officiels. Je les prends au sérieux. Je bois chaque fois, et cela me fatigue. Je m'y ferai.

SCÈNE VI

PONTÉRISSON, FAUQUEMBERGHES.

FAUQUEMBERGHES, accourant par le fond, un papier à la main *.

Je travaillais, monsieur le préfet. Vous voyez, je travaillais aux voies et moyens.

* Fauquemberghes, Pontérisson.

PONTÉRISSON, sévèrement.

Vous saviez donc ma nomination avant de quitter Paris?

FAUQUEMBERGHES, embarrassé.

C'est-à-dire...

PONTÉRISSON.

Vous m'aviez annoncé à M. de Montjovi.

FAUQUEMBERGHES.

Je... j'ai annoncé le préfet.

PONTÉRISSON.

Vous avez été indiscret, Fauquemberghes.

FAUQUEMBERGHES.

Moi?

PONTÉRISSON.

C'est sans conséquence, puisque j'ai été reconnu par tout le monde, malgré mes efforts. A l'avenir, soyez plus circonspect.

FAUQUEMBERGHES.

Oui, monsieur le préfet. J'ai travaillé toute la nuit.

PONTÉRISSON.

Où en êtes-vous?

FAUQUEMBERGHES.

Pour les bossus, j'ai un système à vous proposer. J'exige que l'on ait dans chaque maison l'Apollon du Belvédère ou le buste de monsieur le préfet. (Pontérisson fait un geste de modestie.) Mais, pour l'accroissement de la population...

PONTÉRISSON.

Vous ne trouvez rien?

FAUQUEMBERGHES.

Je cherche encore.

PONTÉRISSON.

Eh bien, j'ai trouvé, moi.

FAUQUEMBERGHES.

Ah !

PONTÉRISSON.

Mariage obligatoire, avec le divorce, qui nous permet d'établir le volontariat d'un an, avec prime de rengagement.

FAUQUEMBERGHES.

Nous aurions certainement plus de maris.

PONTÉRISSON.

Et en outre... et en outre, les mêmes pourront servir plusieurs fois.

FAUQUEMBERGHES.

Oui.

PONTÉRISSON.

J'ai trouvé ça en sommeillant. Vous me rédigerez une note que j'enverrai au ministre.

FAUQUEMBERGHES.

A l'instant, monsieur le préfet.

PONTÉRISSON.

Voilà comment j'aime à être servi. Que ferai-je maintenant avant la cantate ? Je vais réveiller Oscar.

Il sort par le fond.

FAUQUEMBERGHES.

Mariage obligatoire, volontariat d'un an, prime de rengagement. Forte prime !

Il sort à gauche.

SCENE VII

OSCAR, LUCRÈCE.

OSCAR, passant la tête à gauche, premier plan.

Là !... Il n'y a personne... Vous pouvez entrer.

LUCRÈCE, entrant *.

Ah ! tant mieux ! car il me serait impossible d'aller plus loin.

OSCAR.

Vous voulez rester dans cette salle ouverte à tous venants ?

LUCRÈCE, s'asseyant sur le fauteuil, à gauche.

Je crois que je me suis foulé la cheville.

OSCAR.

Comment ?

LUCRÈCE.

Avec votre échelle !

OSCAR.

Mon échelle ! je n'avais que ce moyen de vous faire échapper.

LUCRÈCE.

Vous appelez ça me faire échapper ? Vous me faites tomber dans une basse-cour.

OSCAR.

Est-ce ma faute ?

LUCRÈCE.

Et quand vous êtes là, vous ne savez plus votre chemin.

OSCAR.

Je ne suis pas né dans le Cadran vert !

LUCRÈCE.

Nous tournons, tournons, tournons pendant vingt minutes, pour déboucher dans la salle du festin.

OSCAR.

Maintenant, au moins, je sais où nous sommes, et si vous voulez me suivre...

* Lucrèce, Oscar.

LUCRÈCE.

Vous me porterez alors ?

OSCAR.

Eh bien, oui, oui, je vous porterai.

LUCRÈCE, se levant brusquement.

Et vous croyez qu'un autre que vous m'aurait laissée
enfermée toute une nuit dans une chambre d'auberge ?

OSCAR.

Mais votre mari avait la clé, il donnait des banquets, il
débitait des discours, il me forçait à les entendre. Si vous
vous imaginez que j'étais sur des roses !

LUCRÈCE.

Je me serais adressée à l'aubergiste, qui a l'air d'un brave
homme.

OSCAR.

Il est introuvable.

LUCRÈCE.

Je ne me serais pas trompée de clé.

OSCAR.

J'aurais voulu vous y voir.

LUCRÈCE.

Si je n'avais pas compté sur vous, j'aurais bien trouvé le
moyen de fuir.

OSCAR.

Par exemple !

LUCRÈCE.

Vous serez responsable de tout ce qui arrivera.

OSCAR.

Il n'arrivera rien, pourvu que vous consentiez à me
suivre.

LUCRÈCE.

Si M. Pontérisson me tue, vous aurez à vous reprocher
ma mort.

OSCAR.

Mais, madame...

LUCRÈCE.

Et s'il me pardonne, vous pensez bien que j'ai trop de
fierté pour rentrer au domicile conjugal.

OSCAR.

Nous n'en sommes pas là.

LUCRÈCE.

Nous verrons alors ce que vous dictera votre conscience.

OSCAR, remontant à gauche*.

Vous le verrez, madame ; mais vous ne voulez pas que
votre mari nous surprenne ici... devant ces trophées... sous
ces guirlandes... Ce serait ridicule.

LUCRÈCE.

Oui, oui, ce serait ridicule.

OSCAR, lui offrant le bras.

Essayez de marcher.

LUCRÈCE.

Je marcherai... Ah ! si j'avais été seule !

Ils se dirigent vers la porte du deuxième plan à gauche.

OSCAR.

Là ! Très bien. (Ouvrant la porte.) Entrez. Ce couloir conduit
à l'arrière-cuisine, qui a une porte sur la rue. Je fais le
guet. (Elle disparaît.) Enfin ! (Il la suit des yeux avec une inquiétude
mêlée de joie. Il entend marcher, se retourne et voit Pontéri-son.) C'est lui !

Il referme vivement la porte, qui était restée ouverte, et passe à droite.

* Oscar, Lucrèce.

8.

SCÈNE VIII

OSCAR, PONTÉRISSON.

PONTÉRISSON, entrant par le fond *.

Comment, vous êtes là ? Je vous cherche partout.

OSCAR.

Vous avez à me parler ?

PONTÉRISSON.

Mon ami, je sais quelle est la dame blonde que je tiens sous clé.

OSCAR.

Vous savez qui elle est ?

PONTÉRISSON.

Parfaitement. C'est une intrigante.

OSCAR.

Ah ! ah !

PONTÉRISSON.

Une abominable intrigante, qui a essayé de me perdre dans l'esprit d'un de mes administrés les plus influents.

OSCAR.

Vraiment ?

PONTÉRISSON.

M. de Montjovi, maire de Montjovi. Elle lui a dit pis que pendre du nouveau préfet.

OSCAR.

Bah !

PONTÉRISSON.

Cet excellent maire a cru devoir me prévenir ; mais

* Pontérisson, Oscar.

vous comprenez qu'il était embarrassé en face du premier
magistrat du département. Cette dame lui a raconté que
j'avais eu des aventures... Des aventures! certainement,
j'en ai eu... avant le déluge, je veux dire : avant mon mariage. Elle a fait plus, elle lui a laissé entendre que
j'avais eu des relations avec elle. C'est faux. Je vous
jure, Oscar, que c'est faux. Je n'ai eu aucune relation
avec cette dame ; je ne la connais pas, je ne l'ai jamais
connue, à moins que ce ne soit la petite... Mais non, ce
n'est pas elle.

OSCAR.

Ah ! Vous n'en êtes pas sûr ?

PONTÉRISSON.

Non. Elle était rousse et elle n'avait pas la taille fine.
D'ailleurs, je n'écris pas, moi, et cette audacieuse personne
a remis à M. de Montjovi une lettre que je suis censé lui
avoir écrite.

OSCAR, de plus en plus inquiet.

Oh !

PONTÉRISSON.

Cet honorable père de famille n'a pas daigné la lire ;
il l'aurait brûlée ; mais je la lui ai réclamée et je l'aurai ce
matin.

OSCAR.

Vous ?

PONTÉRISSON.

Dans quelques heures.

OSCAR.

Vous vous exagérez peut-être...

PONTÉRISSON.

Vous n'avez pas compris ! il n'a pas compris ! Vous n'êtes
pas fort, Oscar. On attaque la réputation du principal re-
présentant du pouvoir. Je reçois une lettre chiffrée. — J'ai
trouvé le chiffre.

OSCAR, étonné.

Ah!

PONTÉRISSON.

Il ne me manque plus que quelques lettres pour qu'elle ait un sens. Je vais vous montrer cela. (Cherchant dans sa poche.) Je n'ai plus ma clé.

OSCAR.

Quelle clé.

PONTÉRISSON.

Celle du meuble où j'enferme tous mes documents. Je l'avais dans cette poche.

OSCAR, allant ouvrir la porte de la chambre de Pontérisson.

Elle est peut-être restée sur le meuble.

PONTÉRISSON.

Mais non, mais non. Voilà bien une autre complication.

OSCAR, cherchant dans sa poche.

Que diable en ai-je fait, moi?

PONTÉRISSON.

Oh! oh! Je n'attendrai pas une minute de plus, j'ai trop attendu. Je vais interroger cette dame.

Il sort vivement par le fond.

SCÈNE IX

OSCAR, puis LUCRÈCE.

OSCAR.

Heureusement qu'elle n'y est plus!... (La porte de gauche s'ouvre, Lucrèce paraît.) Lucrèce! Vous êtes encore ici?

LUCRÈCE, d'une voix éteinte *.

Oui, mon ami, oui.

* Lucrèce, Oscar.

OSCAR.

Que vous est-il arrivé?

LUCRÈCE.

Je ne peux pas sortir par là.

OSCAR.

Pourquoi?

LUCRÈCE.

Borromée garde la porte.

OSCAR.

Quelle porte?

LUCRÈCE.

Celle de l'arrière-cuisine. J'ai aperçu son chapeau, du couloir, et je suis restée, sans oser remuer, plus morte que vive.

OSCAR.

Eh bien! savez-vous ce qui se passe? Votre mari aura ce matin le billet que vous avez confié à mademoiselle Ernestine.

LUCRÈCE.

« O Lucrèce, âme de ma vie? »

OSCAR.

Oui. Et il vous cherche en ce moment.

LUCRÈCE.

Mais Borromée est toujours là!

OSCAR.

Je vais le renvoyer de gré ou de force.

Il sort vivement à gauche.

LUCRÈCE.

Allez vite. (Seule,) Quelle nuit!... quelle nuit! Il me cherche! (Elle regarde au fond avec effroi.) C'est lui! c'est lui!

Elle se précipite par la première porte ouverte et se trouve dans la chambre de Ponterisson. — Brochet entre avec précaution par le fond. — Il a toujours ses papiers à la main.

SCÈNE X

BIROCHET, puis PONTÉRISSON et OSCAR.

BIROCHET, avec mystère.

Il ne faut compter que sur soi-même. J'aurai une cachette aussi sûre que le corsage d'Aménaïde.

Il entre dans la cheminée et monte sur les chenets; on ne voit plus que ses jambes.

PONTÉRISSON, entrant par le fond, tout ému.

Elle est partie!

OSCAR, accourant par la gauche. Il tient le chapeau de Borromée*.

Il n'y avait que son chapeau!

Il regarde autour de lui avec stupéfaction, cherchant Lucrèce des yeux.

PONTÉRISSON.

Elle est partie, partie par la fenêtre, au moyen d'une échelle; l'échelle y est encore. Trouvez-vous cela naturel, vous?

OSCAR, cachant le chapeau derrière son dos.

Mon Dieu, oui... une femme qu'on enferme.

PONTÉRISSON.

Une échelle! une échelle! (A part.) Il n'a aucune intelligence. (Se tournant du côté de la cheminée, avec stupéfaction.) Hein! des jambes! des jambes dans la cheminée! (A voix basse.) Oscar!

OSCAR.

Quoi?

PONTÉRISSON.

Chut! regardez!

OSCAR.

Ah!

* Oscar, Pontérisson, Birochet dans la cheminée.

PONTÉRISSON.

Est-ce encore naturel, cela?

OSCAR.

Non, je conviens que non.

PONTÉRISSON.

Voici le coupable.

BIROCHET, se baissant pour descendre.

Il me faudrait une pince.

PONTÉRISSON.

L'aubergiste!

BIROCHET.

Oh! (Il remonte vivement dans la cheminée. — Dégringolant.) Grâce,
monsieur le préfet, j'avouerai tout.

Oscar va poser le chapeau sur la table du fond.

PONTÉRISSON.

Que faisiez-vous à pareille heure dans une cheminée?

BIROCHET.

Je cachais ces papiers.

PONTÉRISSON.

Quels papiers.

BIROCHET.

Mes futures professions de foi.

PONTÉRISSON.

Ah! des professions de foi! (A Oscar, d'un air de triomphe.) L'affaire change de face.

OSCAR.

Oui, oui. (A part.) Qu'est devenue Lucrèce?

PONTÉRISSON.

Je vais poursuivre l'instruction. (Se frottant les mains.) Quel
début! Quel début!

Lucrèce entr'ouvre doucement la porte et la referme vivement en entendant Pontérisson
qui a pris une sonnette.

OSCAR, ahuri.

Elle est dans sa chambre! elle est dans sa chambre!

SCÈNE XI

PONTÉRISSON, OSCAR, BIROCHET,
AMÉNAIDE, puis MÉLIE, MANDA, CADISSETTE
et FANCHETTE.

AMÉNAÏDE, accourant par le fond *.

Voilà! voilà!

PONTÉRISSON.

Allez réveiller tous vos serviteurs. Amenez-les-moi à
l'instant.

AMÉNAÏDE.

Oui, monsieur.

Elle sort.

BIROCHET.

Monsieur le...

PONTÉRISSON, l'interrompant.

Pas un mot, monsieur. Nous allons, s'il vous plait, pro-
céder avec ordre. Je vous interrogerai tout à l'heure, et
je vous engage à bien peser vos réponses. Vous m'avez
reconnu hier! cela dénote une intelligence qui aggrave
singulièrement votre situation. (Les jeunes filles entrent par le fond
avec Aménaïde.) Entrez toutes, placez-vous et ne m'interrompez pas. — Écrivez, Oscar **. — Il se passe des faits
étranges depuis que je suis descendu dans cet hôtel. —
Répondez, Birochet.

---

* Oscar, Pontérisson, Aménaïde, Birochet.
** Au fond, à gauche, Mélie, Manda, Fanchette et Cadissette; au milieu de
la scène, Pontérisson; à droite, Birochet et Aménaïde; au fond, du même
côté, Oscar.

BIROCHET.

Oui, monsieur le préfet.

PONTÉRISSON.

Dans quel intérêt m'avez-vous soustrait une dépêche ?

BIROCHET.

Ce n'est pas moi.

PONTÉRISSON.

Dans quel but avez-vous déchiré une feuille de votre registre ?

BIROCHET.

Ce n'est pas moi.

PONTÉRISSON.

Qui vous a poussé à prendre la clé de mes documents officiels ?

BIROCHET.

Ce n'est pas moi.

PONTÉRISSON.

Pourquoi avez-vous fait évader cette dame ?

BIROCHET.

Ce n'est pas moi.

Oscar s'est esquivé par le fond sans être aperçu.

SCÈNE XII

LES MÊMES, moins OSCAR.

PONTÉRISSON.

L'échelle y est encore !

BIROCHET.

Je vous jure...

PONTÉRISSON.

Quel mobile vous oblige à nier ?

BIROCHET.

Mais... je...

PONTÉRISSON.

Vous obéissez à un mot d'ordre ?

BIROCHET.

Non.

PONTÉRISSON.

Alors, pourquoi niez-vous ?

BIROCHET, ahuri.

Mais, parce que...

PONTÉRISSON.

Je vous donne une heure pour me livrer vos complices.

BIROCHET.

Je n'en ai pas.

PONTÉRISSON.

C'est ce que nous allons voir. (Aux jeunes filles.) Approchez, mesdemoiselles : chacune de vous va me dire ce qu'elle a fait hier. (Les jeunes filles sortent leurs mouchoirs et se mettent à pleurer, silencieusement d'abord.) Eh bien ? (Elles pleurent plus fort.) Vous pleurez ! (Elles éclatent.) Comment ! — Je suis trop imposant, je les effraye. — Voyons, mes enfants, voyons, calmez-vous. Je ne suis pas un ogre. (Prenant Mélie.) Répondez-moi doucement. Qu'avez-vous fait hier ?... Vous vous êtes levée, n'est-ce pas ?

MÉLIE.

Oui, monsieur.

PONTÉRISSON.

Vous vous êtes habillée ?

MÉLIE.

Oui, monsieur.

PONTÉRISSON.

Vous êtes sortie de votre chambre ?

MÉLIE.

Oui, monsieur.

PONTÉRISSON.

Et qui avez-vous rencontré ?

MÉLIE.

M. Birochet.

PONTÉRISSON.

Ah ! ah ! Que vous a-t-il dit ?

MÉLIE.

Il m'a embrassée.

AMÉNAÏDE, à Birochet.

Comment ?

BIROCHET.

Paternellement, paternellement !

PONTÉRISSON, à part.

Tous les vices ! (A Manda.) Et vous, mon enfant, qui avez-vous rencontré ?

MANDA.

J'ai rencontré la patronne.

PONTÉRISSON.

Ah ! ah ! Que vous a-t-elle dit ?

MANDA.

Elle m'a dit de porter un billet à son cousin Gustave.

BIROCHET, à Aménaïde.

Hein ?

AMÉNAÏDE.

Puisque c'est mon cousin.

PONTÉRISSON.

Nous nous égarons. Précisons. (Elles recommencent à pleurer. Prenant Fanchette.) Quelle impression a produite mon arrivée ?

FANCHETTE

Dame! le patron a été joliment content! Il a dit : Ce n'est pas que ça flatte, mais ça attire les voyageurs.

*Elles descendent toutes et entourent Pontérisson ***.***

CADISSETTE

Et la patronne aussi... elle a dit comme ça : Il a l'air de s'enfler comme une grenouille, ce gros père; nous le ferons payer double.

PONTÉRISSON.

Et puis? Allez, allez!

FANCHETTE.

La patronne a dit : Ça ne l'empêche pas de recevoir des cocottes.

AMÉNAÏDE, voulant la faire taire.

Fanchette!

CADISSETTE.

Et le patron a dit : C'est un bon zigue, j'en ferai ce que je voudrai.

BIROCHET, même jeu.

Cadissette!

MANDA.

La patronne a dit : Il a une perruque.

AMÉNAÏDE.

Manda!

MÉLIE.

Et le patron a dit : Non, mais il a un corset.

BIROCHET.

Mélie!

FANCHETTE.

Alors, Cadissette a regardé par le trou de la serrure.

---

* Manda, Fanchette, Pontérisson, Cadissette, Mélie, Birochet, Aménaïde.

CADISSETTE.

Ce n'est pas vrai !

MANDA et MÉLIE.

C'est vrai !

CADISSETTE.

Ce n'est pas vrai !

FANCHETTE, MANDA et MÉLIE.

C'est vrai !

CADISSETTE.

Non, non.

MÉLIE, MANDA, FANCHETTE.

Même que tu as dit que tu l'avais vu...

PONTÉRISSON, vivement.

Assez ! assez ! N'écrivez plus, Oscar. Je sens que je n'apprendrai rien. (Aux jeunes filles.) Sortez.

Les jeunes filles et Aménaïde sortent par le fond, en se disputant.

SCÈNE XIII

PONTÉRISSON, BIROCHET, FAUQUEMBERGHES et OSCAR.

PONTÉRISSON, à Birochet*.

Vous avez une heure, monsieur, pour me donner le nom de vos complices.

BIROCHET.

Mais je...

PONTÉRISSON.

Et vous saurez que je n'ai pas de corset.

Birochet sort à gauche.

* Pontérisson, Birochet.

FAUQUEMBERGHES accourant par le fond, suivi d'Oscar [*].

Monsieur le préfet, monsieur le préfet! *la Lyre montbri-*
sonnaise vient chanter une cantate.

PONTÉRISSON.

Ah! quelle surprise!

OSCAR.

Oui, oui. Vous devez vous montrer.

PONTÉRISSON.

Certainement, et je me ferai présenter l'auteur.

Il se dirige vers sa chambre.

OSCAR, l'arrêtant.

Où allez-vous?

PONTÉRISSON.

Je vais prendre mon pardessus.

OSCAR.

Hein!... Ne vous dérangez pas; je vous l'apporterai.

Il entre dans la chambre.

PONTÉRISSON, à lui-même.

Bon Oscar! toujours prêt à se rendre utile. Je le prendrai
pour secrétaire... intime. — (A Fauquemberghes). Il m'est revenu
que la jeunesse de Montbrison devait tirer quelques pétards
sur la promenade.

FAUQUEMBERGHES.

Elle en a tiré un.

PONTÉRISSON.

Un seul?

FAUQUEMBERGHES.

Il a mis le feu à une grange.

PONTÉRISSON.

Le feu?

* Fauquemberghes, Pontérisson, Oscar.

FAUQUEMBERGHES.

Oui.

PONTÉRISSON.

Et vous ne le dites pas! Mais ma place est là, monsieur. La vôtre aussi, puisque je vous ai attaché à ma personne.

OSCAR, revenant avec le pardessus et le chapeau de Pontérisson. A part.

La fenêtre est grillée. (Haut.) Voici votre paletot.

PONTÉRISSON.

M'accompagnez-vous, Oscar?

OSCAR.

Certainement. (A part.) Je crois bien, je ne le lâche plus.

PONTÉRISSON.

Nous n'allons plus à une fête, mon ami, nous allons à un incendie. (A part, en sortant). Pourvu qu'ils ne l'éteignent pas trop tôt! (Haut.) Venez, messieurs, venez.

Il sort vivement par le fond, suivi de Fauquemberghes et d'Oscar.

SCÈNE XIV

BORROMÉE, puis LUCRÈCE.

BORROMÉE, passant la tête à la porte du deuxième plan, à gauche.

On chante la cantate. Elle m'attend. (Entrant vêtu en cuisinier.) J'espère que, comme cela, je passerai inaperçu. J'ai le costume de Birochet lui-même. C'est égal... (S'arrêtant.) Je dois avoir l'air d'un champignon sous cette défroque. Si l'on me voyait!

Il va se regarder à la glace suspendue entre les deux portes de gauche.

LUCRÈCE, sortant prudemment par la droite.

Il faut absolument que je m'échappe. L'aubergiste! (Allant lui taper sur l'épaule.) Pardon, mon ami! (Stupéfaite.) Borromée!

BORROMÉE, ahuri*.

Madame la préfète!

LUCRÈCE, cherchant à se remettre.

Oui, c'est moi...

BORROMÉE.

Madame la préfète arrive?

LUCRÈCE.

Vous le voyez.

BORROMÉE.

Madame est étonnée de me trouver en cuisinier? C'est un accident, madame; c'est encore un accident.

LUCRÈCE.

Je le crois.

BORROMÉE.

Je ne sais pas comment cela s'est fait... Le hasard... le hasard... (Avec des larmes.) Je ne me consolerai jamais d'avoir été vu par madame la préfète dans ce costume. Madame trouve que j'ai l'air d'un champignon?

LUCRÈCE.

Vous êtes très bien.

BORROMÉE.

Très bien! Oh! très bien!... madame est indulgente. M. le préfet écoute une cantate, une cantate composée en son honneur... Si madame voulait y assister...

LUCRÈCE, vivement.

Non... non... merci.

BORROMÉE.

C'est une très jolie cantate.

(Chantant.)

     Son arrivée, ah! c'est l'aurore
     Qui nous...

Moi, je ne peux pas me montrer avec cette camisole.

* Borromée, Lucrèce.

LUCRÈCE.

Non, non... ne vous montrez pas.

BORROMÉE.

Je ne peux pourtant pas laisser ainsi madame la préfète.

LUCRÈCE.

Je n'ai besoin de personne.

BORROMÉE.

Mon devoir avant tout. (Appelant à la porte du fond.) Holà! holà! des voyageurs!

LUCRÈCE.

N'appelez pas.

BORROMÉE.

Que dirait M. le préfet? Holà! holà! des voyageurs!

LUCRÈCE.

Mais, Borromée... (Aménaïde paraît.) On vient.

SCÈNE XV

BORROMÉE, LUCRÈCE, AMÉNAÏDE,
puis CADISSETTE.

BORROMÉE, bas, à Aménaïde*.

C'est madame la préfète.

AMÉNAÏDE.

Madame la préfète! (Appelant.) Mélie! Manda!

BORROMÉE.

Tout le monde va me voir. (A Lucrèce.) Excusez-moi, madame, je suis obligé d'aller au château de Montjovi.

LUCRÈCE.

De Montjovi?

* Borromée, Aménaïde, Lucrèce.

9.

BORROMÉE.

Oui, madame, oui. — J'aurai perdu tout mon prestige.

Il sort en courant par la gauche.

AMÉNAÏDE.

M. le préfet est à l'incendie.

LUCRÈCE.

L'incendie!

CADISSETTE, entrant par le fond *.

Un petit incendie, un tout petit incendie. — Le voici qui revient... Il a fait le grand tour.

Elle remonte.

SCÈNE XVI

PONTÉRISSON, LUCRÈCE, AMÉNAÏDE CADISSETTE.

Pontérisson entre par le fond, le chapeau bosselé, les mains noircies, les habits couverts de poussière et de brins de paille.

PONTÉRISSON, radieux **.

Éteint! complètement éteint! Et nous n'avons eu à déplorer que la mort d'un lapin. (Apercevant sa femme.) Lucrèce!

LUCRÈCE.

Oui, oui... C'est moi...

AMÉNAÏDE.

Madame la préfète vient d'arriver...

PONTÉRISSON.

J'étais sûr que ta mère... ton excellente mère, qui est une personne sage, te ferait comprendre que la place de

* Cadissette, Aménaïde, Lucrèce.
** Pontérisson, Aménaïde, Lucrèce.

la femme du premier magistrat du département est à son chef-lieu.

LUCRÈCE.

Oui... oui...

AMÉNAÏDE*.

Mais dans quel état est monsieur le préfet !

PONTÉRISSON.

Oui... oui... j'ai traversé ainsi toute la ville. — (A part.) Ç'a été d'un effet ! (Aménaïde veut le brosser et enlever les brins de paille qu'il a sur l'épaule.) Mais non... mais non... ne touchez pas... remettez ça... il faut que j'aille encore au télégraphe. — Ah ! si tu étais venue hier, tu aurais partagé mes triomphes ! Quel enthousiasme ! Les pompiers, la musique, les dames de Montbrison... et le feu d'artifice ! — Il est doux d'être préfet, tu verras. — J'ai été héroïque, tout à l'heure. Tu peux en juger par cette noble poussière. (Lucrèce veut secouer son paletot.) Prends garde. — J'ai éteint un incendie. J'ai dirigé l'opération moi-même : nous avons attaqué le feu par cinq côtés à la fois avec une seule pompe. — Mais, tu m'excuses, chère amie ? Il faut que j'aille au télégraphe. Repose-toi un peu. (A Aménaïde.) Préparez une chambre pour madame.

Il sort par le fond, Aménaïde et Cadissette le suivent.

SCÈNE XVII

LUCRÈCE, puis OSCAR.

LUCRÈCE, seule.

Il ne s'étonne pas ! Il trouve tout naturel que je vienne le voir. Il se croit toujours préfet.

* Aménaïde, Pontérisson, Lucrèce.

OSCAR, se précipitant par la gauche*.

Tout est perdu !

LUCRÈCE.

Qu'est-ce encore ?

OSCAR.

Borromée est au château de Montjovi !

LUCRÈCE.

Ah !

OSCAR.

Il va rapporter votre lettre. Partez au moins avant que votre mari revienne.

LUCRÈCE.

Mais il est revenu.

OSCAR.

Lui ?

LUCRÈCE.

Je l'ai vu... il m'a vue...

OSCAR.

Il vous a vue !... Où est-il ?

LUCRÈCE.

Il est au télégraphe.

OSCAR.

Ah ! (Il remonte.) Mais non... non... il s'est arrêté... Il revient sur ses pas.

LUCRÈCE.

C'est qu'il a vu Borromée. Il a la lettre... Tout est fini !

OSCAR.

Prenons vite un parti...

* Oscar, Lucrèce.

LUCRÈCE.

Je lui avouerai tout.

OSCAR.

Mais non... mais non. Le voici !

LUCRÈCE.

Je l'attends.

SCÈNE XVIII

LUCRÈCE, OSCAR, PONTÉRISSON.

Pontérisson revient brossé, mais sombre et terrible. Oscar et Lucrèce restent atterrés Pontérisson s'avance lentement vers Oscar *.

LUCRÈCE, éperdue, se jetant au-devant de lui.

Je vais tout vous dire...

PONTÉRISSON.

C'est inutile, j'ai compris.

LUCRÈCE.

Théophile !

PONTÉRISSON.

Ta présence ici ne s'explique que trop. (D'un ton terrible, à Oscar.) La vôtre aussi, monsieur.

OSCAR.

Demandez-moi, monsieur, la satisfaction qu'il vous plaira.

PONTÉRISSON.

Vous êtes un misérable !

* Oscar, Pontérisson, Lucrèce.

OSCAR.

Monsieur !

LUCRÈCE.

Arrêtez !

PONTÉRISSON.

Je vous ai admis dans mon intimité, je...

OSCAR, l'interrompant.

Pas ici, monsieur, pas ici.

PONTÉRISSON.

Je ne redoute pas le grand jour, moi, et tout le monde
peut m'entendre.

LUCRÈCE, à part, la tête dans ses mains.

Quel châtiment !

OSCAR, à part.

Quel scandale !

PONTÉRISSON.

Je vous ai admis dans mon intimité, je vous appelais mon
ami, je vous ai forcé à vous loger en face de mes fenêtres,
je ne vous cachais rien, vous aviez mes secrets les plus
intimes ; je vous apprends que la préfecture de Montbrison
est vacante, je vous confie que l'on va m'y appeler, et vous
en profitez... pour vous faire nommer à ma place !

OSCAR.

Hein ?

PONTÉRISSON, lui remettant un journal qu'il tire de sa poche.

Triomphez, monsieur, triomphez : votre nom est à l'*Officiel*.

SCÈNE XIX

PONTÉRISSON, OSCAR, LUCRÈCE, BIROCHET, AMÉNAÏDE, MÉLIE, MANDA, CADISSETTE, FANCHETTE.

Aménaïde, Birochet et les jeunes filles entrent par le fond *.

TOUS.

Comment?

PONTÉRISSON, se tournant vers sa femme, avec émotion.

Et toi, toi ! tu as cru que je ne pourrais pas supporter ce coup terrible, et tu es venue ! Merci, merci ! (A Oscar.) Vous êtes préfet, monsieur, mais je ne vous reverrai de ma vie, ma femme non plus, je l'espère.

LUCRÈCE.

Oh ! non, jamais ! jamais !

BIROCHET, timidement, à Pontérisson **.

Je dirai tout.

PONTÉRISSON, montrant Oscar.

C'est monsieur qui poursuivra l'affaire. (A part.) Je serai curieux de le voir à l'œuvre.

BIROCHET, à Oscar.

Monsieur !

OSCAR, bas.

Je connais le coupable.

BIROCHET, stupéfait.

Ah !

* Oscar, Pontérisson, Lucrèce. Les autres au fond.
** Oscar, Birochet, Pontérisson, Lucrèce. Les autres au fond.

AMÉNAÏDE à Oscar *.

J'espère que monsieur nous donnera les dîners officiels.

BIROCHET, même jeu.

Je peux dire que je connais l'esprit du département.

LES JEUNES FILLES, même jeu.

Si monsieur a besoin de femmes de chambre!

PONTÉRISSON, à part.

Vils flatteurs!

SCÈNE XX

LES MÊMES, BORROMÉE, puis FAUQUEMBERGHES.

Borromée entre en tenue de chasseur ; il a un magnifique panache
de plumes de coq à son tricorne **.

BORROMÉE.

Je viens du château de Montjovi.

LUCRÈCE et OSCAR.

Hein?

BORROMÉE.

J'ai eu l'honneur de voir moi-même M. le maire; voici la
lettre.

PONTÉRISSON, regardant l'enveloppe.

Très bien. (Lisant avec amertume). « Monsieur le préfet. »
Remettez-la à monsieur... Monsieur est préfet.

BORROMÉE.

Hein? Monsieur Oscar?

* Aménaïde, Oscar, Birochet, Pontérisson, Lucrèce. Les jeunes filles vers
le fond.
** Aménaïde, Oscar, Birochet, Borromée, Pontérisson, Lucrèce. Les jeunes
filles au fond.

PONTÉRISSON.

Oui, monsieur veut être un personnage... monsieur aime
le...

BORROMÉE.

Monsieur aime le panache? O mon maître!... ô mon
pauvre maître !

Tout le monde s'est rapproché d'Oscar sur le devant, à gauche.

PONTÉRISSON.

Il n'y a que lui qui me reste!

BORROMÉE, à part.

Et mes cousins? (Allant à Oscar.) Si monsieur me :faisait
l'honneur de me prendre à son service...

PONTÉRISSON.

Lui aussi ! (On entend la musique des pompiers. A Oscar). C'est pour
vous, monsieur. C'est pour vous.

BORROMÉE, à lui-même.

J'aurais dû réserver quelques fusées.

PONTÉRISSON.

Le même air ! le même air !

Mélie et Manda sont allées prendre le bouquet de la veille, qui était dans
l'arrière-boutique, et reviennent le présenter à Oscar.

MÉLIE et MANDA.

De la part des dames de Montbrison.

PONTÉRISSON.

Et le même bouquet !

Les pompiers arrivent et se placent à droite.

FAUQUEMBERGHES, entrant par la gauche, — bas, à Oscar *.

Dites donc, le ministre a réfléchi. (Montrant Pontérisson.) Ce
n'est pas lui qui est nommé préfet.

* Aménaïde, Birochet, Fauquemberghes, Oscar, Borromée, Pontérisson,
Lucrèce. Au-dessus, à gauche, les jeunes filles ; au fond, paysans et paysannes ;
à droite, les pompiers.

OSCAR.

Nous le savons.

FAUQUEMBERGHES.

C'est M. Ovide de Villecresnes.

OSCAR, faisant un bond.

Mon oncle!

BORROMÉE, à part.

Son oncle! — Je vais chez son oncle.

TOUS.

Vive monsieur le préfet!

La musique des pompiers reprend. — Pontérisson se bouche les oreilles.
Le rideau baisse.

FIN DU PANACHE.

LES
GRANDES DEMOISELLES

COMÉDIE EN UN ACTE

Représentée pour la première fois, à Paris, sur le Théâtre du GYMNASE,
le 10 mars 1868.

PERSONNAGES

DIANE.	⎫	Mmes FROMENTIN.
CLAIRE.	⎪	PIERSON.
BERTHE.	⎪	MASSIN.
VALENTINE. . .	Petites-filles du baron de Chantenay.	ANGELO.
CHARLOTTE . .	⎪	MAGNIER.
HENRIETTE. . .	⎪	ANNA-JUDIC.
ROSE	⎭	CHAUMONT.
BÉATRIX, vieille demoiselle, leur tante		LESUEUR.
Mlle AUBRY, institutrice		MENTZ.
FANCHETTE, paysanne		BÉDARD.
JEANNETTE, servante		SYLVI.
MAX. . . . . . . ⎫ Petits-fils du baron.		JEANNE.
URBAIN. . . . . ⎭		GIRARDIN.
LABAYEN. . . . . MM.		PRADEAU.
HUGUES DE MÉRINDOL.		POREL.
MARTIAL.		VICTORIN.

De nos jours, au château de Chantenay.

———

S'adresser, pour la mise en scène, au régisseur
du Gymnase.

Quelques variantes permettent de supprimer trois rôles de femme.

LES
GRANDES DEMOISELLES

La bibliothèque du château. — Portes au fond dans les angles, et portes latérales. Plusieurs glaces. Un piano à gauche ; une table au fond ; un guéridon et un canapé à droite ; des jardinières ; une échelle double à larges degrés au fond, devant la bibliothèque.

SCÈNE PREMIÈRE

DIANE, CLAIRE, BERTHE, VALENTINE, CHARLOTTE, HENRIETTE, puis MAX et URBAIN, en dehors *.

Au lever du rideau, Diane, sur un canapé, à droite, paraît absorbée par une douleur muette et reste étrangère à ce qui se passe autour d'elle. Sur le devant, à gauche, Claire et Berthe, debout, lisent avidement le même livre. A les voir émues et souriantes, on sent qu'elles mordent dans le fruit défendu. Au fond, Charlotte, sur un des degrés de l'échelle, prend des livres dans la bibliothèque. Valentine, assise sur un pouf, lit près du guéridon ; Henriette fait le guet à une porte du fond, à droite. Il se fait un profond silence. On frappe à la porte du fond, à droite.

HENRIETTE.

On frappe.

CLAIRE.

N'ouvre pas.

* Berthe, Claire, Charlotte, Valentine, Henriette, Diane.

VALENTINE.

Oh ! non.

HENRIETTE.

Si c'était notre grand-père ?

CHARLOTTE.

Il ne doit revenir que demain.

BERTHE.

C'est la tante Béatrix.

VALENTINE.

Ou l'institutrice de Rose.

CLAIRE.

Mademoiselle Aubry ?

HENRIETTE.

Elle est si méchante !

URBAIN, appelant du dehors.

Charlotte !

CHARLOTTE.

C'est mon frère.

MAX, de même.

Valentine !

VALENTINE.

Et le mien.

CLAIRE.

Ne répondez pas !

URBAIN.

J'aperçois la cousine Henriette.

CLAIRE.

Maladroite !

MAX,

Et Claire ! Bonjour, cousines.

BERTHE.

Vous vous montrez.

MAX.

Ah ! c'est Berthe, la jolie.

URBAIN.

Bonjour, cousines ; ouvrez-nous.

MAX.

Ouvrez-nous.

Ils frappent des pieds et des mains.

VALENTINE, se levant.

Max, soyez raisonnable.

MAX.

Mademoiselle ma sœur, pourquoi nous laissez-vous à la porte ?

URBAIN.

Oui, pourquoi ?

CHARLOTTE.

Urbain, taisez-vous.

URBAIN.

Ma petite sœur, nous voulons t'embrasser.

BERTHE.

Est-ce qu'on se présente ainsi chez des demoiselles ?

Toutes, excepté Diane, remontent.

CLAIRE.

Comment êtes-vous à Chantenay ?

HENRIETTE.

Au lieu d'être au collège ?

MAX.

Nous nous sommes échappés.

VALENTINE et CHARLOTTE.

Échappés ?

URBAIN.

On ne venait pas nous chercher.

MAX.

Et nous voulions être de la noce.

CLAIRE, vivement, en regardant Diane avec inquiétude.

Quelle noce ?

URBAIN.

La noce de Diane.

BERTHE, même jeu que Claire.

Il n'y a pas de noce.

MAX.

Allons donc ! On a acheté la corbeille.

URBAIN.

Diane se marie demain.

MAX.

Avec le comte de Jansais.

CLAIRE.

Diane ne se marie pas.

MAX.

Le mariage est rompu ?

CLAIRE.

Oui. — Ainsi, retournez au collège.

MAX.

Oh ! les vilaines cousines !

URBAIN, d'une voix suppliante.

Rose, ma petite Rose, ouvre-nous.

CLAIRE, s'approchant de la porte.

Ma sœur est dans le jardin.

VALENTINE.

Près du parc.

BERTHE.

Elle attrape des papillons.

HENRIETTE, regardant par le trou de la serrure.

Les voilà partis.

SCÈNE II

LES MÊMES, moins MAX et URBAIN*.

CHARLOTTE.

C'est bien heureux.

Les jeunes filles se rapprochent de Diane.

VALENTINE.

Ces enfants ont une audace qui me confond.

BERTHE.

Des enfants de quinze ans !

CLAIRE, à Diane.

Ils ont renouvelé ta douleur.

DIANE.

Ma douleur ne me quitte pas.

BERTHE.

Tu ne peux pas oublier M. de Jansais.

CHARLOTTE.

Un fiancé qui rompt son mariage sans donner de motifs

HENRIETTE.

La veille du jour fixé pour la noce !

CHARLOTTE.

Je l'aurais vite oublié, moi.

VALENTINE.

M. de Jansais se conduit d'une étrange sorte pour un gentilhomme.

DIANE **.

M. de Jansais ne m'aimait pas.

* Charlotte, Berthe, Henriette, Claire, Diane, Valentine.
** Charlotte, Henriette, Claire, Berthe, Diane, Valentine.

CLAIRE.

Hier encore il jurait de passer sa vie à tes genoux, ce qui serait bien gênant.

BERTHE, assise sur un pouf.

Dimanche, près des platanes, il te disait de bien jolies phrases.

DIANE.

Tu nous écoutais.

BERTHE.

Par hasard.

CHARLOTTE.

Ah! moi, je me vengerais en en épousant un autre.

DIANE.

Je n'épouserai personne.

CLAIRE, riant.

Personne, c'est trop peu.

VALENTINE.

Voilà où mènent les mariages d'inclination.

CHARLOTTE.

Dans les autres, cela n'arrive jamais.

CLAIRE.

Dans les autres, on ne peut pas rompre avant, — on ne se connaît qu'après.

BERTHE.

Vous n'avez aucune poésie dans l'âme. (A Diane.) Moi, je te plains sincèrement, Diane.

CLAIRE.

Nous la plaignons toutes, cette chère cousine, si bonne et si jolie!

TOUTES.

Ah! oui.

DIANE.

Vous vous faisiez une fête de mon mariage, mon grand-père avait voulu réunir toutes ses petites-filles.

CLAIRE.

Nous sommes réunies pour te consoler.

CHARLOTTE.

Notre grand-père nous a recommandé de te distraire.

DIANE, tristement.

Me distraire!

BERTHE, à Charlotte.

Étourdie!

DIANE.

Ce cher grand-père!... Son chagrin me faisait mal. Il a pris le prétexte de son fameux procès pour nous quitter. Mais j'ai bien vu qu'il voulait me cacher sa tristesse.

CLAIRE.

Et tout vient mal à propos aujourd'hui, jusqu'au mariage de ta petite protégée, la fille du fermier.

DIANE.

Crois-tu que je serai jalouse de son bonheur?

BERTHE.

Non, mais elle va venir te présenter son mari.

DIANE.

Eh bien! je les recevrai.

BERTHE.

Elle t'aime bien, la petite Fanchette.

VALENTINE.

Il n'est qu'une seule personne heureuse de ce qui arrive.

CHARLOTTE.

Mademoiselle Aubry.

HENRIETTE.

Elle est envieuse de nos fortunes.

CLAIRE.

Et elle a une humilité qui m'exaspère.

BERTHE.

Une personne affligée, c'est la tante Béatrix.

CLAIRE.

Elle espérait épouser le garçon d'honneur.

VALENTINE.

Elle espère depuis si longtemps!

HENRIETTE, qui fait toujours le guet.

Voici Rose qui revient.

VALENTINE.

Urbain et Max ne l'ont pas trouvée.

BERTHE.

N'ayons pas l'air d'être enfermées pour cette petite fille.

CHARLOTTE.

Remettons tout en place.

Elle remet les livres dans la bibliothèque.

CLAIRE.

Et reprenons nos ouvrages.

VALENTINE.

Charlotte, tu oublies un volume.

BERTHE, avec regret.

Mon roman!

CHARLOTTE.

Je te raconterai la fin.

CLAIRE.

Il épouse la jeune fille.

BERTHE.

Ah! tant mieux. Pauvre jeune homme!

HENRIETTE.

Voici Rose!

SCÈNE III

LES MÊMES, ROSE, puis JEANNETTE *.

Elles se sont toutes mises en place, les unes brodent, les autres regardent des gravures de mode dans un silence complet. Rose ouvre doucement la porte du fond à gauche, entre sans voir personne, prend sous son tablier un volume qu'elle s'apprête sournoisement à remettre en place, quand elle se trouve en face de sa sœur et de ses cousines.

CLAIRE.

Qu'est cela, mademoiselle?

VALENTINE.

Vous avez fouillé dans la bibliothèque?

BERTHE, s'emparant du volume.

Et vous lisez?... Oh!

CHARLOTTE.

Ohh!

HENRIETTE.

Ohh!

VALENTINE.

Ohh! Mademoiselle!

CLAIRE, avec indignation.

Comment, Rose! un pareil livre!

ROSE.

Vous l'avez donc lu aussi?

CLAIRE.

Non, mademoiselle, non.

BERTHE.

Mais le titre suffit.

* Henriette, Claire, Rose, Valentine, Charlotte, Berthe, Diane.

ROSE.

Oh ! le titre ! — *Candide*.

VALENTINE.

Mon grand-père ne vous laissera plus entrer dans sa bibliothèque.

ROSE, à part.

Oh ! à présent !

CHARLOTTE.

Il n'y a plus de petites filles.

CLAIRE.

Il me semble, Rose, que votre sœur ne vous donne pas de pareils exemples.

HENRIETTE, à Rose.

A ton âge !

BERTHE.

Si l'on savait que vous lisez Voltaire !

CLAIRE.

Tu ne trouverais plus à épouser que des bourgeois.

ROSE.

Il ne faut pas le dire.

Jeannette entre suivie de deux domestiques portant une énorme caisse.

CLAIRE.

Qu'apporte-t-on là, Jeannette ?

JEANNETTE.

Une caisse qui arrive de Paris. Mademoiselle Aubry a dit qu'il fallait la porter tout de suite à ces demoiselles.

BERTHE.

Tout de suite ! Alors, ce n'est rien d'agréable.

On dépose la caisse sur la table, au fond.

CHARLOTTE, ouvrant la caisse.

C'est la corbeille.

CLAIRE.

Oh ! mon Dieu !

BERTHE.

Pauvre Diane !

VALENTINE, à Jeannette.

Enlevez cela.

Elles se mettent toutes devant la corbeille, comme pour la cacher à Diane.

DIANE, se levant *.

Non, non... ce n'est pas la vue de cette corbeille qui m'attristera. — Je ne regrette pas ces chiffons ; d'ailleurs, j'ai plus d'énergie que vous ne supposez. — Je monte un instant dans ma chambre, pour écrire à mon grand-père, à qui je l'ai promis.

Elle sort, suivie de Jeannette, par la porte latérale à gauche.

SCÈNE IV

LES MÊMES, moins DIANE et JEANNETTE.

BERTHE, suivant Diane des yeux.

Elle va s'enfermer pour pleurer.

ROSE, qui est montée sur l'échelle pour voir ce que renferme la corbeille.

Des chiffons !

Toutes se rapprochent.

CHARLOTTE.

Oh ! la jolie parure !

ROSE.

Et le beau cachemire !

HENRIETTE.

Et la magnifique robe de velours !

VALENTINE.

Et les superbes dentelles !

* Diane, Henriette, Charlotte, Valentine, Berthe, Claire.

BERTHE, essayant la couronne d'oranger *.

Comme les fleurs d'oranger vont bien dans les cheveux !

CLAIRE, attachant un collier.

Que l'on a raison d'aimer les diamants ! Cela embellit tout de suite.

CHARLOTTE, tenant un écrin.

Les merveilleuses boucles d'oreilles ! Il a du goût, M. de Jansais.

ROSE, qui a pris le cachemire.

Quand pourrai-je porter un cachemire !

CLAIRE.

Eh bien, Rose !

ROSE, se promenant drapée dans son châle.

J'ai l'air d'une dame.

CLAIRE.

Qui dit : papa et maman.

VALENTINE.

Qu'on est injuste de ne pas permettre aux demoiselles tout ce qui va bien !

TOUTES.

Oh ! oui.

BERTHE.

Les dames ne sont obligées de plaire qu'à leur mari.

CLAIRE.

Et encore, ce n'est pas indispensable, dit-on.

VALENTINE.

Tandis que les demoiselles **...

CHARLOTTE.

Doivent plaire à tout le monde.

* Charlotte, Henriette, Valentine, Rose, Berthe, Claire.
** Rose, Charlotte, Henriette, Valentine, Berthe, Claire.

HENRIETTE, avec un soupir.

Oui.

ROSE, drapée dans le cachemire.

C'est joli d'être mariée.

BERTHE, riant.

Voilà Rose qui voudrait un mari !

CLAIRE.

Savez-vous seulement ce que c'est ?

ROSE.

Un mari ? — C'est un maître qui obéit.

VALENTINE *.

Où prenez-vous ces principes ?

BERTHE.

Moi, j'adorerai mon mari, je ne le quitterai jamais.

CLAIRE.

Tu n'auras pas l'air de sa femme.

VALENTINE.

Mesdemoiselles, si l'on vous entendait !

HENRIETTE.

Oh ! le mariage me fait peur, à moi.

CHARLOTTE.

Tout te fait peur.

HENRIETTE.

On ne devrait se marier qu'à vingt-cinq ans.

CHARLOTTE.

Baisser les yeux jusqu'à vingt-cinq ans !

VALENTINE **.

Et ne voir que des choses tout à fait morales !

* Charlotte, Valentine, Berthe, Rose, Claire.
** Charlotte, Rose, Valentine, Berthe, Claire.

BERTHE.

Des féeries !

ROSE.

La Grande-Duchesse.

VALENTINE.

Vous avez vu *la Grande-Duchesse ?*

BERTHE.

Vous, Rose ?

HENRIETTE.

A ton âge !

ROSE.

Comme elle est amusante, la Grande-Duchesse, quand elle
chante au général :

(Elle chante.)

Dites-lui que je l'aime tant,
      Le brigand,
Tant et tant que j'en deviens bête.

CLAIRE.

Mademoiselle!

HENRIETTE.

Les airs sont si jolis!...

(Elle chante.

Ah! que j'aime les militaires,
J'aime les militaires,
J'aime...

BERTHE.

Henriette aussi!

VALENTINE.

Et le ton de la Grande-Duchesse!... (L'imitant.) « Baisse ton
faux col ».

BERTHE.

Et ses physionomies!... (L'imitant.) « Dans le militaire, peut-
être, mais dans le civil... hum!... hum!... »

CHARLOTTE.

Et ses gestes!... (L'imitant.) « Rends le panache. »

CLAIRE.

Et ses mouvements de tête!

(Chantant.)

Ah! dit-il douloureusement,
Voilà que j'ai cassé mon verre.

Pendant ce temps, Henriette s'est assise au piano et fredonne l'air du Sabre. — Elles se précipitent toutes vers le piano; Claire prend la place d'Henriette; elles chantent en chœur, quand elles sont interrompues par des éclats de rire : elles aperçoivent avec effroi les têtes railleuses des deux collégiens passées dans un œil-de-bœuf au-dessus d'une des portes, à gauche. Au même moment, entre mademoiselle Aubry grave et sèche, par la porte du fond à droite.

SCÈNE V

Les Mêmes, MADEMOISELLE AUBRY, MAX, URBAIN.

MAX et URBAIN, à l'œil-de-bœuf *.

L'institutrice!

MADEMOISELLE AUBRY.

Je vous dérange, mesdemoiselles; je cherchais mademoiselle Rose.

ROSE.

Me voilà!

Elle quitte vivement son châle et va le remettre dans la corbeille.

MADEMOISELLE AUBRY.

Je n'ai pas la prétention de me mêler à vos joies.

CLAIRE.

Mais, mademoiselle, ce sont des joies auxquelles nous
pouvons vous admettre.

MADEMOISELLE AUBRY.

Non, mademoiselle. — Je sais trop ce que m'impose mon
humble condition.

---

* Henriette, Rose; Claire, Charlotte, mademoiselle Aubry, Valentine,
Berthe.

CHARLOTTE, à part.

Péronnelle!

Elle remonte. — Max et Urbain, descendus de leur observatoire, entrent avec fracas
et vont embrasser leurs cousines qui les repoussent.

MAX.

Oh! les graves cousines!

URBAIN.

Qui chantent la *Grande-Duchesse!*

VALENTINE.

Nous chantions un rondeau.

BERTHE.

Que nous a appris notre professeur.

MAX.

Il a de jolis gestes, votre professeur.

Les diamants, les fleurs d'oranger, les dentelles et les châles rentrent dans la
corbeille.

URBAIN, passant à côté de Rose, à droite, d'un air tragique [*].

Ingrate!

ROSE, d'un air digne.

Monsieur!

URBAIN.

Est-il vrai que vous songez à vous marier?

ROSE.

J'aurai bientôt seize ans, monsieur.

URBAIN.

J'ai donc un rival?

ROSE.

De quel droit m'interrogez-vous?

URBAIN.

Comment?

Claire, Max, Valentine, Urbain, Rose, les autres au fond.

ROSE.

Vous allez me compromettre.

Rose va de l'autre côté de la scène et se trouve en face de Max *.

MAX, à voix basse.

Perfide !

ROSE.

Monsieur !

MAX.

Est-il vrai qu'un insolent a demandé votre main?

ROSE.

Oui, monsieur, c'est vrai.

MAX.

Je t'ai écrit que je me brûlerais la cervelle.

ROSE.

C'est à une autre, sans doute, que vous avez écrit.

MAX.

Tu n'as pas reçu mes lettres?

ROSE.

Non, monsieur.

MAX.

Je t'en ai adressé huit. — Et dans la dernière...

ROSE.

Vous allez me compromettre.

MADEMOISELLE AUBRY.

Mademoiselle Rose, ne me quittez pas.

Rose remonte.

URBAIN, à Max **.

Elle est insupportable, l'institutrice.

MAX.

Mon cher, je ne puis pas la trouver insupportable, je lui fais la cour.

* Max, Rose, les autres au fond.
** Max, Urbain.

URBAIN.

Eh bien?

MAX.

Je suis fixé; elle est prude.

URBAIN.

Tu y renonces?

MAX, avec un air d'importance.

Au contraire. — Comme dit mon ami, ce cher baron du Coudray : avec les coquettes il faut plusieurs batailles, avec les prudes il ne faut qu'une surprise.

URBAIN.

C'est très fort, sais-tu, cela.

MAX, gravement à mademoiselle Aubry, qui s'apprête à sortir.

Mademoiselle, voulez-vous me permettre de vous offrir mon bras?

MADEMOISELLE AUBRY.

Je suis peu faite à de pareils égards. — Mademoiselle Rose, suivez-moi. — Mon humble position dans ce château...

Ils sortent par la droite. — Rose suit l'institutrice en singeant sa démarche *.

URBAIN, à Claire.

Claire, tu es bien plus jolie quand tu es sérieuse.

CLAIRE, riant.

Tu trouves?

URBAIN.

Si tu voulais m'écouter sans rire?

CLAIRE, riant plus fort.

J'aime mieux être laide.

URBAIN, allant à Berthe.

Berthe n'est pas moins belle que toi, et elle me laisse parler.

* Claire, Urbain, Berthe, Charlotte, Valentine.

BERTHE, assise au guéridon et feuilletant un album.

Oh ! oui, mon petit Urbain, parle. Si tu savais comme tu m'amuses !

URBAIN, furieux.

Vous n'avez pas de cœur.

Il sort par le fond à gauche.

SCÈNE VI

CLAIRE, BERTHE, VALENTINE, CHARLOTTE, HENRIETTE, puis JEANNETTE *.

VALENTINE.

Vous le voyez, mesdemoiselles, nous avons été surprises. Eh bien, avais-je tort de vous recommander la prudence ?

HENRIETTE.

Moi, je suis encore tout émue.

CLAIRE.

Nous dirons à notre grand-père que nous voulions jouer la comédie de salon.

Elle sonne.

BERTHE.

C'est à la mode.

VALENTINE.

Et que nous chantions des chœurs.

CHARLOTTE.

Les chœurs d'*Athalie !*

CLAIRE, à Jeannette, qui entre par le fond à gauche **.

. Enlève tout cela. — Que tiens-tu donc là ?

---

* Claire, Charlotte, Valentine, Berthe, Henriette..
** Charlotte, Jeannette, Claire, Valentine, Berthe, Henriette.

JEANNETTE.

Une lettre très pressée pour monsieur le baron.

CLAIRE.

Ah !

JEANNETTE.

Elle a été remise au petit pâtre par un domestique en livrée, qui s'est arrêté au cabaret dans le village.

CLAIRE.

Oh ! oh ! voilà qui est bien compliqué.

JEANNETTE.

Et le petit pâtre dit qu'il faut absolument une réponse.

CLAIRE.

Absolument ? — Notre grand-père est absent.

JEANNETTE.

Il paraît que c'est très important.

VALENTINE.

Comment faire ?

CHARLOTTE.

Voyons cette lettre.

Elle la prend.

BERTHE.

Regarde le cachet.

VALENTINE, regardant.

Une couronne de marquis.

CLAIRE.

C'est bien embarrassant.

CHARLOTTE.

Oui.

Elle brise le cachet.

BERTHE.

Qu'as-tu fait ?

CHARLOTTE.

C'est malgré moi.

CLAIRE.

Étourdie !

VALENTINE.

La voilà décachetée.

HENRIETTE.

A présent, on peut la lire.

CLAIRE.

Voyez-vous la timide Henriette.

BERTHE.

Puisqu'il faut absolument une réponse.

VALENTINE.

Mesdemoiselles, voilà qui est grave.

CHARLOTTE, lisant.

« Mon vieil ami. »

BERTHE.

C'est un ami.

CHARLOTTE.

« J'apprends avec joie le mariage d'une de vos petites-
filles avec le comte de Jansais. Vous ne pouviez mieux
choisir. »

CLAIRE.

Ah ! oui. Voilà une lettre qui vient comme la corbeille.
(Elle la prend des mains de Charlotte et continue.) « Vous savez combien je désire voir mon neveu imiter M. de Jansais et
entrer dans votre famille. »

TOUTES.

Ah !

Les têtes se rapprochent plus attentives.

CLAIRE, continuant.

« Il ne connaît aucune de vos charmantes petites-filles. Je
ne voudrais pas influencer son choix. Les différences de
dot ne sont rien pour une fortune comme la sienne. »
(Nouvel arrêt, nouveau silence. Toutes les jeunes filles se regardent et se rapprochent encore de Claire.) « On m'apprend que toutes vos petites-

filles sont réunies pour la noce de leur cousine, je profite de l'occasion ; mon neveu est ici, depuis hier, je vous l'envoie. »

Silence. Claire prend une chaise pour lire avec plus d'attention. On l'entoure.

BERTHE.

C'est un commencement de roman.

CLAIRE.

« Ne prévenez personne, ces belles enfants seraient gênées. »

CHARLOTTE, étourdiment.

Oh ! non.

BERTHE *.

N'interrompez pas.

CLAIRE, continuant.

« Outre sa fortune personnelle, qui est très grande, comme vous savez, je constitue à mon neveu soixante mille livres de rente... »

VALENTINE.

Quel oncle !

CLAIRE.

« Pour corriger les petites imperfections que je lui reconnais. »

BERTHE.

Ah ! des imperfections !

HENRIETTE.

N'interrompez pas.

CLAIRE, continu nt.

« Vous trouverez certainement, mon vieil ami, que les gentlemen d'à présent ne valent pas les gentilshommes d'autrefois. »

BERTHE.

Pourquoi ?

* Charlotte, Valentine, Claire, Berthe, Henriette.

CLAIRE.

« Ils ont une tenue et des allures qui étonnent un peu nos soixante-dix ans. »

VALENTINE.

Quel oncle arriéré !

CLAIRE.

« Mais cela leur réussit. — Mon neveu est en passe d'être député et je ne serais pas surpris de le voir ambassadeur. »

BERTHE.

Que veut-il donc de plus ?

HENRIETTE.

Député !

VALENTINE.

Ambassadeur !

CHARLOTTE.

Ambassadrice !

CLAIRE.

« Croyez à ma vive affection et aux vœux que je forme pour que mon neveu plaise au château de Chantenay. — Marquis de... » La signature est illisible.

VALENTINE.

Voyons.

BERTHE.

Il y a un post-scriptum. « Si rien ne s'oppose à la visite de mon neveu, faites dire au porteur qu'il n'y a pas de réponse. »

CHARLOTTE, vivement à Jeannette.

Il n'y a pas de réponse.

Jeannette sort en courant.

CLAIRE *.

Eh bien, es-tu folle ?

_____

* Valentine, Charlotte, Claire, Berthe, Henriette.

VALENTINE.

Qu'as-tu fait ?

HENRIETTE.

Ce monsieur va venir.

BERTHE.

C'est une aventure.

VALENTINE.

Et les convenances ?

CLAIRE.

Il ne se trouve au château que des demoiselles.

CHARLOTTE.

Et la tante Béatrix.

CLAIRE.

Elle est demoiselle.

CHARLOTTE.

A son âge !

BERTHE.

Si on pouvait la décider à prendre une toilette grave !

CLAIRE.

Ce ne sera pas facile.

VALENTINE.

Elle nous servirait de chaperon.

SCÈNE VII

LES MÊMES, moins JEANNETTE, BÉATRIX.

Elle entre, par le fond à droite, dans le déshabillé le plus galant, légère et sautillante comme une jeune fille *.

CLAIRE.

C'est elle ! — Bonjour, ma tante.

BERTHE.

Bonjour, ma petite tante.

* Valentine, Charlotte, Claire, Béatrix, Berthe, Henriette.

VALENTINE.

Bonjour, ma bonne tante.

HENRIETTE.

Bonjour, ma chère tante.

CHARLOTTE.

Bonjour, ma tante.

BÉATRIX.

Votre tante ! votre tante ! — Appelez-moi Béatrix.

CLAIRE.

Ma tante... Béatrix, nous allions vous demander un conseil.

BERTHE.

Il va venir au château un étranger.

BÉATRIX.

Un jeune homme ?

CHARLOTTE.

A marier.

BÉATRIX, laissant tomber son bouquet.

Ah ! — Titré ?

VALENTINE.

Et immensément riche.

BERTHE.

Nous ne pouvons nous dispenser de le recevoir.

CLAIRE.

Et si vous vouliez nous aider...

BÉATRIX.

Mais alors, il faut que je songe à ma toilette.

CLAIRE.

Oui, cette robe est un peu voyante.

BÉATRIX.

Je mettrai du rose tendre.

11.

BERTHE, vivement.

Le brun vous va si bien !

BÉATRIX, sans l'écouter.

Avec des rubans bleu de ciel dans les cheveux, ou des fleurs naturelles.

Elle s'apprête à sortir.

TOUTES, essayant de la retenir.

Écoutez-nous, ma tante.

BÉATRIX.

Votre tante !... Toujours votre tante ! — Par grâce, ne m'appelez pas ainsi devant ce jeune inconnu.

Elle sort en courant par la gauche, oubliant son bouquet, que Berthe ramasse et dépose sur le guéridon.

SCÈNE VIII

LES MÊMES, moins BÉATRIX *.

VALENTINE.

Nous avons bien réussi.

CLAIRE.

Elle va s'habiller en pensionnaire.

BERTHE.

Un chaperon rose tendre !

HENRIETTE.

Nous voilà plus embarrassées qu'avant.

VALENTINE.

Mesdemoiselles, rassurez-vous ; je prendrai un air digne qui imposera à ce jeune homme.

* Charlotte, Valentine, Claire, Berthe, Henriette.

CHARLOTTE.

Moi aussi.

CLAIRE.

Voyez-vous la dignité de Charlotte !

BERTHE.

Nous serons toutes dignes.

CLAIRE.

Et nous? et nos toilettes? — Quelles robes mettrons-nous ?

BERTHE.

Des robes décolletées.

VALENTINE.

En plein jour? sans motif?

CLAIRE.

Cela va si bien, quand on a des épaules!

BERTHE.

Ah! oui.

CHARLOTTE.

Une robe montante bien faite...

CLAIRE.

Non, non. — Des robes décolletées. (Bruit au dehors. — Elle regarde.) La noce de Fanchette! — Voilà mon prétexte.

BERTHE.

Oh! la bonne idée! nous ferons danser les mariés au château.

HENRIETTE, qui est remontée.

Mais grand-papa?

CHARLOTTE.

C'est pour distraire Diane.

VALENTINE.

Et pour prouver à M. de Jansais qu'on ne le regrette pas.

HENRIETTE, du fond.

Fanchette et son mari!

CHARLOTTE.

Son mari! — Eh bien, nous ne sommes plus seules au château. Voici un homme.

SCÈNE IX

LES MÊMES, FANCHETTE, MARTIAL, ROSE, MADEMOISELLE AUBRY, MAX, URBAIN et JEANNETTE.

Fanchette entre en mariée par le fond à gauche, entourée des deux collégiens, suivie de Jeannette. Martial, le marié, paraît le dernier, peu satisfait de l'empressement des collégiens. Rose et mademoiselle Aubry accourent par la porte de droite.

MAX.

Fanchette, tu me promets la première contredanse?

URBAIN.

A moi, la première valse?

FANCHETTE.

Et mon mari?

MAX.

Tu as l'éternité pour danser avec lui.

BERTHE, prenant Fanchette par la main.

Voyez donc comme elle est gentille!

VALENTINE*.

Comme cette couronne lui va bien!

CLAIRE.

Et comme ce costume est coquet!

Urbain, Martial, Max, Valentine, Claire, Fanchette, Berthe, Henriette, mademoiselle Aubry, Charlotte, Rose.

ROSE, bas à Charlotte.

Elle ne baisse pas les yeux?

CHARLOTTE.

Puisque la cérémonie est terminée.

URBAIN, gravement à Martial.

Mes compliments, Martial.

MAX, de l'autre côté avec des airs régence.

Sais-tu, Martial, que tu es un heureux coquin?

CLAIRE.

Ma petite Fanchette, nous te ménageons une surprise, nous fêterons tes noces au château.

FANCHETTE, allant à Martial.

Ah! quel honneur! Saluez, Martial.

MARTIAL, très embarrassé.

Moi... je... je... je...

CLAIRE, riant.

Assez, mon ami, assez.

BERTHE, à Valentine.

Moi, je vais mettre une robe décolletée pour être prête.

VALENTINE.

Et moi aussi.

Elles sortent en courant par la droite.

CHARLOTTE, à Claire.

Où courent-elles si vite?

CLAIRE.

Elles vont se faire belles.

HENRIETTE.

Sans nous prévenir!

Charlotte et Henriette sortent.

CLAIRE, à Jeannette.

Va chercher Diane, qui veut embrasser Fanchette. — (A Fanchette.) Nous allons organiser un bal en ton honneur.

Elle sort.

MAX, retenant Jeannette et la ramenant sur le devant, à droite *.

Jeannette, — qu'as-tu fait des lettres que tu devais remettre à Rose?

JEANNETTE, tremblante.

Moi... je...

MAX.

Parle.

JEANNETTE.

Mademoiselle Aubry...

MAX.

L'institutrice!

JEANNETTE.

En a trouvé une... dans ma poche...

MAX.

Ciel!

JEANNETTE.

Et m'a fait jurer de lui remettre les autres.

MAX.

Malheureuse!

JEANNETTE.

Mais je suis une honnête fille, monsieur Max. — Je ne
vous ai pas trahi, je n'ai nommé personne.

MAX.

Rose n'est pas compromise?

JEANNETTE.

Mademoiselle Aubry soupçonnerait toutes ces demoiselles
avant mademoiselle Rose, et elle n'imaginerait pas qu'un
petit jeune homme comme vous...

MAX.

Jeannette! plus un mot, vous êtes une maladroite. (Jeannette
sort.) Mademoiselle Aubry a mes lettres! Quelle aventure!
Si je lui disais qu'elles sont pour elle? Je n'ai pas écrit de

* Urbain, Fanchette, Rose, Martial, mademoiselle Aubry, Jeannette, Max.

prénom, — j'ai trop d'expérience, — je mets : *Ange de ma vie*, ou *perfide*, et je signe : *Ton esclave.* — Quelle aventure!

SCÈNE X

FANCHETTE, MARTIAL, MAX, URBAIN, ROSE, MADEMOISELLE AUBRY, puis DIANE *.

ROSE, à Fanchette.

Es-tu heureuse, Fanchette?

FANCHETTE.

Oh! oui, mademoiselle.

ROSE.

J'en étais sûre. — Pourquoi dit-on que le mariage est effrayant?

FANCHETTE.

On dit cela? — C'est peut-être dans le grand monde?

MADEMOISELLE AUBRY.

Mademoiselle Rose, ne me quittez pas.

Pendant que Rose et mademoiselle Aubry se sont retournées, Urbain embrasse Fanchette.

FANCHETTE, étonnée.

Eh bien!

MARTIAL, bondissant.

Hein!

Il roule des yeux furibonds.

MAX, à Fanchette, à droite**.

Veux-tu me rendre un service?

FANCHETTE.

A vous, monsieur Max?

* Urbain, Fanchette, Rose, Martial, mademoiselle Aubry, Max.
** Martial, Rose, mademoiselle Aubry, Fanchette, Max.

MAX.

Remets ce billet à Rose.

FANCHETTE.

Voilà tout ?

Au moment où elle le cache dans son corset, Martial s'est rapproché.

MARTIAL, furibond.

Hein !

Pendant toute la scène, il roule des yeux effarés. Diane entre par la porte latérale, à gauche.

FANCHETTE, courant à elle *.

Mademoiselle Diane !

DIANE.

Je veux te féliciter aussi, ma petite Fanchette. Tu épouses un brave garçon que tu aimes et qui t'aime. — Tu n'as rien à envier.

· FANCHETTE, présentant Martial.

Voici mon mari, Martial, garde-chasse chez M. de Jansais, votre fiancé.

DIANE.

Je n'ai plus de fiancé.

FANCHETTE.

Comment ?

DIANE.

Je ne me marie pas.

FANCHETTE.

M. de Jansais vous adorait. Il n'en dormait plus ; il passait ses nuits dans vos bois. Je le citais pour exemple à Martial.

DIANE.

Tout est fini, Fanchette.

FANCHETTE.

Qu'est-il donc arrivé ?

* Diane, Fanchette, mademoiselle Aubry, Rose, Urbain, Martial, Max.

MADEMOISELLE AUBRY, assise au guéridon.

Oh ! quand un mariage se rompt, on ne sait jamais ce qui est arrivé.

FANCHETTE

Si on s'expliquait ?

MADEMOISELLE AUBRY.

Dans le monde de mademoiselle Diane, on a trop de fierté pour s'expliquer.

FANCHETTE.

Alors, j'aime mieux le nôtre.

MADEMOISELLE AUBRY.

Ne voyez-vous pas que vos réflexions sont cruelles pour mademoiselle ?

DIANE.

Elles ne sont pas cruelles, elles sont inutiles. — Ne parlons que de toi, Fanchette. — On t'a dit que nous retenions la noce au château.

FANCHETTE.

Oui, oui, je vais prévenir tout notre monde.

MARTIAL, éclatant.

Il n'y a plus de noce !

FANCHETTE.

Hein ?

MARTIAL.

Tout est rompu ; j'imite mon maître.

FANCHETTE.

Et le *oui* que tu as dit devant M. le maire ?

MARTIAL.

Il doit être encore temps de s'en dédire.

FANCHETTE.

S'en dédire !

MARTIAL.

Après ce que je sais. .

FANCHETTE.

Que sais-tu ?

MARTIAL

Après ce que j'ai vu...

FANCHETTE.

Quoi ?

MARTIAL.

Quoi ?·quoi ?... Je ne peux pas dire ça devant des demoiselles.

URBAIN.

Te voilà bête comme un mari.

MAX.

Tu ne perds pas de temps, toi.

MARTIAL.

C'est ma faute, mon maître m'avait prévenu.

FANCHETTE.

M. de Jansais ?

MARTIAL.

Depuis hier, il est triste, triste ! Il erre dans les champs... comme qui dirait un coq sans âme, et il me répète toujours : « Prends garde, Martial, prends garde ! — Les femmes... » (Rose s'est approchée et écoute.) Je ne peux pas dire ça devant des demoiselles.

FANCHETTE.

Tu me feras damner.

MARTIAL, avec désespoir.

Mais, moi je n'ai pas pris garde ; j'étais amoureux comme une grive.

DIANE*.

Que pouvez-vous reprocher à Fanchette ?

MARTIAL.

Ce que je lui reproche ? Fanchette a trop fréquenté le grand monde, comme dit mon maître.

* Fanchette, Diane, Martial, les autres personnages autour du guéridon.

FANCHETTE.

Votre maître est un sot et vous êtes un niais.

MARTIAL.

Un niais ! — Je suis garde-chasse, assermenté devant le juge de paix. Je sais ce que c'est que la propriété.

DIANE.

Calmez-vous.

MARTIAL.

Mademoiselle, sauf votre respect, ma femme m'appartient, comme notre gibier appartient à mon maître. Mais, si les femmes sont plus difficiles à garder que les perdrix, je donne ma démission.

DIANE.

Quels sont vos griefs ?

MARTIAL.

Mes griefs ? — Voilà : quand je vois un braconnier... sauf votre respect... ajuster une bécasse... (Rose écoute.) Mais je ne peux pas dire ça devant des demoiselles.

FANCHETTE.

Eh bien ! monsieur, faites à votre guise.

MARTIAL, prenant un air fin.

Écoute un peu que je te parle. (Il se penche à son oreille, cherchant des yeux le billet de Max.) Quand on veut tromper son mari, on n'épouse pas un homme assermenté.

FANCHETTE.

Imbécile !

Elle lui donne un soufflet. — En même temps Martial s'est emparé du billet.

MARTIAL.

J'ai ce que je voulais.

FANCHETTE.

Il fallait donc le dire.

Elle s'en va en riant.

MARTIAL.

Je vais consulter mon maître. (Il ouvre le billet en cachette et

lit.) « Perfide, tu en épouses un autre, après les gages de
tendresse que tu m'as donnés... »

Il cache vite la lettre en voyant Urbain.

URBAIN.

Mon cher, vous n'avez aucune idée du mariage.

MARTIAL.

J'ai idée que le mariage... (Rose écoute.) Je ne peux pas dire
ça devant des demoiselles.

Il sort furieux, suivi d'Urbain.

ROSE, à mademoiselle Aubry.

Qu'a donc pu faire Fanchette, — déjà?

MADEMOISELLE AUBRY.

Mademoiselle, je déplore qu'on vous ait fait assister à une
pareille scène.

DIANE.

Ce n'est qu'une querelle d'amoureux.

MADEMOISELLE AUBRY.

Oh! mademoiselle!

Elle sort emmenant Rose, par le fond à droite.

SCÈNE XI

DIANE, MAX.

DIANE, se croyant seule.

Cette institutrice me hait. — Que lui ai-je donc fait?
Fanchette est bien heureuse; les folles jalousies de son
mari l'amusent. Elle peut lui parler; elle peut se défendre.
Mais moi? — Mademoiselle Aubry a raison; dans notre
monde on a trop de fierté pour s'expliquer, et je ne veux
plus qu'on prononce son nom.

MAX, passant derrière le canapé.

Sa douleur lui va bien.

DIANE.

Est-ce qu'il me croit coquette? — Pourquoi conseillait-il à ce garde-chasse de ne pas se marier?

Elle est debout devant le piano et prélude.

MAX.

Comme c'est poétique, une femme triste! — Ah! son bouquet!...

Il embrasse le bouquet que Berthe a déposé sur le guéridon.

DIANE, *l'apercevant.*

Max! — Que faites-vous là?

MAX.

Moi?... Je ramassais ce bouquet.

DIANE, *souriant.*

Avec un empressement bien tendre.

MAX, *gravement, allant se camper devant elle.*

Diane, tu es ma cousine.

DIANE.

Sans doute.

MAX.

Urbain et moi, nous sommes les deux seuls célibataires de la famille.

DIANE.

Eh bien?

MAX.

J'ai quinze ans, je suis un homme; M. de Jansais t'a outragée; je vais le provoquer en duel.

DIANE, *l'embrassant.*

Cher enfant!

MAX.

Tu m'as embrassé... tu m'autorises à te venger.

DIANE, *souriant.*

Je t'autorise à rentrer au collège et à faire des thèmes grecs.

MAX.

On ne veut pas me prendre au sérieux.

BÉATRIX, accourant *.

Une voiture! une voiture, au bout de l'avenue! C'est lui.

DIANE.

Qui donc?

BÉATRIX.

Le noble étranger, le... (Apercevant Max.) Sortez, Max, allez vous amuser dans le jardin. (Reconnaissant son bouquet que Max tient encore.) Mon bouquet! (Se radoucissant.) Allez, allez vous amuser dans le jardin.

MAX, sortant furieux, en jetant le bouquet dans la cheminée.

Des thèmes grecs!

SCÈNE XII

DIANE, BÉATRIX, puis CHARLOTTE, CLAIRE, BERTHE, VALENTINE, HENRIETTE et JEAN-NETTE.

BÉATRIX, à Diane.

Nous attendons un jeune homme à marier. — Restez. Nous devons nous soutenir; songez que nous ne serons, pour le recevoir, que sept demoiselles, — toutes les sept jeunes.

CHARLOTTE, accourant.

Le voici, le voici!

DIANE.

Ma présence, à moi, est bien inutile.

CLAIRE, entrant et retenant Diane.

Au contraire. — Rien ne te forcera à l'épouser; mais, s'il demandait ta main, quelle leçon pour M. de Jansais!

* Diane, Béatrix, Max.

BERTHE, à Diane.

Ma chère, tu n'es pas curieuse. C'est un héros de roman, un bel inconnu.

VALENTINE.

Mesdemoiselles, prenons des airs graves.

BÉATRIX.

Je me sens toute troublée.

HENRIETTE.

Moi, je tremble.

CLAIRE.

Plaçons-nous sans affectation.

BERTHE.

Il ne faut pas avoir l'air de l'attendre.

HENRIETTE.

Je reste dans ce coin.

CHARLOTTE.

On te prendra pour Cendrillon.

CLAIRE.

Moi, je ferai de la guipure.

BERTHE.

Moi, je lirai... *Paul et Virginie!*

VALENTINE.

Mesdemoiselles, soyons graves.

Berthe s'assied devant le piano, Valentine à sa gauche, Claire sur le canapé, Charlotte à droite du guéridon. Diane et Henriette au fond, devant la cheminée.

CHARLOTTE.

Qui parlera la première?

CLAIRE.

Ma tante Béatrix.

BÉATRIX.

Jamais! le rouge me monte déjà au visage.

CLAIRE.

Eh bien, ce sera moi.

JEANNETTE, entrant du fond à gauche.

Ce monsieur est arrivé.

Béatrix court s'asseoir sur un pouf, devant le guéridon, entre Charlotte et Claire.

CLAIRE.

A-t-il dit son nom?

JEANNETTE.

Je ne le lui ai pas demandé, puisque ces demoiselles l'attendent.

CLAIRE.

Es-tu sotte!

VALENTINE.

Quel titre allons-nous lui donner?

CLAIRE.

Il faudra l'appeler monsieur tout court. C'est insupportable.

JEANNETTE.

Il m'a dit : C'est bien, on m'attend.

CHARLOTTE.

Il croit que notre grand-père est là pour le recevoir.

HENRIETTE.

Pauvre jeune homme !

BERTHE.

Comment est-il ?

JEANNETTE.

Il n'est pas joli.

TOUTES.

Ah !

CHARLOTTE.

Avec cette fortune ?

JEANNETTE.

Le voici.

Elle se retire.

SCÈNE XIII

Les Mêmes, moins JEANNETTE, LABAYEN*.

Labayen entre avec un certain embarras devant la solennité de la réception. On le regarde en dessous. Il n'est pas beau. Un immense désappointement se peint sur les visages. Mademoiselle Béatrix elle-même a un mouvement de recul. Après un silence terrible, Claire prend son courage à deux mains et se lève.

CLAIRE.

Monsieur...

LABAYEN, faisant un pas.

Mademoiselle...

CLAIRE.

Le baron de Chantenay a été forcé de... partir... subitement... pour quelques heures. — Il était désolé...

LABAYEN.

M. le baron de Chantenay est trop bon vraiment; sa présence ne m'est pas indispensable.

BÉATRIX, se levant.

Il tenait à vous recevoir lui-même.

LABAYEN, plus à l'aise.

Je suis touché, madame...

BÉATRIX, vivement.

Mademoiselle.

LABAYEN.

Ah!

CLAIRE, poussant Béatrix en avant.

Ma tante a bien voulu se charger de le représenter.

* Berthe, Valentine, Labayen, Charlotte, Béatrix, Claire, Diane, Henriette.

BÉATRIX, furieuse.

Qui?... moi?... mais... je... monsieur excusera l'embarras
de jeunes personnes seules dans un château.

Labayen la regarde avec étonnement.

BERTHE, bas, à Valentine.

Si riche et si laid !

VALENTINE

Mais non, — il n'est pas mal... de profil.

LABAYEN, sur le devant de la scène, tirant un carnet de sa poche, à part.

C'est pourtant bien ici. — Château de Chantenay, — le
piano de la bibliothèque, — six cordes à poser, — les marteaux à regarnir. — C'est bien ici.

CLAIRE.

Vous trouvez le château en fête. — Nous célébrons la noce
d'une de nos fermières.

CHARLOTTE, étourdiment.

Nous danserons.

VALENTINE, avec reproche.

Charlotte !

LABAYEN, regardant le piano.

Je ne pouvais arriver plus à propos.

Il se dirige vers le piano.

HENRIETTE, qui a passé derrière le piano, — avec effroi.

Il va m'inviter.

BÉATRIX.

Il m'a regardée.

CLAIRE, lui présentant un fauteuil au moment où il va se mettre au piano.

Daignez donc, monsieur, prendre ce fauteuil.

LABAYEN.

Mademoiselle !

s'assied après une minute d'hésitation. Claire est assise à sa droite, Charlotte se
place sur le pouf. Béatrix reste debout derrière le fauteuil de Labayen *.

* Henriette, Berthe, Valentine, Béatrix, Labayen, Claire, Charlotte, Diane.

BERTHE, à Valentine.

Je ne le rêvais pas... si gros.

VALENTINE.

Il est un peu majestueux.

BERTHE.

Il l'est trop.

VALENTINE.

Ma chère, pour un député, c'est excellent.

CLAIRE, à Labayen.

Ce ne sera qu'une fête sans prétention.

LABAYEN.

Ah !

BÉATRIX.

Vous pouvez en juger par la simplicité de nos toilettes.

LABAYEN.

Madame...

BÉATRIX, vivement.

Mademoiselle.

LABAYEN.

Pardon. — Des toilettes ravissantes !

BÉATRIX, minaudant.

Vous trouvez ?

VALENTINE.

De la mousseline.

LABAYEN, galamment.

La mousseline est donc comme la nature, elle embellit la beauté.

CLAIRE, à part.

Il est galant.

BÉATRIX.

C'est pour moi.

VALENTINE, bas, à Berthe.

Je t'assure qu'à la longue on le trouve distingué.

BERTHE.

De profil.

LABAYEN.

Mesdemoiselles, je reçois dans ce château un accueil qui
me touche ; je voudrais y mieux répondre, mais je suis pro-
fondément triste.

CLAIRE.

Vous, monsieur ?

BÉATRIX.

Vous ?

Charlotte se lève, en faisant signe à Diane de se rapprocher, et va se placer
derrière Valentine.

LABAYEN.

J'arrive d'un château voisin où l'on me reçoit en ami, et
j'y ai vu un brave garçon désespéré.

VALENTINE, bas, à Charlotte.

Ma chère, il a du cœur.

CHARLOTTE, derrière Valentine.

Et de l'esprit.

BERTHE.

Quand on ne le regarde pas.

HENRIETTE.

Eh bien ! est-on obligée de regarder son mari ?

BÉATRIX, à Labayen.

Désespéré ?

LABAYEN.

C'est une histoire navrante. — Je ne sais si je dois...

BÉATRIX.

Nous sommes tout oreilles.

Charlotte remonte et fait descendre Diane.

CLAIRE, à part *.

Avec un habit d'ambassadeur, il serait comme tout le
monde.

Henriette, Berthe, Valentine, Béatrix, Labayen, Claire, Charlotte, Diane.

LABAYEN, continuant.

Il allait se marier ; il épousait une jeune fille charmante qu'il adorait, lorsque la veille même de son mariage...

HENRIETTE.

J'ai peur !

LABAYEN.

Ce pauvre comte de Jansais...

CLAIRE.

M. de Jansais !...

BERTHE.

Mais, monsieur...

LABAYEN, continuant.

Découvre que sa fiancée...

CLAIRE, regardant Diane.

Comment l'arrêter ?

LABAYEN, ne s'apercevant de rien.

Cette fiancée qu'il croyait aimante, sincère, candide, était... était... le contraire.

CLAIRE, éperdue.

Monsieur !

LABAYEN, s'échauffant.

C'est horrible, n'est-ce pas ? — Des preuves irrécusables, offertes par une main inconnue, mais amie...

CHARLOTTE, criant.

Diane s'est évanouie !

CLAIRE, courant à elle.

Diane !

BÉATRIX.

Chère enfant !

BERTHE.

Ce ne sera rien... emmenez-la.

HENRIETTE, à Labayen stupéfait.

Moi, j'allais m'évanouir aussi.

12.

BÉATRIX.

Quel contre-temps !

LABAYEN, n'y comprenant rien.

Mesdemoiselles, pardon... que se passe-t-il ?

On emporte Diane à droite et Labayen se trouve seul.

SCÈNE XIV

LABAYEN, puis HUGUES.

LABAYEN.

C'est la chaleur, sans doute. — Juste au moment où je devenais éloquent ! — Je reprendrai mon histoire, elle les intéressait. — Six cordes à poser, les marteaux à regarnir. (Il prend des instruments dans sa poche et va au piano qu'il s'apprête à accorder.) — Do, ré, mi, fa, sol, la, si, do, — La tante est un peu fanée, — Do, ré, mi, — mais le rose — fa, sol, la, — lui va bien. — Si, do.

Hugues entre par la porte qui donne sur les jardins, au fond à droite, cherchant à se reconnaître ; il est habillé en gandin, complètement ridicule *.

HUGUES.

Drôle de château ! J'en rirai huit jours, ma parole d'honneur. J'y entre comme dans un moulin.

LABAYEN.

Bah ! — Ah ! c'est M. le vicomte Hugues de Mérindol.

HUGUES.

Labayen ! — mon ancien professeur de chant. — Bonjour, mon cher, bonjour.

LABAYEN.

Monsieur le vicomte se porte bien ?

* Labayen, Hugues.

HUGUES.

Adorablement, Labayen, adorablement. J'arrive de Mérindol, — en vingt minutes, mon cher, — douze kilomètres en vingt minutes! — avec Sabine, fille de Buckingham et de mademoiselle Emma, — une noble bête! — J'entre dans la cour, je jette les rênes à Gontran, j'attends, je regarde. — Personne. — Drôle de château !

LABAYEN.

On est un peu troublé en ce moment; une des châtelaines vient de s'évanouir à cette place même.

HUGUES.

Bah! — On me voyait donc d'ici?

LABAYEN.

Je ne crois pas, monsieur le vicomte. — Vous permettez. — Ré, fa, ré, fa.

HUGUES.

Que faites-vous donc là, mon cher ?

LABAYEN.

Je dompte un fa récalcitrant. — J'ai renoncé aux leçons de chant. Je suis trop nerveux. — Fa, la, fa, la, — aujourd'hui j'accorde les pianos, — la, do, la do, — ça me calme. — Do, mi, do, mi.

HUGUES.

Drôle de métier !

LABAYEN, se levant.

Métier charmant, monsieur le vicomte. — Je vais de manoir en manoir, dînant avec les châtelains et voyageant dans leurs voitures. Ce matin, je pose trois cordes au château de Jansais; j'y déjeune. A midi, je change deux marteaux au château de Mondon; j'y redéjeune. Le marquis m'offre sa calèche, je l'accepte, et j'arrive à Chantenay où m'attendait un accueil homérique.

HUGUES, gravement.

Il est satisfait. — Voilà un simple accordeur de pianos qui est satisfait. — Eh bien! mon cher, moi qui n'ai pas de préjugés, j'en suis bien aise, ma parole d'honneur.

LABAYEN.

Vous êtes trop bon.

HUGUES.

Vous connaissez donc les habitants de Chantenay?

LABAYEN.

Pas le moins du monde; j'y débute, mais quel début! — Sept jeunes filles, dont une vieille, étourdissantes et simples! et bonnes! et gracieuses! — Ah! si j'étais fat!

HUGUES.

Vous l'êtes, Labayen, vous l'êtes abominablement.

LABAYEN.

Eh! eh! — Do, sol, do, sol. — Pour être vrai, je dois avouer, — ré, la, ré, la, — que j'ai été aimable. — Mi, si, mi, si.

HUGUES.

J'en rirai huit jours, ma parole d'honneur : vous chassez sur mes terres.

LABAYEN, allant à lui.

Comment, monsieur le vicomte?

HUGUES.

Chut! c'est une aventure; car j'ai des aventures, moi, à notre époque! c'est d'un bête!

LABAYEN.

Vous avez une passion?

HUGUES.

Eh! non, pas du tout, au contraire, je me marie.

LABAYEN.

Ah!

HUGUES, avec une importance comique.

Je me nomme Hugues de Mérindol, je suis vicomte, j'ai cent mille livres de rente, — je ne parle pas de mon physique, — j'ai quelque esprit, — je peux en convenir, puisqu'on me le reproche. Et puis, le marquis de Mérindol, mon oncle, me constituera soixante mille livres de rente, le jour de mon mariage. Il est vieux, il peut changer d'avis. J'ai intérêt à me hâter.

LABAYEN.

Alors, c'est sous ce toit que repose la future vicomtesse de Mérindol?

HUGUES.

Ici même. — Je viens faire mon choix.

LABAYEN.

Il n'est pas fait?

HUGUES.

Pas encore. Voilà où est le romanesque. On ne me connaît pas, on ne se doute de rien, j'arrive, — elles sont sept, — je vais nécessairement en désoler six. Mais le mariage...

LABAYEN.

Ah ! le mariage est une chose grave.

HUGUES.

Pas en lui-même. — Ce sont les conséquences qui m'inquiètent. — (D'un ton doctoral.) Nous autres, jeunes hommes, nous ne donnons pas dans les niaiseries sentimentales de nos pères et nous avons fait de l'amour le dernier des jeux innocents. — Mais il reste encore dans la vie une chose sérieuse : — le ridicule.

LABAYEN.

Ah !

HUGUES.

Quand on est garçon, on l'évite, vous voyez ; mais, quand on est marié...

LABAYEN.

Oh ! quand on est marié, voilà.

HUGUES, vi cment.

Oh! moi, j'ai toujours été adoré des femmes, toujours. — Je ne m'en vante pas, c'est insupportable. — Eh bien, mon cher, c'est égal, je ne prendrais pas une Parisienne, élevée dans les salons, sur les bras des danseurs. — Non, non. — Je choisis une jeune personne, en province, candide, naïve, pure ; elle ignore tout, je ne lui en apprends pas beaucoup plus, et je suis le mari...

LABAYEN.

De madame Agnès.

Il retourne au piano.

HUGUES, le suivant.

Précisément. — Alors, je vis à ma guise, sans offusquer l'innocence de ma chaste épouse. Car enfin, quel est le rêve d'un homme sensé? — Trouver dans sa femme assez de vertu pour se dispenser d'en avoir.

LABAYEN.

C'est une idée. — Mi, mi... mi...

HUGUES, s'asseyant près de lui *.

Drôle de métier !

LABAYEN.

La tante a dû faire provision de vertus, — mi bémol — depuis le temps ! — Voulez-vous me tenir cette corde ?

HUGUES.

Volontiers. — J'en rirai huit jours. — Voici quelqu'un.

LABAYEN.

Une huitième jeune fille! Celle-là, je ne l'avais pas vue.

_____

* Hugues, Labayen.

SCÈNE XV

LES MÊMES, MAX, ROSE, puis BÉATRIX*.

HUGUES.

Charmante !

Rose entre du fond, à droite, en jouant au volant. Max la suit en jouant aussi.
Hugues et Labayen sont cachés par le piano.

MAX, à Rose, à demi-voix.

Fanchette t'a-t-elle remis une lettre?

ROSE, toujours en jouant.

Non.

MAX.

Sais-tu ce que je t'écrivais pour la seconde fois?

ROSE.

Prends garde à mademoiselle Aubry.

MAX, toujours en jouant.

« Perfide, tu en épouses un autre après les gages de tendresse... »

ROSE.

Ramasse mon volant.

MAX.

Le voici.

ROSE.

Garde-le.

MAX, examinant l'intérieur du volant.

Un billet?

ROSE, en s'enfuyant.

Une boucle de mes cheveux !

MAX.

Oh! bonheur!

Il embrasse les cheveux et se met à la poursuite de Rose.

* Hugues, Labayen, Rose, Max.

HUGUES, avec emphase.

Précieuse candeur! adorable ingénuité! — Elle joue
encore au volant.

LABAYEN.

Voilà comme on les élève en province!

Labayen est debout. Hugues est assis au piano qu'il tapote machinalement.

BÉATRIX, timide et mystérieuse, s'avançant en baissant les yeux jusqu'à
Labayen *.

Monsieur!

LABAYEN.

Mademoiselle...

BÉATRIX, bas et d'une voix émue.

Vous venez de commettre une grande imprudence. Il faut
que je vous parle.

LABAYEN, stupéfait.

A moi?

BÉATRIX, montrant Hugues.

Seul.

Labayen lui offre la main, qu'elle accepte en baissant les yeux. — Ils sortent par
la droite.

SCÈNE XVI

HUGUES, puis CLAIRE, BERTHE, VALENTINE
et MADEMOISELLE AUBRY.

HUGUES.

C'est la grand'mère!

Jouant :

Ah! vous dirai-je maman!

Elle joue au volant! — Allons, tout n'est pas perdu,
vicomte ; il y a encore des jeunes filles.

Il chante.

Un jour passant par Meudon...

(L'Œil crevé.)

Valentine entre par la porte du fond, à gauche, comme si elle cherchait quelqu'un.

* Hugues, Labayen, Béatrix.

HUGUES, se levant.

Mademoiselle!

VALENTINE.

Ne faites pas attention.

Elle disparaît par la porte latérale à gauche. Hugues, après un moment d'étonnement, se rassied et recommence le même air. Henriette entre timidement par la porte du fond à droite, va jusqu'au piano, et se retire en voyant Hugues.

HENRIETTE.

Restez, restez, cher monsieur !

Elle sort par la porte latérale à droite.

HUGUES, stupéfait, la suivant des yeux.

Cher monsieur !

Il se rassied une seconde fois et reprend son air avec fureur. — Claire entre par la porte latérale à gauche ; Hugues se lève précipitamment pour aller la saluer.

CLAIRE.

Ne vous dérangez pas, mon ami.

Elle sort par la porte du fond à droite.

HUGUES, avec colère, descendant sur le devant de la scène à droite.

Son ami!

Mademoiselle Aubry entre alors, le sourire sur les lèvres et va presque familièrement à lui.

MADEMOISELLE AUBRY*.

Je viens à vous, monsieur, parce que nous devons nous comprendre.

HUGUES, ravi.

Mademoiselle!

MADEMOISELLE AUBRY.

Le ciel est injuste dans le partage de ses faveurs.

HUGUES.

Mais... je ne trouve pas.

MADEMOISELLE AUBRY.

Vous êtes philosophe, monsieur. Je ne rougirai pas devant vous de mon humble position, mais enfin nous sommes, vous et moi, les parias de la société.

---

* Mademoiselle Aubry, Hugues.

HUGUES.

Les parias!

MADEMOISELLE AUBRY.

Moi, pauvre institutrice, — vous, modeste accordeur de pianos.

HUGUES.

Hein?

MADEMOISELLE AUBRY.

N'en soyez pas humilié, monsieur.

HUGUES.

Comment, pas humilié?

MADEMOISELLE AUBRY.

Nous sommes les élus de l'intelligence.

HUGUES.

Accordeur de pianos! On me prend pour un accordeur, un aide de Labayen, un manœuvre de Labayen, un sous-Labayen!

MADEMOISELLE AUBRY.

Monsieur!

HUGUES.

Mais alors, mademoiselle, à quoi servent la distinction, l'élégance des manières, le cachet du grand monde?

MADEMOISELLE AUBRY.

Me serais-je trompée?

HUGUES.

Si vous vous êtes trompée! Oh! non, non, c'est d'un comique! — j'en rirai huit jours... On me voit au piano, ou plutôt on ne me voit pas, car si on m'avait vu...

MADEMOISELLE AUBRY.

Monsieur, je suis désespérée d'une erreur — partagée, du reste.

HUGUES.

Je vais me montrer, mademoiselle, je vais me montrer.

MADEMOISELLE AUBRY.

Voici les châtelaines; je vous laisse avec elles.

HUGUES.

C'est bien, mademoiselle, c'est bien.

MADEMOISELLE AUBRY.

Je meurs de honte, mais je ne les détromperai pas.

Elle sort par la gauche.

HUGUES.

Accordeur! C'est d'une invraisemblance! Je vais me montrer.

Pendant toute la scène, il se pose avec affectation, prenant des airs nobles et dignes, essayant de tous les moyens pour se faire remarquer et n'y parvenant pas.

SCÈNE XVII

HUGUES, LABAYEN, CLAIRE, BERTHE, VALENTINE, CHARLOTTE, HENRIETTE.

Labayen entre, entouré de Valentine, de Charlotte et d'Henriette*.

VALENTINE.

Vous devez être fatigué.

HENRIETTE.

Le soleil est si ardent!

CHARLOTTE.

Et l'air est si lourd!

Claire entre suivie de Jeannette, qui porte un plateau chargé de gâteaux et de fruits. Berthe la suit, tenant à la main une assiette de pommes.

HENRIETTE, à Labayen.

Je vous avais offert mon ombrelle.

LABAYEN, s'asseyant sur le canapé avec complaisance.

Dans mon enthousiasme, j'ai égaré mon chapeau.

A Charlotte, qui s'est assise sur le pouf, devant lui, et qui tient un bouquet de roses.

Ces fleurs sont ravissantes.

---

* Hugues, Berthe, Claire; Henriette, Charlotte, Labayen, Valentine.

VALENTINE.

Vraiment?

HENRIETTE.

C'est moi qui les cultive.

CHARLOTTE.

Et moi qui les cueille.

LABAYEN, prenant le bouquet.

Seulement...

VALENTINE.

Seulement?...

LABAYEN.

Dans ce château, je plains les roses. — Elles ont des rivales.

BERTHE, debout, au milieu de la scène, et se récriant.

Oh!

CLAIRE, bas, à Berthe.

C'est pour ces compliments-là que son oncle lui donne soixante mille livres de rentes.

BERTHE.

Ce n'est pas assez.

VALENTINE, à Labayen.

Vous êtes trop aimable.

CLAIRE.

Ainsi, c'est convenu, vous restez pour notre fête improvisée.

LABAYEN.

Si je reste? — Mais je voudrais passer ma vie dans ce château, moi.

VALENTINE.

Ma chère, c'est une déclaration.

CLAIRE.

Appelons la tante Béatrix.

CHARLOTTE.

Voulez-vous me permettre de vous offrir des biscuits?

LABAYEN.

Vous me comblez.

HUGUES.

Mais, — Dieu me pardonne, — elles font la cour à Labayen ! (Il tousse). Hum ! Hum !

VALENTINE, à Labayen.

Un peu de malaga?

HENRIETTE, de l'autre côté.

Ou de madère?

LABAYEN.

Choisir?... Jamais.

Il prend les deux verres.

BERTHE, le regardant. A Claire.

Il ne me représente pas du tout un mari.

CLAIRE.

Non, il représente un beau-père. (Allant à Labayen.) Un fruit de Chantenay?

LABAYEN.

Une pêche! — Si j'osais faire une comparaison...

CLAIRE.

Oh! non, non, mangez-la.

HUGUES, toussant.

Hum! hum! — Labayen les absorbe, c'est d'un grotesque! — (Avec fureur.) J'en rirai huit jours, ma parole d'honneur!

LABAYEN, mordant dans la pêche.

Délicieuse (A Claire.) C'est le duvet...

CLAIRE, l'interrompant.

Accepteriez-vous un macaron de ma main?

LABAYEN.

De votre main, j'en accepterais quatre.

CHARLOTTE, à Berthe.

Tu ne lui offres rien?

VALENTINE.

Tu n'es pas polie.

CHARLOTTE.

On ne te dit pas de l'épouser.

VALENTINE.

Mais il est notre hôte.

CHARLOTTE.

Son oncle est l'ami de notre grand-père.

VALENTINE.

Nous lui devons des égards.

BERTHE, à Labayen.

Mangeriez-vous une pomme?

LABAYEN.

Une pomme! Si j'osais faire une allusion...

BERTHE, le saluant gracieusement.

Oh! non, non, on l'a déjà faite.

HUGUES.

Il faut pourtant qu'on me remarque.

Il frappe avec force sur le piano.

CLAIRE.

Comment! ce piano n'est pas encore accordé?

HUGUES.

Quoi?

BERTHE, regardant au fond.

Et voilà les nouveaux mariés. (A Hugues.) Dépêchez-vous.

HUGUES, avec une colère concentrée.

Elles s'obstinent à ne pas me regarder. — Je suis curieux
de savoir combien cela va durer.

Il se campe devant le piano, les bras croisés.

SCÈNE XVIII

Les Mêmes, FANCHETTE, MARTIAL, ROSE, MAX, URBAIN.

Martial et Fanchette entrent en se querellant par le fond à gauche; Rose, Max et Urbain les suivent.

FANCHETTE.

Martial, explique-toi sans bruit.

MARTIAL.

Non, non, je veux du bruit, je veux des témoins, je veux m'expliquer devant un être raisonnable, un être de mon sexe, — un homme. (Après avoir regardé, il va au vicomte.) Monsieur.

HUGUES*.

Moi?

MARTIAL.

Vous êtes bien mis, vous devez connaître les lois.

HUGUES.

Voilà un simple paysan qui du premier coup d'œil... tandis que ces provinciales... Parlez, mon cher.

MARTIAL.

Monsieur, je suis marié, sauf votre respect, depuis deux heures...

HUGUES.

Et vous voulez?

MARTIAL.

Je veux rompre mon mariage.

* Hugues, Martial, Claire, Berthe, Fanchette, Valentine, Charlotte, Rose, Max.

TOUTES.

Rompre !

MARTIAL.

Ce matin, mon maître me criait : Prends garde, Martial... et, à présent, il me dit : Va, Martial, va, les femmes sont des anges.

FANCHETTE.

Eh bien ?

MARTIAL.

Eh bien, il est fou. — (A Hugues.) Suivez-moi bien, mon juge. — Je lui montre ce billet, que j'ai trouvé dans le corsage de madame, sauf votre respect. — « Perfide, tu en épouses un autre, après les gages de tendresse... »

Il s'arrête.

ROSE, d'un ton tragique.

Je suis perdue.

MAX, derrière elle, bas, et sur le même ton.

Courage !

MARTIAL, regardant autour de lui.

Mais je ne peux pas lire ça devant des demoiselles. — Il m'arrache le billet, l'examine et me dit : — C'est pour ta femme ? — Oui, c'est pour ma femme. — Et il me saute au cou, — suivez-moi bien, — en criant : Martial, je suis un imbécile. — Oh ça ! — J'étais jaloux de ta femme.

TOUTES.

Hein ?

MARTIAL.

J'ai une lettre semblable dans ma poche, je la croyais adressée à ma fiancée.

CLAIRE.

A Diane ?

MARTIAL.

Faut-il être bête ! — Se forger des idées pareilles, parce qu'une institutrice vous conte une histoire !

CLAIRE.

Mademoiselle Aubry !

BERTHE.

Appelez Diane, amenez-la. Comme elle sera heureuse !

Henriette sort, pour la chercher, par la porte latérale à gauche.

HUGUES.

Je ne comprends plus, moi.

CLAIRE.

De qui étaient ces lettres?

MARTIAL, montrant Max.

De monsieur.

TOUTES.

De Max !

MAX, passant fièrement.

Ne puis-je avoir un cœur?

CLAIRE.

Et adressées?...

MAX, se précipitant vers Fanchette, pendant que Rose est plus morte que vive.

Sauve-la.

FANCHETTE.

A moi donc.

MAX, bas.

Merci.

MARTIAL, à Hugues.

Elle l'avoue, monsieur, c'est ce que je voulais.

FANCHETTE.

Et vous êtes jaloux de ce petit bonhomme-là?

Max fait la grimace.

MARTIAL.

Mais...

FANCHETTE.

Puisque je vous préfère, gros bêta, sauf votre respect.

13.

SCÈNE XIX

LES MÊMES, DIANE.

CHARLOTTE.

Viens, Diane, viens vite.

CLAIRE.

M. de Jansais va te demander pardon.

HENRIETTE.

Je lui ai tout raconté, j'en suis encore toute tremblante.

VALENTINE, à Labayen.

Vous nous excusez, monsieur.

CHARLOTTE.

Rien ne troublera plus notre fête.

HUGUES, qui est remonté et qui a passé à droite.

Elles recommencent !

Il s'assied sur le canapé.

LABAYEN.

Je vois que tout est arrangé. — Je suis ravi. — Et maintenant, mesdemoiselles, permettez-moi d'achever ma petite besogne.

Il va au piano *.

VALENTINE, CHARLOTTE et HENRIETTE.

Hein ?

CLAIRE.

Quoi ?

BERTHE.

Que faites-vous ?

* Labayen, Rose, Henriette, Valentine, Charlotte, Claire, Diane, Berthe, Hugues.

LABAYEN, souriant.

Nous danserions mal si l'instrument était faux.

CLAIRE.

Monsieur plaisante, sans doute.

LABAYEN.

Je ne plaisante jamais dans l'exercice de mes fonctions. —
Si... si... si... — ce si est toujours trop bas, — si... fa... si...
si... fa...

TOUTES.

Comment ?

LABAYEN, les regardant.

Ah !... sapristi ! — Il y a eu erreur. (s'avançant.) Labayen,
ex-professeur de chant, accordeur de pianos.

TOUTES.

Accordeur !

CLAIRE, regardant Hugues, qui s'est levé.

Mais alors...

HUGUES, triomphant et furieux.

Vicomte Hugues de Mérindol.

TOUTES.

Ah !

LABAYEN.

Il paraît que ses millions me vont bien.

HUGUES, à part.

J'étouffe de colère.

LABAYEN, regardant Hugues.

J'étais aussi beau... que lui.

HUGUES, à part.

Je vais me venger.

VALENTINE, bas, à Charlotte.

Oh ! ma chère, quel événement !

CHARLOTTE.

Celui-ci est mieux, à la bonne heure !

HUGUES, passant lentement devant elles, et d'un ton prétentieux.

Mesdemoiselles, je n'ai pas à regretter un quiproquo qui m'a permis de vous apprécier sans être vu.

Labayen remonte, cherchant son chapeau.

BERTHE, bas, à Diane.

Il nous raille.

HUGUES, de même.

J'ai quelque expérience du monde et je peux m'estimer le plus heureux des hommes, si mes vœux sont exaucés.

CLAIRE, bas, à Charlotte.

Il a fait un choix.

HUGUES.

J'ai trouvé dans ce château la perle rare...

VALENTINE, bas à Henriette.

Il regarde Berthe.

HUGUES.

La vraie jeune fille...

CHARLOTTE, bas à Valentine.

Il regarde Claire.

HUGUES *.

Et, dussé-je blesser l'étiquette...

HENRIETTE.

Il me regarde.

HUGUES.

Je ne puis attendre, pour offrir ma main, mon titre, ma fortune et celle de mon oncle... (Pompeusement, en regardant Rose.) à mademoiselle.

_____

* Urbain, Max, Rose, Hugues, Henriette, Valentine, Charlotte, Claire, Diane, Berthe, Labayen.

ROSE, abasourdie, laissant tomber une cocotte en papier qu'elle achevoit.

Moi !

Ébahissement général. Rose prend un air digne, réservé, et baisse
modestement les yeux.

URBAIN, à Rose.

Ingrate !

MAX.

Perfide !

ROSE, avec dignité, passant devant eux.

Des enfants !

CLAIRE.

Madame la vicomtesse !

ROSE, faisant une longue révérence.

Mesdemoiselles !

SCÈNE XX

Les Mêmes, BÉATRIX.

Labayen est sur le devant à droite. Béatrix entre timidement par la droite baissant
les yeux, un chapeau à la main.

BÉATRIX, à Labayen.

Monsieur, vous avez oublié votre chapeau dans mes ap-
partements. Vous pouviez me compromettre.

LABAYEN.

Je suis prêt à tout réparer.

BÉATRIX, transportée.

Ah !

TOUTES.

C'est l'accordeur de pianos.

BÉATRIX, tombant sur le canapé.

Ciel !

JEANNETTE, annonçant du fond.

Le comte de Jansais.

On se précipite vers la porte du fond à gauche.

HUGUES, devant le théâtre, regardant Rose, qui n'a pas bougé.

Avec cette femme-là, je pourrai dormir tranquille.

MAX, bas à Rose.

Je me brûlerai la cervelle.

ROSE, à Max.

Rends-moi mes cheveux.

FIN DES GRANDES DEMOISELLES

JONATHAN

COMÉDIE EN TROIS ACTES

Représentée pour la première fois, à Paris, sur le Théâtre du GYMNASE
le 27 septembre 1879.

COLLABORATEURS : MM. F. OSWALD ET P. GIFFARD.

PERSONNAGES

JONATHAN. . . . . MM. SAINT-GERMAIN.

LE CAPITAINE. . . . . LANDROL.

PINCH. . . . . BERNÈS.

BOISMOREAU . . . . BLAISOT.

BERNARD. . . . . MALARD.

THIVOLET. . . . . DUFERNEX.

SAM. . . . . REVEL.

JOSEPH. . . . . VALOT.

ANGÈLE. . . . . Mᵐᵉˢ JANE MAY.

LÉONTINE . . . . ALICE REGNAULT.

MADAME BOISMOREAU. . . . . . . PRIOLEAU.

BLANCHE. . . . . GENEVIÈVE DUPUIS.

BERTHE . . . . HENRIOT.

JUSTINE . . . . GIESZ.

––––––––

Indications prises de la salle, changements de position notés au bas des pages.

S'adresser, pour la mise en scène exacte et détaillée, au régisseur du Théâtre du Gymnase.

JONATHAN

ACTE PREMIER

Un salon riche. — Porte au fond, portes à droite et à gauche ; fenêtre, pan coupé à gauche ; cheminée, pan coupé à droite. — Table entre deux fauteuils à gauche ; canapé à droite.

SCÈNE PREMIÈRE

BOISMOREAU, MADAME BOISMOREAU.

MADAME BOISMOREAU, assise sur le canapé.

Monsieur Boismoreau, vous manquez d'énergie.

BOISMOREAU, se redressant.

Vous oubliez, madame Boismoreau, qu'en 1858, — Angèle n'était pas née, — me promenant avec vous dans les environs d'Asnières et me trouvant en face d'un taureau exaspéré par votre châle rouge...

MADAME BOISMOREAU, l'interrompant.

Il ne s'agit ni de taureau ni de châle rouge ; il s'agit du mariage de votre fille.

BOISMOREAU.

Je n'aime pas à m'entendre dire que je manque d'énergie.

MADAME BOISMOREAU.

Vous en manquez absolument depuis quinze jours.

BOISMOREAU.

En quoi, madame? en quoi?

MADAME BOISMOREAU.

Les bans sont publiés, la corbeille est achetée, et nous ne pouvons arriver à fixer le jour de la noce !

BOISMOREAU.

Nous l'avons fixé plusieurs fois.

MADAME BOISMOREAU.

Vous avez même fait refaire à trois reprises les lettres d'invitation.

BOISMOREAU.

La date convenue tombait toujours sur un anniversaire auquel notre futur gendre n'avait pas songé.

MADAME BOISMOREAU.

La mort de son grand-père ! la mort de sa tante ! celle de son oncle ! Je comprends à la rigueur. Mais l'anniversaire de la découverte de l'Amérique...

BOISMOREAU.

Remarquez, chère amie, que ce jeune homme est Américain, et alors...

MADAME BOISMOREAU.

Passe encore pour la découverte. Mais l'anniversaire de la mort de La Fayette ?

BOISMOREAU.

La Fayette est un des héros de l'indépendance.

MADAME BOISMOREAU.

Passe encore. — Mais maintenant il a la prétention d'attendre un de ses cousins.

BOISMOREAU.

Ce jeune homme a le respect de la famille.

MADAME BOISMOREAU.

Tout ce que vous voudrez, ce n'est pas naturel.

BOISMOREAU.

Et cependant, il adore notre fille!

MADAME BOISMOREAU.

Il le faut bien, puisqu'il l'épouse.

BOISMOREAU.

Et qu'il est très riche. Il ne m'a même pas demandé ce que je donne à Angèle.

MADAME BOISMOREAU.

Moi qui m'imaginais que les Américains étaient des gens positifs!

BOISMOREAU.

Ils le sont en général, positifs, — trop positifs, et même davantage, en affaires. J'ai eu des relations avec un certain Gordon...

MADAME BOISMOREAU.

Tu t'emportes!

BOISMOREAU, s'asseyant sur le canapé.

Je ne peux pas parler de ce Gordon sans sortir de mon caractère. Et j'aurais juré que M. Carpett n'estimait que l'argent!... Je me trompais, Carpett n'est pas un Américain comme les autres. Voilà pourquoi je suis heureux de lui donner ma fille. J'aime qu'on laisse dans la vie une place aux sentiments tendres. (Tendrement.) Tu en sais quelque chose, Pauline.

MADAME BOISMOREAU.

Oui, Edgard; aussi tu n'es pas millionnaire, toi.

BOISMOREAU.

Non. (Galamment.) Mais j'ai eu quelques bonnes heures.

MADAME BOISMOREAU, baissant les yeux.

Edgard !

BOISMOREAU.

Et ce qui me plaît dans le mariage d'Angèle, c'est qu'il a un côté romanesque.

MADAME BOISMOREAU, étonnée.

Romanesque ! Rien n'est moins romanesque que M. Carpett.

BOISMOREAU.

Physiquement, je le reconnais ; ce n'est pas lui, ce sont les circonstances qui sont romanesques.

MADAME BOISMOREAU.

En quoi?

BOISMOREAU.

Comment, en quoi? Un Américain se présente et m'apporte des nouvelles d'un correspondant que je ne connais pas. — Voyez le hasard. Il se nomme Carpett! Carpett et compagnie, une réputation universelle! Nous causons de l'Amérique, de la jeune Amérique, berceau de nos libertés. Ma fille entre, tenant un morceau de musique. La valse du baiser, *il Bacio :* notez ça. Elle m'embrasse, salue et sort. Je reprends la conversation sur la jeune Amérique, berceau de nos libertés. Voilà mon gaillard qui brouille le Mississipi avec la Bièvre, et le Niagara avec la cascade du bois de Boulogne! Je lui dis : Vous êtes souffrant. Prenez un peu d'élixir. — Il n'en prend pas et me demande la main de ma fille ! Vous ne voyez pas là un côté romanesque ?

MADAME BOISMOREAU.

Angèle est assez jolie pour faire impression sur un Américain.

BOISMOREAU.

Aussi n'ai-je pas été surpris. J'ai immédiatement répondu : Je consulterai ma fille.

Il se lève,

MADAME BOISMOREAU.

Ce qui m'étonne seulement, c'est qu'elle ait accepté.

BOISMOREAU.

Je lui ai fait remarquer que master Jonathan avait l'œil fin.

MADAME BOISMOREAU, se levant.

Moi, je lui ai affirmé qu'il avait la bouche fine.

BOISMOREAU.

Je lui ai parlé de son esprit... de conduite.

MADAME BOISMOREAU.

Et moi de sa douceur. Je lui disais : Tu seras la maîtresse. — Enfin elle est décidée, et il est étrange que ce soit
ce monsieur qui nous fasse attendre. Si vous aviez un peu
d'énergie...

BOISMOREAU.

J'en ai, madame Boismoreau.

MADAME BOISMOREAU.

Vous n'oublieriez pas que mon cousin, le capitaine Richard, est venu à Paris pour le mariage de sa filleule et
qu'il attend depuis vingt jours dans un hôtel.

BOISMOREAU.

Le capitaine est à la retraite, il est célibataire, il est
libre ; mais mon cousin Bernard qui a une femme, deux
filles, et qui est percepteur à Cahors...

MADAME BOISMOREAU.

Ne pourriez-vous expliquer tout cela à master Jonathan?

BOISMOREAU, changeant de ton et se rapprochant d'elle.

Écoute-moi, Pauline. J'ai toujours pensé qu'Angèle se
marierait samedi.

MADAME BOISMOREAU.

Pourquoi plutôt samedi ?

BOISMOREAU, tendre.

Quatre novembre.

MADAME BOISMOREAU, baissant les yeux.

Ah !

BOISMOREAU.

L'anniversaire de notre hymen.

MADAME BOISMOREAU.

Voilà une bonne pensée, Edgard.

JUSTINE, à la porte du fond.

M. le capitaine Richard, M. Bernard.

BOISMOREAU et MADAME BOISMOREAU.

Ah !

SCÈNE II

LES MÊMES, LE CAPITAINE, BERNARD.

Ils entrent tous les deux, graves et compassés.

LE CAPITAINE*.

Mes chers parents, vous trouverez sans doute notre visite un peu matinale, mais nous venons remplir une mission officielle.

BOISMOREAU, MADAME BOISMOREAU, étonnés.

Ah !

Ils leur font signe de s'asseoir.

LE CAPITAINE, assis sur le canapé avec madame Boismoreau**.

Parlez, percepteur.

BERNARD.

Comme le dit excellemment ce cher capitaine, notre visite a un caractère officiel.

* Boismoreau, Bernard, le capitaine, madame Boismoreau.
** Bernard, Boismoreau, le capitaine, madame Boismoreau.

LE CAPITAINE.

A quel jour est fixée la cérémonie °

MADAME BOISMOREAU.

La cérémonie ?

BERNARD.

Le mariage.

LE CAPITAINE.

La noce.

MADAME BOISMOREAU.

J'entends bien.

BOISMOREAU.

J'entends parfaitement.

LE CAPITAINE.

Je suis le parrain de la petite, je m'en flatte ; mon devoir
est d'assister à son mariage. Je suis accouru à la première
réquisition, mais je ne veux pas rester plus longtemps dans
votre coquin de Paris ; j'y mange un trimestre tous les huit
jours.

MADAME BOISMOREAU.

Je vous avais offert une chambre, mon cousin.

LE CAPITAINE.

Je vous en remercie encore, ma cousine, mais j'aime mes
aises, moi.

BOISMOREAU.

Nous vous permettions de fumer.

LE CAPITAINE.

Vous me le permettiez ! et quand j'allume une cigarette,
toute la maison tousse, jusqu'au caniche.

BERNARD.

Quant à moi, mon congé est expiré, j'ai demandé une
prolongation, j'en demanderai une autre ; mais ces dames
n'avaient apporté de toilettes que pour quinze jours, et ce
sont des considérations contre lesquelles je n'essaie jamais

de lutter ; je me verrai donc forcé de repartir avec mes filles.

MADAME BOISMOREAU.

Les demoiselles d'honneur !

BOISMOREAU.

C'est impossible !

LE CAPITAINE.

Vous donnez ma filleule à un Américain : vous n'avez pas à me consulter ; vous ne me consultez pas. Je ne me permettrai aucune observation. Il n'est pas beau, ce Yankee !

BOISMOREAU.

Il est très riche.

LE CAPITAINE.

C'est une excuse pour les grands-parents.

BOISMOREAU.

Carpett ! Carpett et compagnie, une réputation universelle !

BERNARD.

Il a de la physionomie.

LE CAPITAINE.

Voyons, Bernard, ne mâchons pas la vérité; il est laid, et je ne comprends pas qu'il puisse plaire à ma filleule.

BOISMOREAU.

Il lui plaît, cependant.

LE CAPITAINE.

Je le sais bien, elle me l'a dit.

BOISMOREAU et MADAME BOISMOREAU, étonnés, se levant.

Elle vous l'a dit ?

LE CAPITAINE.

Elle a découvert qu'il a les yeux fins, le nez fin, la bouche fine, qu'il a de l'esprit... de conduite, un bon caractère, de bons sentiments. — Un tas de qualités, enfin, que les femmes méprisent d'ordinaire. (Se levant.) Je peux dire que. vous l'avez crânement élevée, ma filleule. (Il leur prend la main.) Mes compliments. Mais alors marions ces enfants et que ça finisse. Qu'attendons-nous?

MADAME BOISMOREAU *.

Qu'attendons-nous ? c'est ce que je me tue de dire à M. Boismoreau.

BOISMOREAU.

Qu'attendons-nous? c'est ce que je ne cesse de répéter à madame Boismoreau.

LE CAPITAINE.

Nous sommes tous d'accord. Fixons le jour de la cérémonie.

BOISMOREAU.

Il sera fixé.

MADAME BOISMOREAU.

Avant ce soir.

LE CAPITAINE.

L'Américain se décide ?

BOISMOREAU, MADAME BOISMOREAU.

Il se décidera.

LE CAPITAINE.

Enfin !

On entend un coup de sonnette.

BOISMOREAU.

Un coup de sonnette timide... C'est lui.

LE CAPITAINE.

Très bien. (A Bernard, qui s'est endormi.) Que faites-vous, Bernard ?

BERNARD, se réveillant vivement et se levant.

Ah ! pardon, capitaine, je me croyais à mon bureau.

* Le capitaine, Bernard, Boismoreau, madame Boismoreau.

MADAME BOISMOREAU, à Boismoreau.

Tu me laisseras parler la première.

BOISMOREAU.

Pas du tout, je suis le chef de la communauté.

MADAME BOISMOREAU.

Tu es trop vif, tu diras des bêtises.

BOISMOREAU.

Madame Boismoreau, je dirai ce qu'il faut dire.

MADAME BOISMOREAU.

Laissez-moi parler.

BOISMOREAU.

Jamais.

MADAME BOISMOREAU, furieuse.

Comment!... Le voici.

SCÈNE III

LES MÊMES, JONATHAN.

Jonathan entre timidement par le fond, tenant un énorme bouquet blanc.

JONATHAN.

Mademoiselle Angèle?...

BOISMOREAU et MADAME BOISMOREAU, ensemble.

Monsieur Carpett!

Jonathan s'arrête étonné *.

MADAME BOISMOREAU, furieuse.

C'est toujours moi qui cède.

* Le capitaine, Bernard, Boismoreau, Jonathan, madame Boismoreau.

BOISMOREAU.

Comment, vous cédez ?

MADAME BOISMOREAU.

Oui, je cède. (vivement, à Jonathan). Je peux parler devant ces messieurs, qui sont nos parents.

BOISMOREAU, voulant lui couper la parole.

Qui sont nos parents. Monsieur Carpett...

MADAME BOISMOREAU, l'interrompant.

Pouvons-nous enfin fixer le jour de votre mariage avec notre fille ?

Le capitaine remonte.

BOISMOREAU.

Le pouvons-nous ?

JONATHAN.

Je vous ai dit que j'attendais un cousin.

MADAME BOISMOREAU.

D'Amérique. On attend un père, un oncle au besoin, mais on n'attend pas un cousin pour se marier.

BOISMOREAU.

Les cousins ne sont pas indispensables aux maris.

MADAME BOISMOREAU *.

Au contraire. — Je pense que vous avez le désir d'épouser notre fille?

JONATHAN.

J'ai fait la demande, je viens tous les jours... (Montrant son bouquet.) régulièrement.

MADAME BOISMOREAU.

Mais vous ne fixez pas de date.

BOISMOREAU.

Nous pensions en famille... que samedi...

* Boismoreau, Bernard, Jonathan, le capitaine, madame Boismoreau.

JONATHAN.

Prochain?

LE CAPITAINE.

Cela vous effraie?

JONATHAN.

Non. — Oh! non... au contraire... c'est le bonheur! mais je me trouve en face d'une décision si inattendue.

TOUS.

Comment, inattendue!

JONATHAN.

Je veux dire si prompte!

TOUS.

Si prompte!

JONATHAN.

Il me semble que samedi est un anniversaire.

BOISMOREAU et MADAME BOISMOREAU.

Encore!

BOISMOREAU.

C'est l'anniversaire de mon mariage avec madame Boismoreau.

JONATHAN, vivement.

Vous voyez bien.

BOISMOREAU.

Voilà pourquoi ce jour me plaît.

JONATHAN *.

Alors l'autre?

TOUS.

Quoi, l'autre?

JONATHAN.

L'autre samedi!

LE CAPITAINE.

Dans douze jours?

* Bernard, Boismoreau, Jonathan, madame Boismoreau, le capitaine.

JONATHAN.

Le temps passe si vite en France!

BOISMOREAU.

Mais ce ne sera plus le 4 novembre.

JONATHAN, embarrassé.

Non, mais ce sera toujours un samedi. C'est que je tiens beaucoup à avoir mon cousin.

JUSTINE, entrant du fond.

On voudrait parler tout de suite, tout de suite, à M. Carpett.

LE CAPITAINE.

Qui?

JUSTINE.

Un Américain.

JONATHAN.

C'est lui!

BOISMOREAU, à madame Boismoreau.

Le cousin!

JONATHAN.

Vous voyez, monsieur, vous voyez, madame, c'est lui; il n'y aura plus d'obstacle!

MADAME BOISMOREAU, à Justine.

Faites-le entrer.

JUSTINE.

Il ne veut pas, madame, parce qu'il y a du monde et qu'il est en tenue de voyage... Il appelle ça un costume de voyage, c'est une robe de chambre.

JONATHAN.

Vous permettez?

Il cherche à se défaire de son bouquet pour sortir. — Il le met sur le canapé.

MADAME BOISMOREAU, le retenant.

Je ne veux pas que vous receviez le cousin, le futur cousin de ma fille, dans l'antichambre. Faites entrer, Justine.

14.

Nous allons montrer à ces messieurs les cadeaux de la mariée.

LE CAPITAINE, à part.

Ah! oui, les cadeaux!

MADAME BOISMOREAU, à Jonathan.

Car tout est prêt, monsieur.

LE CAPITAINE, à part.

On met des étiquettes, maintenant : cadeau du parrain, une bague. Ça n'a l'air de rien du tout et ça me coûte vingt-cinq francs.

MADAME BOISMOREAU.

Passez donc, capitaine.

LE CAPITAINE.

Après vous, percepteur!

MADAME BOISMOREAU.

Je vous le disais bien, monsieur Boismoreau, qu'il fallait de l'énergie.

BOISMOREAU.

Vous oubliez, madame Boismoreau, qu'en 1858...

Ils sortent par la gauche.

SCÈNE IV

JONATHAN, PINCH.

JONATHAN, seul.

Il arrive donc : il était temps!

JUSTINE.

Entrez, monsieur.

Pinch entre par le fond, Jonathan se précipite et s'arrête interloqué.

JONATHAN.

Pinch!

PINCH.

Oui, mon bon Carpett... Pinch, ton bon ami Pinch, débarqué ce matin au Havre, mauvais temps, huit jours de retard, pris le premier train.

JONATHAN.

Tu m'amènes William?

PINCH.

Tu l'attendais?

JONATHAN.

Si je l'attendais!... Il n'est pas venu?

PINCH.

Mon bon Carpett, ce n'est pas sa faute.

JONATHAN.

Pas sa faute!

PINCH.

Nous nous embarquions, le transatlantique chauffait, William faisait porter ses malles... Lorsque sur la passerelle même on lui apporte une dépêche; il l'ouvre, fait remporter ses malles et me crie : « Tu diras à Jonathan que je prendrai le prochain paquebot. »

JONATHAN.

Le prochain!

PINCH.

« Engage-le à patienter. »

JONATHAN, saisissant Pinch violemment.

Patienter!

PINCH, effrayé.

Eh bien, Carpett! Eh bien, il arrivera un de ces jours.

JONATHAN.

Tu ne sais donc pas de quoi il s'agit?

PINCH.

Je sais qu'il t'a chargé d'une mission très importante pour lui.

JONATHAN.

Il ne t'a pas dit autre chose?

PINCH.

Nous commencions à causer quand la dépêche l'a interrompu.

JONATHAN.

Eh bien, assieds-toi là, Pinch, tu vas tout apprendre.

PINCH, avec conviction, s'asseyant sur le canapé.

Tu sais comme je suis dévoué à William.

JONATHAN, prenant une chaise.

Tu as des intérêts dans sa maison?

PINCH.

D'abord; mais même à part cela... Je t'écoute avec
avidité.

JONATHAN, à part.

Il a de gros intérêts. (Ils s'asseoient. Haut.) J'étais au Texas,
quand William Carpett me télégraphie : « Viens immédiatement, — peux me sauver. » Je crois à une faillite, j'accours.

PINCH, étonné.

Ah !

JONATHAN.

Je lui dois quelque obligation... et puis, tu sais, moi, je
suis un Américain d'une espèce particulière : l'Américain
jobard.

PINCH.

Tu dois avoir du sang français dans les veines.

JONATHAN.

Par ma grand'mère. J'accours donc tout ému. Mais ce
n'était pas cela. William venait de perdre un oncle... du
côté de sa mère... qui lui léguait toute sa fortune. Quatre
millions de dollars.

PINCH.

Aoh! good business!

JONATHAN.

Le testament portait : « Je lègue tous mes biens à mon cher et unique neveu Jonathan-William Carpett, sous la condition expresse qu'il épousera la fille de M. Boismoreau, négociant à Paris, rue du Sentier, que je tiens à dédommager ainsi des torts involontaires... ou autres... que j'ai pu lui causer. »

PINCH, étonné.

Bah !

JONATHAN.

Ils avaient été en relations d'affaires.

PINCH.

Et il a eu des remords en mourant... La tête devenait faible.

JONATHAN.

C'était une réparation, une restitution.

PINCH.

Je l'ai bien compris.

JONATHAN.

Alors William a voulu demander la main de mademoiselle Boismoreau par le télégraphe.

PINCH.

Naturellement.

JONATHAN.

Mais il s'est renseigné... heureusement. M. Boismoreau aurait refusé.

PINCH, étonné.

Aoh! alors *bad business!*

JONATHAN.

C'est un de ces Français naïfs qui croient que la fortune ne fait pas le bonheur, et qui veulent qu'on mette des formes en tout.

PINCH.

Je croyais qu'on avait changé ça.

JONATHAN.

Non, mon ami Pinch, rien n'est changé.

PINCH.

William aurait dû partir.

JONATHAN.

Il venait de lancer l'affaire du goudron comestible.

PINCH.

Il ne pouvait pas... Il a engagé plus de six millions dollars dans le goudron.

JONATHAN.

Et il en a parié cent mille qu'il réussirait.

PINCH, avec énergie.

Il ne pouvait pas partir, Carpett; soyons justes, il ne pouvait pas.

JONATHAN.

Seulement, mademoiselle Boismoreau avait des prétendants; elle pouvait se marier d'un moment à l'autre.

PINCH.

Mais oui, mais oui. Et la succession de l'oncle?

JONATHAN.

Aux hôpitaux.

PINCH, se levant.

Aoh! il faut empêcher ça.

JONATHAN, se levant.

Qu'aurais-tu fait, toi, Pinch?

PINCH.

Tout pour garder la succession.

JONATHAN.

Mais quoi?

PINCH.

Je n'en sais rien... tout... tout... tout!

JONATHAN.

Eh bien ! William, qui est très malin, a trouvé quelque chose. Il m'a envoyé à sa place.

PINCH.

A sa place ?

JONATHAN.

Il m'a dit : « Nous portons le même nom, nous sommes deux Carpett, moi Jonathan-William, toi William-Jonathan, mais on n'en connaît qu'un : Carpett et compagnie. Tu te présentes, tu as l'air de tomber subitement amoureux de la demoiselle. Tu demandes sa main, on te trouve trop laid. Tu parles de ta fortune, on te répond qu'on réfléchira ; on réfléchit, tu me tiens au courant ; les prétendants s'éloignent. Tu gardes la place. J'arrive ; on s'explique. Je suis le vrai Carpett ! Carpett et compagnie ! on me trouve beau. Le reste me regarde, et j'épouse. »

PINCH, enthousiasmé.

Très fort, ça... très fort !

JONATHAN, lui saisissant les mains avec colère.

Oh ! tu trouves ça, toi. Eh bien, j'ai accepté. Je suis venu, j'ai demandé la main de la jeune personne, on me l'a accordée tout de suite...

PINCH, étonné.

Ah !

JONATHAN.

Je télégraphie à William : « Hâte-toi d'arriver. » Il me répond : « Je pars. » Et il ne part pas ! Tu vois bien qu'il ne part pas.

Il le secoue encore.

PINCH.

Le prochain paquebot !

JONATHAN, de plus en plus furieux.

Le prochain paquebot !... On veut que j'épouse samedi.

PINCH.

Samedi ? dans trois jours !

JONATHAN.

J'ai inventé, pour retarder, tous les anniversaires : Washington, La Fayette, Grant... qui n'est pas mort. Je suis à bout. J'ai dit que j'attendais un cousin.

PINCH.

Très bien, parfaitement.

JONATHAN.

Mais on n'admet pas ça, et quand tu es arrivé on était prêt à rompre.

PINCH.

Rompre !... Carpett et compagnie perdrait la succession de son oncle !

JONATHAN.

Tant pis pour lui.

PINCH, le prenant dans ses bras, avec conviction.

Tu ne peux pas faire perdre cette succession à ton cousin, tu ne le peux pas.

JONATHAN.

Mais que faire ? que faire ? Je ne peux plus ni avancer ni reculer, voilà ma situation.

PINCH.

Si nous étions en Amérique, tu ne serais pas embarrassé.

JONATHAN.

Comment ?

PINCH.

Tu épouserais samedi, puisqu'on y tient... William lancerait tranquillement son goudron comestible. Il arriverait. Tu demanderais le divorce.

JONATHAN.

Le divorce !

PINCH.

Il épouserait ta femme, c'est-à-dire la fille du Boismoreau ; la clause du testament serait remplie.

JONATHAN.

Oui, oui : seulement les Français n'ont pas le divorce.

PINCH.

On dit qu'ils vont l'avoir.

JONATHAN.

Veux-tu que j'attende?

PINCH.

S'ils n'ont pas le divorce, ils doivent avoir quelque chose
d'approchant.

JONATHAN.

Rien.

PINCH.

On ne peut jamais annuler un mariage en France?

JONATHAN.

Jamais!

PINCH.

Ce doit être bien gênant... Tu te trompes. Il doit y avoir
quelque chose.

JONATHAN.

Je te dis que non.

PINCH.

Ta, ta, ta, ta. Je consulterai.

JONATHAN.

Tu es entêté, toi!

PINCH.

C'est avec ça que j'ai fait fortune.

JONATHAN.

Je te dis que je ne peux plus ni reculer ni avancer.

SCÈNE V

LES MÊMES, ANGÈLE.

ANGÈLE, entrant par la droite *.

Ah! maman, j'ai reçu une lettre de Léontine. Elle sera à mon mariage. (S'arrêtant déconcertée.) Ah!

JONATHAN, à Pinch.

Ma future!... Où est le bouquet?

PINCH.

Ah! (A Jonathan.) Elle est très jolie.

JONATHAN, sans lui répondre.

Où est le bouquet?

ANGÈLE.

Je vous demande pardon, je croyais que maman était ici.

JONATHAN.

Elle y était tout à l'heure, mademoiselle...

PINCH, le retenant.

Présente-moi.

JONATHAN.

Mon ami Pinch, de New-York, qui dans son empressement a gardé son costume de voyage.

ANGÈLE, très gracieuse.

On excuse toujours les voyageurs.

PINCH, bas à Jonathan.

Tu ne peux pas faire perdre cette femme-là à ton cousin.

* Pinch, Jonathan, Angèle.

JONATHAN.

Où est donc le bouquet? Ah! le voici.

PINCH, avec énergie.

Tu ne le peux pas*.

JONATHAN, qui a pris le bouquet sans remarquer qu'il est absolument écrasé.

Voulez-vous me permettre de vous offrir?... (Regardant le bouquet.) Ah! non... non... je ne peux pas vous offrir cette galette... je veux dire ces fleurs déjà fanées.

ANGÈLE, voulant le prendre.

Cela ne fait rien.

JONATHAN **.

Jamais. (Bas, à Pinch.) Vas-en acheter un autre.

PINCH.

Où?

JONATHAN.

Où tu voudras. (Haut, à Angèle.) Je vous prie de permettre à mon ami Pinch de se retirer. Il a des rendez-vous d'affaires.

ANGÈLE.

Je serais désolée si monsieur se gênait pour moi.

PINCH, à part.

Elle est adorable.

JONATHAN, le poussant vers la porte du fond.

Un bouquet absolument pareil.

PINCH, avec enthousiasme.

Plus beau, Jonathan, plus beau!

JONATHAN.

Oui.

PINCH.

Tu seras déshonoré en Amérique, si tu fais manquer cette affaire à ton cousin.

* Pinch, Angèle, Jonathan.
** Pinch, Jonathan, Angèle.

JONATHAN.

Je le sais, je le sais... Informe-toi de l'arrivée du prochain paquebot.

PINCH, en sortant.

Moi, je ne te pardonnerais jamais.

SCÈNE VI

JONATHAN, ANGÈLE.

ANGÈLE*.

Je suis entrée comme une étourdie, pour annoncer à maman l'arrivée d'une de mes bonnes amies, que vous avez peut-être vue en Amérique : son mari est secrétaire de la légation française à Washington, M. Thivolet.

JONATHAN.

Thivolet! Parfaitement. Thivolet... Vous connaissez M. Thivolet?

ANGÈLE.

Lui? non. Léontine s'est mariée à Bordeaux l'année dernière et elle est partie le lendemain : c'est ma meilleure amie.

JONATHAN.

Charmante... Excellente musicienne.

ANGÈLE.

Vous savez cela?

JONATHAN.

Elle réunissait tous les lundis quelques mélomanes.

ANGÈLE.

Elle m'a raconté cela dans une de ses lettres. Elle a même découvert un jeune Américain fanatique de Gounod et d'Offenbach.

* Angèle, Jonathan.

JONATHAN.

C'est moi.

ANGÈLE.

Vous?

JONATHAN.

Moi-même.

ANGÈLE.

Alors, c'est vous qui lui avez sauvé la vie?

JONATHAN.

A madame Thivolet? Ah! oui, peut-être, dans un naufrage sur le Mississipi.

ANGÈLE.

Vous avez été admirable!

JONATHAN.

Je nage assez bien.

ANGÈLE.

Sans vous, Léontine était perdue.

JONATHAN.

Son mari venait à son secours, à cheval... sur un tonneau
vide... qui le ramenait au rivage malgré lui. C'est un mé-
diocre cavalier. Moi, pendant ce temps... Il ne me l'a jamais
pardonné.

ANGÈLE.

Je vous assure que sa femme au moins sait bien ce qu'elle
vous doit, et quand elle apprendra que je serai bientôt...

Elle s'arrête en baissant les yeux.

JONATHAN, à part.

C'est quand elle se tait que je ne sais plus que dire.

ANGÈLE, regardant autour d'elle.

Mais nous sommes seuls et je ne peux pas rester sans
blesser les convenances.

JONATHAN.

Je le comprends, mademoiselle. (A part.) Ce sont les con-

venances qui me sauvent toujours. (Haut.) Je le regrette, mais
je le comprends.

ANGÈLE.

Vous le regrettez?

JONATHAN.

Certes.

ANGÈLE.

Mais si vous aviez quelque chose à me dire...

JONATHAN.

Moi?

ANGÈLE.

Au point où nous en sommes!

JONATHAN.

Ah! oui.

ANGÈLE.

Je crois que je pourrais blesser un peu les convenances en
votre faveur.

JONATHAN.

Vous êtes trop bonne, mademoiselle, vous êtes trop bonne.

ANGÈLE.

Il est bien naturel qu'un mari désire connaître la femme
qu'il doit épouser.

JONATHAN.

C'est parce qu'on la connaît, généralement, qu'on l'épouse.

ANGÈLE.

Oh! pas toujours! vous ne m'aviez vue qu'une fois, quand
vous avez demandé ma main.

JONATHAN.

Ne suffit-il pas de vous avoir vue?

ANGÈLE.

Et depuis, vous me regardez à peine.

JONATHAN, avec feu.

Oh! ne croyez pas cela, ne croyez pas cela.

ANGÈLE.

Maintenant, n'allez pas trop loin.

MADAME BOISMOREAU, entrant de la gauche.

Il va trop loin!

BOISMOREAU, entrant aussi.

Mon futur gendre va trop loin!

LE CAPITAINE, qui les suit avec Bernard.

N'est-ce pas permis, au point où ils en sont?

MADAME BOISMOREAU, se récriant*.

Capitaine!

BERNARD.

Une certaine réserve est toujours de bon goût.

JONATHAN.

Je vous jure, monsieur, que je ne me suis permis...

MADAME BOISMOREAU.

C'est trop, monsieur... quand on est seul avec une jeune personne!

JONATHAN.

Rien, madame, rien.

MADAME BOISMOREAU.

Si j'avais été là!... Rentrez, Angèle.

ANGÈLE.

Oui, maman.

Elle remonte.

LE CAPITAINE.

Ils sont sévères !

BOISMOREAU.

Je sais que l'amour peut faire excuser bien des choses...

* Le capitaine, Boismoreau, madame Boismoreau, Jonathan, Bernard, Angèle.

SCÈNE VII

JONATHAN, ANGÈLE, BOISMOREAU, MADAME
BOISMOREAU, LE CAPITAINE, BERNARD.
THIVOLET, LÉONTINE.

JUSTINE, annonçant.

M. et madame Thivolet.

ANGÈLE, qui sortait à droite, revenant.

Léontine !

LÉONTINE, très vive et très gaie*.

C'est bien moi, j'arrive à l'instant et j'ai voulu te voir
tout de suite. Nous ne quitterons plus Paris. Mon père
entre dans le cadre de réserve. Tu n'as pas vu ça dans les
journaux?

ANGÈLE.

Non.

MADAME BOISMOREAU, au capitaine.

Le général Bourgachard.

LE CAPITAINE.

Ah !

LÉONTINE.

Et mon mari... mais j'oublie de te présenter M. Thivo-
let! (Bas, à Angèle, pendant qu'on se salue.) Excellent, pas de volonté,
mais jaloux comme un tigre, je te raconterai ça (Haut.)
Mon mari qui était secrétaire de la légation à Washington,
entre au ministère des affaires étrangères. Tu n'as vu ça
dans les journaux?

ANGÈLE.

Non.

* Le capitaine, Bernard, Boismoreau, madame Boismoreau, Thivolet,
Léontine, Angèle, Jonathan.

BOISMOREAU.

Mes compliments, monsieur. La diplomatie est une belle carrière.

On se salue encore.

LÉONTINE, bas, à Angèle.

Ne t'étonne pas si mon mari ne dit rien : il était commissaire-priseur, on l'a fait diplomate et... il exagère.

ANGÈLE*.

Je le trouve très bien.

LÉONTINE.

Oh ! très bien !... Je te raconterai ça.

MADAME BOISMOREAU, présentant.

M. Bernard, percepteur à Cahors, - cousin de M. Boismoreau.

BOISMOREAU, même jeu.

Le capitaine Richard, cousin germain de madame Boismoreau.

LE CAPITAINE.

Du 27e dragons.

LÉONTINE.

J'ai beaucoup entendu parler de vous, capitaine, chez mon père, le général.

LE CAPITAINE, avec joie.

Vraiment, madame ?

LÉONTINE.

Et je connais vos nombreux traits de bravoure.

LE CAPITAINE.

Vous allez m'intimider, parole d'honneur.

LÉONTINE.

On voit bien que nous ne sommes pas sur le champ de bataille.

* Le capitaine, Boismoreau, Bernard, madame Boismoreau, Thivolet Léontine, Angèle, Jonathan.

15.

LE CAPITAINE, à Bernard.

Elle est adorable, cette petite femme-là.

ANGÈLE, gaiement.

Et c'est moi, maintenant, qui vais te présenter quelqu'un
que tu connais bien.

LÉONTINE, stupéfaite.

M. Jonathan !

THIVOLET, plus stupéfait encore.

M. Carpett est à Paris !

JONATHAN.

Oui, madame, oui, monsieur, je suis à Paris depuis trois
semaines.

THIVOLET.

Vous nous disiez que vous alliez au Texas.

JONATHAN.

Au Texas... j'y suis passé.

THIVOLET.

Ce n'est pas le chemin.

JONATHAN.

Non sans doute.

LÉONTINE.

Mais nous sommes enchantés, croyez-le bien, de vous
retrouver à Paris.

ANGÈLE, bas, à Léontine.

C'est de lui que tu me parlais, n'est-ce pas, dans ta
lettre ?

LÉONTINE, bas.

Ne dis pas cela devant mon mari, il s'imagine que
M. Jonathan me fait la cour.

ANGÈLE.

Ah !

LÉONTINE, bas.

J'admets bien que je ne lui déplais pas.

ANGÈLE.

Ah !

MADAME BOISMOREAU, faisant signe de s'asseoir.

Puisque vous connaissez M. Carpett, madame, vous serez heureuse d'apprendre, je l'espère, qu'il a bien voulu nous demander la main d'Angèle.

LÉONTINE, étonnée *.

Hein !

Elle est assise sur le canapé, ainsi qu'Angèle.

THIVOLET.

Lui ?

MADAME BOISMOREAU, à droite de la table.

Et qu'elle lui a été accordée.

THIVOLET.

Vraiment ?

LÉONTINE, très embarrassée, à Angèle.

Je t'ai dit que je ne lui déplaisais pas, rien ne me le prouve.

ANGÈLE, simplement.

Mais je suis sûre, moi, que tu lui plais, et c'est bien naturel.

THIVOLET, à Jonathan.

Vous vous expliquez, monsieur, la stupéfaction de ma femme.

LÉONTINE, se retournant vivement.

Stupéfaction est un bien gros mot.

THIVOLET.

Et mon ébahissement. Vous faisiez si volontiers serment de ne jamais vous marier...

TOUS.

Ah !

* Boismoreau, le capitaine, Bernard, madame Boismoreau, Thivolet, Léontine, Angèle, Jonathan. Les dames sont assises, les hommes debout.

JONATHAN, embarrassé.

Les goûts se modifient souvent.

LÉONTINE, gaiement.

En voici la preuve, et je vous en félicite.

BOISMOREAU.

Je peux affirmer que monsieur n'est pas venu en France avec l'intention arrêtée de se marier... Il y a pensé seulement... (Se tournant vers Jonathan.) Me trompé-je?

JONATHAN, vivement.

Non, monsieur, non.

MADAME BOISMOREAU.

En voyant Angèle.

BOISMOREAU.

Le coup de foudre!

THIVOLET, amer.

C'est un accident auquel monsieur est sujet.

LÉONTINE, bas, à son mari.

Avouez donc que vos soupçons étaient ridicules.

THIVOLET, de même.

On a souvent l'air d'aimer une autre femme pour endormir le mari.

LÉONTINE, à part.

Quelle jolie nature!

THIVOLET.

Et ce monsieur n'est pas encore marié.

LÉONTINE, avec impatience.

Il va l'être, on vous l'a dit. (A Angèle.) A quel jour le mariage?

ANGÈLE.

Nous devions nous marier le 10 octobre, c'était le centenaire de quelqu'un en Amérique; et puis la semaine dernière, mais c'était l'anniversaire de la mort de La Fayette.

THIVOLET.

Je ne crois pas.

JONATHAN.

Il m'a semblé... j'ai pu me tromper.

LÉONTINE.

Et maintenant?

ANGÈLE.

On ne sait pas encore.

MADAME BOISMOREAU.

Mais si, mais si. Tout est aplani. Master Jonathan attendait un cousin qui vient d'arriver.

JONATHAN, s'avançant vivement.

Non, madame, non. Ce n'était pas lui.

BOISMOREAU et MADAME BOISMOREAU.

Ce n'était pas lui?

JONATHAN *.

Mais les paquebots arrivent tous les dix ou douze jours.

MADAME BOISMOREAU, se levant.

Il recommence !

BOISMOREAU.

Vous recommencez !

JONATHAN.

A moins de mauvais temps, ce qui est de rigueur aujourd'hui. (Tirant un journal.) Tenez, je remarque justement une dépression barométrique.

THIVOLET, bas, à Léontine.

Vous voyez que ce monsieur n'y met pas d'empressement.

* Le capitaine, Bernard, Boismoreau, Jonathan, madame Boismoreau, Thivolet, Léontine, Angèle.

LÉONTINE, souriant.

Je le reconnais.

MADAME BOISMOREAU, bas, à Jonathan.

Vous allez nous rendre ridicules !

BOISMOREAU, de même, de l'autre côté.

Nous le sommes déjà!

MADAME BOISMOREAU, bas.

Après vos assiduités près de ma fille...

JONATHAN.

Mais, madame...

BOISMOREAU, même jeu.

Vous êtes resté seul avec elle.

JONATHAN.

Mais, monsieur, c'est le hasard.

Il passe à gauche.

BOISMOREAU.

Le hasard n'est pas une excuse.

MADAME BOISMOREAU, allant à Léontine.

Je vous demande pardon, madame, nous sommes **arrêtés** par quelques questions de détail...

BOISMOREAU.

Sans importance, comme la fixation du jour de la cérémonie.

LÉONTINE, se levant, ainsi qu'Angèle.

Je ne voudrais pas me trouver mêlée à ce petit débat de famille. Il me semble même qu'Angèle y serait de trop, je l'emmène chez ma couturière. Va vite mettre ton chapeau. (A madame Boismoreau.) Je vous la prends pour vingt-cinq minutes, pas davantage, et je vous la ramène. A bientôt, chère madame... Monsieur... Je ne vous dis pas adieu, capitaine.

Angèle sort à droite.

LE CAPITAINE.

Je l'espère, madame. (A part.) Crédié ! elle est adorable, cette petite femme-là.

LÉONTINE, à Jonathan en lui tendant amicalement la main.

Encore mes félicitations. (Prenant le bras de Thivolet, qui s'est avancé entre eux.) Si je vous trompais... vraiment, seriez-vous jaloux?

THIVOLET, bas.

Je vous tuerais.

LÉONTINE, souriant.

Oh ! pour un diplomate !

Avant de sortir, elle va avec Thivolet pour saluer Bernard. — Il dort accoudé sur la table. — Le capitaine donne un formidable coup de poing à son fauteuil, il se réveille en sursaut.

BERNARD.

Merci, monsieur l'inspecteur !

Puis il salue Léontine qui sort en riant par le fond au bras de Thivolet.

LE CAPITAINE, à Bernard.

Vous vous croyez toujours à votre bureau, vous.

BERNARD, interloqué*.

Oui... Que s'est-il passé ?

MADAME BOISMOREAU, à Jonathan.

Maintenant, monsieur, nous sommes en famille.

BOISMOREAU, de même.

Nous sommes en famille.

LE CAPITAINE, intervenant.

Permettez, mes respectables parents, et vous, mon cher percepteur, je désire causer un instant seul avec monsieur.

JONATHAN, inquiet.

Ah !

BOISMOREAU et MADAME BOISMOREAU, étonnés d'abord.

Nous vous laissons, capitaine.

* Jonathan, Bernard, le capitaine, Boismoreau, madame Boismoreau.

BERNARD.

Nous vous laissons.

BOISMOREAU et MADAME BOISMOREAU.

Mais...

LE CAPITAINE, finement.

Soyez tranquilles, j'ai tout compris. Je tiens mon Jonathan.

BOISMOREAU.

Carpett et compagnie, une réputation universelle ! il faut des égards.

LE CAPITAINE.

J'en aurai.

MADAME BOISMOREAU.

Parlez-moi du capitaine... voilà un homme énergique.

BOISMOREAU.

Mais moi... madame Boismoreau...

Ils sortent à gauche, le capitaine reste seul avec Jonathan.

SCÈNE VIII

LE CAPITAINE, JONATHAN.

LE CAPITAINE *.

Monsieur Carpett !

JONATHAN.

Capitaine !

LE CAPITAINE.

Entre hommes, on peut tout se dire.

JONATHAN.

Généralement.

* Le capitaine, Jonathan.

LE CAPITAINE.

Quand un monsieur... d'un physique ordinaire, a la
chance d'épouser une fille adorable comme ma filleule...
car elle est adorable...

JONATHAN.

Oui, monsieur.

LE CAPITAINE.

Il ne cherche pas de prétextes pour retarder l'heureux
jour.

JONATHAN.

Ce ne sont pas des prétextes.

LE CAPITAINE.

La mort de La Fayette?

JONATHAN.

En Amérique, nous avons le culte des souvenirs.

LE CAPITAINE.

En France aussi. Mais quand il s'agit de... Allons donc!
Et le cousin?

JONATHAN.

Presque un frère.

LE CAPITAINE.

C'est bon pour les grands-parents. Mais le capitaine Richard, du 27ᵉ dragons, ne donne pas dans ces godants-là.

JONATHAN.

Quels godants?

LE CAPITAINE.

Je connais votre motif, moi.

JONATHAN, inquiet.

Ah!

LE CAPITAINE.

Toujours le même : histoire de femme!

JONATHAN.

Jamais.

LE CAPITAINE.

Soyez discret, c'est votre devoir. J'ai tout compris.

JONATHAN.

Quoi?

LE CAPITAINE.

On est en Amérique. On trouve une Française qui a un mari stupide, on la voit souvent...

JONATHAN.

Mais non, mais non.

LE CAPITAINE.

Je suis homme et aucune faiblesse ne m'est étrangère, comme dit Jean-Jacques Rousseau.

Justine entre du fond, pose quelque chose sur la cheminée et sort à droite.

JONATHAN.

Il n'y a pas de faiblesse.

LE CAPITAINE.

Je vais vous faire un aveu pour vous encourager. Si vous lanternez encore et si vous me forcez à venir plus longtemps dans cette maison, j'y deviendrai amoureux.

JONATHAN.

De qui?

LE CAPITAINE.

De la bonne.

JONATHAN.

De Justine?

Sortie de Justine.

LE CAPITAINE.

Elle est jolie, et elle m'ouvre la porte tous les jours, ça me monte l'imagination.

JONATHAN.

Oh!

LE CAPITAINE, mécontent.

Quoi? oh! Nous n'avons pas de préjugés en France, quand il s'agit de femmes. Vous en avez en Amérique, à cause des nègres, je comprends ça : nous, nous n'en avons pas. Mais vous préférez les femmes mariées.

JONATHAN.

Quelles femmes mariées?

LE CAPITAINE, séchement.

Vous me prenez pour un nigaud, vous avez tort.

JONATHAN.

Je n'ai pas dit ça.

LE CAPITAINE.

Et d'ailleurs, je ne vous le cacherai pas : elle m'intéresse, cette petite femme-là.

JONATHAN.

Mademoiselle Justine?

LE CAPITAINE.

Non.

JONATHAN.

Je voudrais savoir de qui vous me parlez?

LE CAPITAINE.

Vous croyez que je n'ai pas remarqué le regard du mari quand il vous a reconnu?

JONATHAN.

Quel mari?

LE CAPITAINE.

Le mari de la femme adorable qui sort d'ici.

JONATHAN.

Madame Thivolet?

LE CAPITAINE.

Vous vous imaginez que je n'ai pas vu votre surprise?

JONATHAN.

Oh! ma surprise! Je m'attendais à la voir.

LE CAPITAINE.

Vous l'avouez. Et son sourire à elle, car elle a souri nerveusement; elle est très forte, cette petite femme-là.

JONATHAN.

Je vous affirme, capitaine, que vous vous trompez. Ce n'est pas ce que vous croyez.

LE CAPITAINE, sèchement.

Vous me prenez pour un nigaud, vous avez tort.

JONATHAN.

Je ne voudrais pas vous être désagréable, mais je vous jure que vous faites fausse route.

LE CAPITAINE.

Vous avez connu madame Thivolet à Washington.

JONATHAN.

Oui.

LE CAPITAINE.

Eh bien! vous êtes parti en lui jurant de l'aimer éternellement.

JONATHAN.

Mais non.

LE CAPITAINE.

Ça se fait toujours. En France, vous voyez mademoiselle Boismoreau, vous demandez sa main. Paris est loin de l'Amérique. Puis vous apprenez que madame Thivolet est l'amie de votre future.

JONATHAN.

Mais non, je l'ignorais.

LE CAPITAINE.

Vous lisez dans un journal que M. Thivolet rentre en France.

JONATHAN.

Mais non.

LE CAPITAINE.

Avec sa femme! Vous perdez la tête. Vous inventez les anniversaires. La Fayette était une frime. Pourquoi ne pas vous confier à moi? Je suis homme, aucune faiblesse ne

m'est étrangère, et vous allez être mon filleul par les
femmes. Veux-tu que je te tutoie?

JONATHAN.

Je vous remercie, capitaine.

LE CAPITAINE.

J'irai trouver cette dame.

JONATHAN.

Pourquoi faire?

LE CAPITAINE.

Pour la prier de te rendre tes lettres.

JONATHAN.

Il n'y a pas de lettres.

LE CAPITAINE.

Ou ta parole.

JONATHAN.

Il n'y a pas de parole.

LE CAPITAINE.

Sois tranquille. J'y mettrai les ménagements nécessaires.

JONATHAN.

Gardez-vous-en.

LE CAPITAINE.

J'ai souvent traité ces questions-là pour des amis, et
toujours avec autant de délicatesse que de succès, je puis
le dire.

JONATHAN.

Mais le mari est excessivement jaloux.

LE CAPITAINE.

Tu vois bien !

JONATHAN.

Comment, je vois bien!

LE CAPITAINE, triomphant.

Tu avoues!

JONATHAN, criant.

Je dis qu'il est jaloux, parce qu'il a voulu me tuer.

LE CAPITAINE, de même.

Tu vois bien!

JONATHAN, criant plus fort.

Il a voulu me tuer, parce qu'un jour, dans un naufrage, j'ai sauvé sa femme à la nage.

LE CAPITAINE.

Tu as tenu cette femme superbe dans tes bras?

JONATHAN.

Le mari ne savait pas nager.

LE CAPITAINE.

Et tu me dis que tu ne l'aimes pas!

JONATHAN.

Non, non, non!

LE CAPITAINE, sèchement.

Vous me prenez pour un nigaud, vous avez tort.

JONATHAN.

Je ne vous prends pas pour un nigaud. (A part.) Je le pourrais peut-être...

LE CAPITAINE, sans l'écouter.

Maintenant, monsieur, que je sais le motif de vos hésitations...

JONATHAN.

C'est trop fort.

LE CAPITAINE.

Je regarderai tout nouveau délai de votre part comme une insulte pour la famille.

JONATHAN.

Comment! vous me menacez!

SCÈNE IX

Les Mêmes, PINCH.

PINCH, entrant du fond avec un énorme bouquet.

On se querelle!

LE CAPITAINE.

Qu'est-ce que cela?

JONATHAN *.

M. Pinch, un de mes compatriotes.

LE CAPITAINE.

Ah!

JONATHAN.

Le capitaine Richard.

LE CAPITAINE.

Du 27e dragons, parrain de la mariée.

PINCH.

Capitaine!

LE CAPITAINE.

Mais monsieur remplacera votre cousin.

PINCH.

Non!

LE CAPITAINE.

Vous avez déjà le bouquet.

JONATHAN.

Oui, il était arrivé un accident au premier, et j'avais prié
mon ami Pinch d'aller en chercher un second.

LE CAPITAINE, le prenant.

Superbe!

* Le capitaine, Jonathan, Pinch.

PINCH, bas, à Jonathan.

Tu peux fixer le mariage à samedi.

LE CAPITAINE.

Superbe! (A Pinch.) Je suis enchanté, monsieur, que vous soyez là. Je viens d'épuiser avec votre ami tous les moyens de conciliation. Je lui ai offert de lui rendre un service... je le lui rendrai.

JONATHAN, vivement.

C'est inutile. Et puisque samedi est un jour qui plaît plus particulièrement aux parents de ma future, je ne veux pas vous contrarier.

LE CAPITAINE.

Vous vous marierez samedi?

JONATHAN.

Ce n'est pas moi, du moins, qui y mettrai obstacle.

LE CAPITAINE.

Cela suffit. Je vais annoncer la bonne nouvelle. (Il fait quelques pas et revient.) Mais c'est fini au moins?

JONATHAN.

Quoi?

LE CAPITAINE.

Vous ne l'aimez plus?

JONATHAN.

Qui?

LE CAPITAINE.

Madame Thivolet.

JONATHAN.

Encore!

LE CAPITAINE.

Au fait, vous pouvez l'aimer jusqu'à samedi.

Il sort par la gauche.

SCÈNE X

JONATHAN, PINCH.

JONATHAN, vivement.

Tu t'es assuré que William sera ici avant samedi?

PINCH.

Je ne me suis pas occupé de ça.

JONATHAN.

Comment?

PINCH.

On ne peut jamais être sûr qu'un Américain arrivera ou n'arrivera pas, quand il est dans les affaires. Business! tout est là.

JONATHAN.

Alors, que ferai-je samedi?

PINCH.

De deux choses l'une : ou William sera ici ou il n'y sera pas. S'il est ici...

JONATHAN.

Tout est convenu, notre histoire est prête. Très romanesque, c'est moi qui l'ai imaginée. Et comme Carpett et compagnie est plus riche que moi, plus beau, dit-on, plus spirituel, dit-on...

PINCH.

Ça ira tout seul, all right!

JONATHAN.

Mais s'il n'arrive pas?

PINCH.

Tu prendras ton habit noir, ta cravate blanche, tes gants blancs, tu iras à la mairie, tu répondras : Oui.

JONATHAN.

Allons donc!

PINCH.

Tu iras à l'église, — tu répondras encore : Oui, si on te
demande quelque chose, je ne sais pas comment ça se passe.

JONATHAN.

Je serai marié?

PINCH.

Précisément, mais j'ai vu un avocat.

JONATHAN.

Et il t'a dit?

PINCH.

Attends, j'ai pris des notes. En France, un mariage est
nul dans trois cas : 1° S'il a été clandestin.

JONATHAN.

Il ne l'est pas, on a invité tout Paris.

PINCH.

2° S'il y a eu violence.

JONATHAN.

Il n'y a pas eu violence, — quoique le capitaine... mais
non, il n'y a pas eu violence.

PINCH, triomphant et appuyant sur les mots.

3° Ou s'il y a eu erreur dans la personne.

JONATHAN.

Ah!

PINCH.

Or, ce n'est pas toi qu'on épouse, c'est ton cousin. Ce n'est
pas le simple et modeste Carpett ici présent, c'est Carpett et
compagnie. Erreur! Double erreur! Article 180. Je te remets la note pour que tu te souviennes. 180. Ton cousin
arrive. Le mariage est annulé. Carpett et compagnie épouse,
la clause du testament est remplie, il hérite, et tu redeviens
garçon. Tout le monde est content, all right!

JONATHAN.

Tu as raison, on me prend pour un autre; je devrais leur dire : Je ne suis pas le grand Carpett.

PINCH.

Tu le diras plus tard, c'est notre moyen : erreur sur la personne. Et puis tu n'épouses pas sérieusement.

JONATHAN.

Tu as raison... C'est égal... j'aimerais mieux attendre.

PINCH.

Tu ne le peux plus, tu m'as avoué que tu ne le peux plus.

JONATHAN.

Non, non, je ne peux plus. Avec une demoiselle naïve, des grands parents idiots et un oncle brutal! non, je ne peux plus, j'irai jusqu'au bout; advienne que pourra!

PINCH.

Ah! j'oubliais. Il y a un autre article important. Le voici : La demande en nullité n'est plus recevable s'il y a eu cohabitation... Tu saisis?

JONATHAN, avec dignité.

Pour qui me prends-tu?

PINCH.

Article 181. Je te le donne pour que tu ne l'oublies pas.

JONATHAN, le repoussant avec indignation.

Je n'en veux pas. Ce n'est pas pour obéir à la loi que... Allons donc! Tu me crois capable... Allons donc!

SCÈNE XI

Les Mêmes, BOISMOREAU,
MADAME BOISMOREAU, LE CAPITAINE,
· BERNARD.

Ils entrent par la gauche.

BOISMOREAU et MADAME BOISMOREAU.

Ah ! mon gendre ! mon gendre !

JONATHAN.

Monsieur ! madame !

LE CAPITAINE *.

Je n'ai eu qu'un mot à dire. Il est ravi, ce cher Carpett.

JONATHAN.

Oui, ravi ! Je me demande seulement comment on pourra
en trois jours...

BOISMOREAU.

Ne vous préoccupez pas de cela.

MADAME BOISMOREAU.

Ne vous préoccupez pas.

LE CAPITAINE.

Réveillez-vous donc, percepteur.

BERNARD.

Pourquoi ?

LE CAPITAINE, à part.

Il dort debout. (Haut, dans son oreille.) On se marie samedi.

_____

* Madame Boismoreau, Bernard en arrière, Jonathan, le capitaine, Boismoreau, Pinch.

BERNARD.

Ah ! tant mieux !

JONATHAN.

Mais s'il fallait quelques jours de plus ?

BERNARD.

Mon cher cousin, je peux vous donner ce titre, j'augurais mal de ces retards successifs, je l'avoue...

LE CAPITAINE.

Il m'a donné ses raisons. Elles n'existent plus.

MADAME BOISMOREAU.

Votre attitude singulière nous imposait la plus grande réserve.

BOISMOREAU.

Mais maintenant... appelez-moi beau-père.

Il remonte.

MADAME BOISMOREAU.

Appelez-moi maman.

On remarque Pinch avec étonnement.

PINCH, qui étoit resté à l'écart.

Présente-moi donc.

JONATHAN.

Je suis ahuri.

PINCH.

C'est égal, présente-moi. On me regarde comme une bête curieuse.

JONATHAN *.

M. Pinch, un de mes bons amis.

BOISMOREAU.

Ah ! monsieur.

MADAME BOISMOREAU.

C'est vous que notre gendre attendait ?

* Le capitaine, Bernard, Boismoreau, madame Boismoreau, Jonathan, Pinch.

16.

PINCH.

Non, madame, non, pas tout à fait.

LE CAPITAINE.

C'est monsieur qui remplace le cousin, le fameux cousin !

BOISMOREAU et MADAME BOISMOREAU.

Ah !

SCÈNE XII

LES MÊMES, ANGÈLE, LÉONTINE, THIVOLET,
puis SAM.

LÉONTINE, revenant.

Ça n'a pas été long.

MADAME BOISMOREAU.

Ah ! Angèle !

BOISMOREAU.

Angèle !

BOISMOREAU et MADAME BOISMOREAU.

C'est pour samedi.

ANGÈLE*.

Ah !

MADAME BOISMOREAU.

Oui, madame Thivolet, pour samedi.

LÉONTINE.

Ah ! mon Dieu, je n'aurai mes robes que mardi.

JONATHAN, vivement, allant à madame Boismoreau.

On pourrait remettre à mardi.

* Le capitaine, Bernard, Thivolet, Léontine, Angèle, madame Boismoreau,
Boismoreau, Jonathan, Pinch.

BOISMOREAU et MADAME BOISMOREAU.

Non, non.

LE CAPITAINE, à part.

Comme il a peur de lui déplaire!

MADAME BOISMOREAU.

Ne changeons plus rien.

ANGÈLE, à Léontine.

Ta couturière se pressera un peu.

LÉONTINE.

Je vais la revoir.

MADAME BOISMOREAU.

Je peux vous le dire à présent, monsieur : ma fille est
une perle, c'est un cadeau que je vous fais.

JONATHAN.

Oui, madame.

BOISMOREAU, de l'autre côté, avec émotion.

Rendez-la heureuse.

JONATHAN.

Oui, monsieur.

LE CAPITAINE, à Léontine.

Courage!

LÉONTINE.

Quoi?

PINCH, à Jonathan.

Elle est trop jolie.

JONATHAN.

Oui, elle est bien jolie.

PINCH.

Je vais te donner l'article 181, tu l'oublierais.

JONATHAN.

Je n'en veux pas; pour qui me prends-tu?

JUSTINE, à la porte du fond.

Il y a là un Américain...

JONATHAN, avec joie.

C'est lui, enfin... faites entrer... (Entre un Américain plus étrangement accoutré que le premier*.) Sam! Tu ne m'amènes pas William?

SAM, baragouinant.

Il allait partir... nous étions sur la passerelle du bateau à vapeur...

JONATHAN.

Quand on lui a apporté une dépêche.

SAM.

Il m'a dit...

JONATHAN, exaspéré.

« Va trouver Jonathan et engage-le à patienter... » (Avec colère.) Merci, merci, merci! je me marie samedi.

* Le capitaine, Bernard, Thivolet, Léontine, Angèle, madame Boismoreau, Boismoreau, Sam, Jonathan, Pinch.

ACTE DEUXIÈME

Même décor.

SCÈNE PREMIÈRE

BERTHE, BLANCHE, BERNARD.

BERNARD*.

Vous voyez : personne pour nous recevoir; la maison est sens dessus dessous. Ce n'est pas surprenant, un lendemain de noces. Je vous disais que nous arriverions trop tôt.

BLANCHE.

Mais, papa, les demoiselles d'honneur n'arrivent jamais trop tôt. Notre place est ici.

BERTHE.

Et moi je voudrais embrasser la mariée, la première; on dit que ça porte bonheur.

BERNARD.

Vraiment, Berthe, c'était bien la peine de vous faire donner une instruction laïque pour qu'on vous laissât de pareilles superstitions.

BLANCHE.

Berthe ne sait ce qu'elle dit.

BERNARD.

N'est-ce pas, ma fille?

* Berthe, Bernard, Blanche.

BLANCHE.

Ce qui porte bonheur, c'est d'être embrassée par le marié.

BERNARD.

Eh bien, Blanche!

BERTHE.

Ne compte pas qu'il t'embrasse, ce marié-là. Hier, pendant toute la journée, il n'a pas une seule fois embrassé sa femme... je l'ai demandé à Angèle.

BERNARD.

Où avez-vous vu, Berthe, qu'un monsieur bien élevé embrassait sa femme en public?

BERTHE.

Je les ai laissés seuls un moment... exprès, pour voir... Eh bien! non.

BERNARD.

Je vous ai dit, ma fille, que le mariage est une institution sérieuse, base de la société moderne.

BLANCHE.

Oui, papa, mais moi, je ne serais pas contente du tout, du tout, si le jour de la cérémonie mon mari était distrait comme master Jonathan.

BERTHE.

Il regardait toujours vers la porte, comme s'il attendait quelqu'un.

BLANCHE.

Sûrement, il pensait à autre chose.

BERTHE.

A la place d'Angèle, moi, je l'aurais pincé tout le temps, pour qu'il s'occupât de moi... Mais Angèle est si naïve!

BLANCHE.

C'est-à-dire qu'à Paris on apprend aux jeunes filles à tout supporter sans se plaindre.

BERNARD.

On a raison, mesdemoiselles, on a raison, (Il passe devant Blanche.) et je suis stupéfait de vous entendre... Ce n'était vraiment pas la peine de vous faire donner une éducation laïque.

BLANCHE.

Voyons, papa, ne gronde pas.

BERTHE*.

Ne gronde pas, mon petit papa. Tu es laid quand tu te fâches.

BERNARD.

Comment, je suis laid ?

BLANCHE.

C'est une façon de parler... tu es toujours joli pour nous.

BERNARD, satisfait.

A la bonne heure !

JUSTINE, entrant de la gauche et portant le voile de la mariée, la couronne, le bouquet de fleurs d'oranger.

M. et madame Boismoreau sont dans le grand salon avec les parents qui sont venus d'Avranches.

BLANCHE, vivement à Berthe.

Il y a un jeune homme à marier.

BERTHE.

Qui va être sous-préfet !

BERNARD.

Ne courez pas ainsi. De la tenue, je vous prie, devant ces parents qui nous sont étrangers.

BERTHE.

Oui, papa. (Elle s'arrête devant Justine.) Voilà le voile de la mariée.

* Blanche, Bernard, Berthe.

BLANCHE.

Et la couronne.

BERTHE*.

Et le bouquet de fleurs d'oranger.

BLANCHE.

C'était si joli, hier !

BERTHE.

Mais aujourd'hui...

BERNARD, revenant.

Venez donc, à présent.

BERTHE et BLANCHE.

Oui, papa.

Elles sortent avec Bernard, à droite.

SCÈNE II

JUSTINE, JONATHAN, puis PINCH.

Justine seule, regardant avec convoitise la couronne et le bouquet.

JUSTINE.

Oui, c'est joli et ça va bien... mais ça ne peut plus servir à madame. Je la prendrais bien, moi. (Elle met la couronne sur sa tête au moment où Johathan paraît à gauche**.) Oh ! monsieur !
Elle reste interdite et ne peut plus enlever la couronne qui s'est prise dans ses cheveux.

JONATHAN, avec calme.

Je vais vous aider.

JUSTINE.

Je demande pardon à monsieur... mais je me disais : elle ne peut plus servir à madame.

* Justine, Blanche, Berthe, Bernard.
** Jonathan, Justine.

JONATHAN.

Mais si ! elle peut... elle doit...

JUSTINE, criant parce qu'il lui tire les cheveux.

Aïe !

JONATHAN.

J'irai plus doucement. Vous me faites dire des bêtises. Là, ne bougez plus.

JUSTINE, apercevant Pinch qui entre du fond *.

Oh !

PINCH.

Que diable fais-tu là ?

JONATHAN, avec joie.

Pinch !

JUSTINE, criant.

Aïe !

JONATHAN.

J'ai fini, j'ai fini. (A Justine, lui remettant la couronne qu'il a enfin enlevée.) La voici, serrez-la précieusement.

JUSTINE.

Oui, monsieur.

JONATHAN, insistant.

Précieusement.

JUSTINE.

C'est comme souvenir alors !

Elle sort par le fond.

* Pinch, Jonathan, Justine.

SCÈNE III

PINCH, JONATHAN.

PINCH*.

Tu as tort de jouer déjà avec les bonnes.

JONATHAN.

Mais je ne joue pas; je te jure, Pinch, que je ne joue pas.

PINCH.

Que faisais-tu, alors?

JONATHAN.

Moi? je n'en sais rien. Tu ne peux pas me demander
d'avoir la tête à moi, n'est-ce pas? Tu ne peux pas, après
la nuit que j'ai passée!

PINCH, vivement.

Qu'est-il arrivé?

JONATHAN.

Rien... il n'est rien arrivé, rien... et c'est là qu'était le
difficile... Mais un Américain n'a que sa parole.

PINCH.

Tu n'as pas oublié l'article 181?

JONATHAN.

Je l'ai retrouvé dans mon chapeau.

PINCH.

C'est moi qui l'y avais mis.

JONATHAN.

Je l'ai lu... il n'est pas clair.

* Pinch, Jonathan.

PINCH.

Comment, pas clair ?

JONATHAN.

C'est égal, je connais mon devoir : je ne suis pas un mari, je suis un dépositaire, et le dépôt est un contrat de bonne foi... Article je ne sais lequel du code de commerce.

PINCH.

J'aime à t'entendre, Carpett, pour l'honneur du nom américain.

JONATHAN.

Ah ! Wiliam n'aura rien à me reprocher.

PINCH, enthousiasmé.

Hipp! Hipp! Hurrah!

JONATHAN.

Ou presque rien... mais quelle nuit!

PINCH.

Est-ce que ta femme?...

JONATHAN.

Un ange, mon ami, un ange, heureusement! Ah! comme on élève bien les demoiselles en France! Je ne l'ai pas même embrassée, elle a trouvé cela tout naturel, et quand je me suis étendu, tout habillé, sur le canapé... ça l'a fait rire.

PINCH.

Ah! tant mieux! Ah! tant mieux!

JONATHAN.

Je lui ai fait une théorie sur le mariage, pour me donner une contenance. Je lui ai expliqué que le canapé était un symbole.

PINCH.

Un symbole?

JONATHAN.

Pour exprimer la soumission du mari vis-à-vis de

femme. Seulement, entre autres choses qu'elle n'a pas dû
comprendre, la famille lui avait dit qu'une femme mariée
pouvait s'habiller et se déshabiller devant son mari.

PINCH.

Ah diable!

JONATHAN.

Quelle jolie mignonne! Pinch! Quelle merveille, mon
ami!... On a beau ne pas regarder, il y a des choses qui
vous viennent dans les yeux!... Je te jure que William n'est
pas à plaindre.

PINCH.

Tu ne vas pas devenir amoureux, au moins?

JONATHAN.

Moi? allons donc! Je garde un dépôt, moi, pour faciliter
la réparation d'un préjudice causé au père par l'oncle d'un
autre. Je ne suis rien, moi, je tiens la place pour Carpett
et compagnie, le beau Carpett. — As-tu de ses nouvelles?

PINCH.

Non.

JONATHAN.

Je lui ai envoyé trois dépêches : à New-York s'il y est
encore, au Havre s'il y débarque, et à Saint-Nazaire. « Impossible d'attendre, on veut rompre, — me marie demain à ta
place, — cas de nullité, — tu la reprendras... » (Expliquant.)
ta place. — « Prévenu, — bonne chance! »

PINCH, ravi.

Excellente idée! S'il est encore à New-York, il continuera
ses affaires sans se presser.

JONATHAN.

Comment, sans se presser?

PINCH.

Maintenant il a le temps.

JONATHAN.

Le temps! Eh bien! et moi, moi, qui suis ici exposé...

exposé à... car enfin, Pinch, il faut compter sur les accidents.
Ce matin, elle avait emmêlé les rubans de son corsage... du
dernier corsage : elle ne pouvait ni l'ôter ni achever de le
mettre ; elle allait appeler sa femme de chambre. J'aurais
été ridicule ; avoue, Pinch, que j'aurais été ridicule. J'ai ôté
le corsage.

PINCH.

Je comprends, je comprends bien.

JONATHAN.

Les gens qui se marient tous les jours... non, je veux
dire : les gens qui se marient comme tout le monde, trouvent
simple... tout ce qui leur arrive... c'est dans le programme.
Ils n'ont pas la poésie de la situation ! Je l'ai, moi... Comme
je ne dois toucher à rien, rien ne m'échappe... Pas une
dentelle ne tombe sans que mes yeux la suivent involon-
tairement. Un mari ordinaire court tout de suite embrasser
sa femme. Patatras ! Il ne voit rien... il perd tous ces
petits mouvements pudiques... C'est adorable ! adorable !
adorable !

PINCH.

Calme-toi, Carpett... Carpett, calme-toi.

JONATHAN.

Si tu crois que c'est commode !

PINCH.

Tu as une mission à remplir.

JONATHAN.

Je la remplis... je la remplirai jusqu'au bout. (Avec exaltation.) Je te dis que c'est divin ! divin !

PINCH.

Tu t'emballes.

JONATHAN.

Non, c'est fini.

PINCH.

Et si tu ôtes encore son corsage ?

JONATHAN.

Je suis aguerri, maintenant. Je suis de marbre... regarde-moi... de marbre !

PINCH.

Oui, mais tu l'emballais tout à l'heure, je devrais ne pas te quitter.

JONATHAN.

Comment, ne pas me quitter ?

PINCH.

Malheureusement, j'ai des affaires. Je lance nos vins d'Amérique. Je les achète à Bordeaux, pour les faire connaître... et après... all right !

JONATHAN.

Ah ! oui, parlons un peu commerce, ça me remettra dans mon assiette.

PINCH.

C'est une idée de Carpett et compagnie.

JONATHAN.

Il n'en a que de bonnes. Tu lances nos vins ? — Mon ami, elle a une chute d'épaules... non, non, il n'est pas à plaindre, Carpett et compagnie.

PINCH, à part.

Il faudra le surveiller.

SCÈNE IV

LES MÊMES, LE CAPITAINE.

JUSTINE, annonçant.

Le capitaine Richard.

JONATHAN*.

Ah !

* Pinch, Jonathan, le capitaine.

LE CAPITAINE, entrant par le fond, en poursuivant Justine.

Très gentille, cette petite. (à Jonathan.) Carpett. (Allant vers Pinch.) Monsieur, je vous salue. (Revenant à Carpett.) Carpett... je viens vous faire mes adieux.

JONATHAN, avec joie *.

Ah ! vous partez... déjà?

LE CAPITAINE.

Express de trois heures cinquante.

PINCH.

Je reviendrai à quatre heures.

LE CAPITAINE.

Je n'ai plus rien à faire... Les cérémonies, toutes les cérémonies sont achevées... Ma filleule est heureuse, les grands-parents sont heureux, vous êtes heureux... Monsieur aussi doit être heureux ?

PINCH.

Très heureux, capitaine.

LE CAPITAINE.

Tout le monde est heureux, je n'ai plus qu'à partir.

JONATHAN, ne pouvant cacher sa joie.

Comme je le regrette !

PINCH.

Je sortais quand vous êtes entré, capitaine.

LE CAPITAINE.

Enchanté, monsieur, d'avoir fait votre connaissance. Je ne vous retiens pas, j'ai à parler à mon neveu.

PINCH.

Bon, je suis tranquille; au revoir, cher ami.

Il sort.

LE CAPITAINE.

Il est très bien, ce jeune homme.

* Pinch, le capitaine, Jonathan.

JONATHAN *.

Vous avez à me parler?

LE CAPITAINE.

Oui. Je ne suis pas susceptible, moi, et je fais le bien pour le bien. Mais je vous avoue que je m'attendais à une visite et à des remerciements de votre part.

JONATHAN.

Des remerciements?... Pourquoi donc, capitaine?

LE CAPITAINE.

Vous n'avez pas voulu que j'aille réclamer vos lettres.

JONATHAN.

Je vous ai dit qu'il n'y en avait pas.

LE CAPITAINE.

Très bien... Je me suis abstenu, mais un scandale était à craindre.

JONATHAN.

Quel scandale?

LE CAPITAINE.

Elle pouvait s'évanouir hier devant son mari... en public... je ne l'ai pas quittée un instant. J'étais près d'elle, la soutenant du regard, avec un flacon de sels anglais dans ma poche.

JONATHAN.

C'était inutile.

LE CAPITAINE.

Inutile?... Alors, pourquoi étiez-vous si troublé, vous?

JONATHAN.

Il est bien naturel d'être un peu troublé quand on se marie pour la première fois.

LE CAPITAINE.

Comment! Mille casques de parade! Vous trouvez naturel qu'un fiancé entre à l'église son chapeau sur la tête?

* Jonathan, le capitaine.

JONATHAN.

Je l'ai ôté.

LE CAPITAINE.

Pour saluer le suisse.

JONATHAN.

Il était imposant, cet homme.

LE CAPITAINE.

Et vous l'avez remis.

JONATHAN.

Je l'ai encore ôté.

LE CAPITAINE.

Pour le donner à votre belle-mère.

JONATHAN.

Elle était là, sous ma main.

LE CAPITAINE.

Et à la mairie?

JONATHAN.

Quoi donc? A la mairie?

LE CAPITAINE.

Quand il a fallu signer l'acte de mariage...

JONATHAN.

Ah! oui... J'ai mis au-dessus de ma signature : « Bon pour pouvoir. » Habitude de négociant.

LE CAPITAINE.

Mais saperlipopette! on n'est pas négociant à ce point.

JONATHAN.

Le maire s'est fâché; je lui ai répondu : «Je voudrais bien vous voir à ma place. »

LE CAPITAINE.

Précisément.

JONATHAN.

A quoi il a répliqué : « Je ne demanderais pas mieux. » Insolent!

17.

LE CAPITAINE.

Et vous me feriez croire, à moi, capitaine Richard, du 27e dragons, que vous aviez la conscience tranquille!

JONATHAN.

Madame Boismoireau!

SCÈNE V

Les Mêmes, MADAME BOISMOREAU,
puis BOISMOREAU.

MADAME BOISMOREAU, entrant du fond, avec exaltation.

Mon gendre! Ah! mon gendre! (Au capitaine.) Vous pardonnez à l'émotion d'une mère... Je ne l'avais pas encore vu d'aujourd'hui... (Elle lui saute au cou.) Ma fille! ma pauvre fille!

JONATHAN, très embarrassé*.

Remettez-vous, madame, votre fille va très bien.

MADAME BOISMOREAU, se retournant vers le capitaine.

Elle non plus, je ne l'ai pas encore vue.

JONATHAN.

Elle achève de se coiffer.

MADAME BOISMOREAU.

Pauvre enfant!... Ah! capitaine, le rôle d'une mère est bien difficile dans ces occasions-là.

LE CAPITAINE.

Oui, ma cousine, oui. Il est des moments, j'en ai connu, où une mère est bien embarrassante.

MADAME BOISMOREAU, piquée.

Ce n'est pas ce que je voulais dire.

---

* Jonathan, madame Boismoreau, le capitaine.

LE CAPITAINE.

Moi non plus.

MADAME BOISMOREAU, revenant vivement à Jonathan.

Vous l'aimerez toujours ainsi, n'est-ce pas?

JONATHAN.

Toujours, mais remettez-vous.

MADAME BOISMOREAU.

C'est un cadeau que je vous ai fait, monsieur Carpett.

JONATHAN.

Je l'ai bien vu.

MADAME BOISMOREAU, à mi-voix.

Eh bien! monsieur, elle est aussi parfaite au moral qu'au physique.

BOISMOREAU, accourant du fond*.

Mon gendre!

MADAME BOISMOREAU, à Boismoreau.

Angèle se fait coiffer, nous allons la voir.

BOISMOREAU.

Ah! capitaine! ah! mon gendre! C'est le plus beau jour de ma vie... après celui où je me mariai moi-même avec Pauline.

MADAME BOISMOREAU.

Je vous prie, monsieur Boismoreau, de ne pas prendre cette voix quand Angèle paraîtra.

JONATHAN.

Oh! non, par exemple.

MADAME BOISMOREAU.

Ça l'intimiderait.

LE CAPITAINE.

Il faudra rire un peu.

* Boismoreau, Jonathan, madame Boismoreau, le capitaine.

MADAME BOISMOREAU*.

Oh! non, ça l'intimiderait davantage.

LE CAPITAINE.

Alors, ça ne sera pas commode.

MADAME BOISMOREAU.

Une jeune femme s'intimide très facilement ce jour-là, surtout en présence de son mari.

BOISMOREAU.

Je me souviens que madame Boismoreau est restée toute la journée rouge comme une framboise.

MADAME BOISMOREAU.

Edgard!... Voilà une remarque bien déplacée.

BOISMOREAU.

Tu n'osais ni parler ni lever les yeux.

MADAME BOISMOREAU, pudiquement.

Monsieur Boismoreau! Chut!... Angèle.

LE CAPITAINE, se redressant.

Oh! oh! oh! oh! oh! (Poussant Jonathan du coude.) Soyez modeste.

JONATHAN, déjà interloqué.

Moi?

SCÈNE VI

LES MÊMES, ANGÈLE**.

ANGÈLE, entrant gaiement par le fond.

Bonjour, papa; bonjour, maman; bonjour, mon parrain; rebonjour, monsieur mon mari.

* Boismoreau, madame Boismoreau, Jonathan, le capitaine.
** Boismoreau, Angèle, madame Boismoreau, Jonathan, le capitaine.

MADAME BOISMOREAU, avec émotion.

Chère enfant !

BOISMOREAU, vivement.

Prenez garde.

ANGÈLE.

Mais oui, maman, prends donc garde, tu vas chiffonner ma belle collerette.

MADAME BOISMOREAU, retenant des larmes.

Ne crains rien, Angèle, ne crains rien.

ANGÈLE.

Tu es enrhumée ?

MADAME BOISMOREAU.

Non, mon enfant, non, non.

ANGÈLE.

Mais si... (A Jonathan et au capitaine.) N'est-ce pas que maman est enrhumée ?

BOISMOREAU, que les larmes font bégayer.

Mais pas du tout, Angèle... pas du tout.

ANGÈLE, étonnée.

Papa aussi !

BOISMOREAU, dont l'émotion redouble.

Tu te trompes.

ANGÈLE.

Oh ! que c'est drôle !

MADAME BOISMOREAU.

Ce n'est pas drôle, Angèle, c'est l'émotion.

ANGÈLE, tendrement.

Je vous demande pardon à tous les deux. C'est l'émotion d'hier qui dure encore. Eh bien ! moi, c'est fini.

BOISMOREAU et MADAME BOISMOREAU, étonnés.

Ah !

LE CAPITAINE.

Oh !

ANGÈLE.

Maintenant que mon mari m'a bien expliqué ce que c'est que le mariage...

Tout le monde regarde Jonathan, qui paraît fort embarrassé.

JONATHAN.

Il m'a paru nécessaire d'expliquer un peu...

LE CAPITAINE, *vivement.*

Holà!... Chut! Où allez-vous?

MADAME BOISMOREAU, *baissant les yeux.*

C'était votre droit, mon gendre.

BOISMOREAU.

Et votre devoir.

MADAME BOISMOREAU, *à* Angèle.

Eh bien! Angèle? Depuis?...

ANGÈLE.

Eh bien! maman. (*Elle embrasse gaiement sa mère.*) Je suis très contente.

TOUS.

Ah!

ANGÈLE, *changeant de ton, à son père et à sa mère.*

Vous ne me grondez pas pour m'être levée si tard?

MADAME BOISMOREAU.

Mais non, ma fille.

BOISMOREAU.

Nous n'y songeons pas.

LE CAPITAINE.

Au contraire!

M. et madame Boismoreau l'arrêtent du regard.

JONATHAN, *à part.*

Je n'aime pas cette conversation.

ANGÈLE.

Songez donc que nous nous sommes retirés à minuit et demi.

JONATHAN.

Il était même minuit trente-cinq.

ANGÈLE.

Mais j'ai si bien dormi! Et vous, monsieur Jonathan, avez-vous bien dormi?

JONATHAN.

Moi, non, pas du tout... Pourquoi? Je veux dire, non, non...

ANGÈLE.

Je veux raconter à maman combien vous avez été bon et complaisant.

MADAME BOISMOREAU.

Vraiment?

JONATHAN.

C'est inutile.

ANGÈLE.

Oh! non. D'abord, je vous préviens que j'ai l'habitude de tout raconter à maman.

LE CAPITAINE.

Sapristi!

ANGÈLE.

Il m'a aidée à enlever mon corsage.

TOUS.

Ah!

JONATHAN.

C'était la moindre des choses.

LE CAPITAINE.

Parbleu! La moindre, je crois bien.

ANGÈLE.

Et très adroitement; on dirait qu'il n'a fait que ça toute sa vie.

MADAME BOISMOREAU.

Calme-toi, Angèle. Tu causes trop, tu es nerveuse, cela s'explique.

ANGÈLE.

Mais, non, maman... Je ne suis pas nerveuse, je suis gaie... Voudrais-tu me voir baisser les yeux comme Georgette, le lendemain de son mariage? Elle ne répondait qu'avec des soupirs : (Elle l'imite.) « Oui, madame. » « Oui, monsieur. » — « Ne me regardez pas comme cela, vous me feriez rougir. » (Gaiement.) Et pourquoi, je te le demande?

LE CAPITAINE, à part.

Oh!

JONATHAN, ahuri.

Oui, pourquoi? (A part.) Je n'aime pas cette conversation.

M. et madame Boismoreau se regardent interloqués.

SCÈNE VII

Les Mêmes, BLANCHE, BERTHE.

BLANCHE, accourant par la droite, avec Berthe[*].

Voici Angèle!

BERTHE.

Et son mari.

BLANCHE, gracieusement, en baissant les yeux.

Et M. le capitaine Richard.

ANGÈLE.

Comment, mes cousines, vous étiez là?

BERTHE.

Avec les parents d'Avranches.

BLANCHE, prenant un air de circonstance.

Nous aurions voulu être les premières à vous souhaiter le bonjour.

* Boismoreau, madame Boismoreau, Angèle, Blanche, Berthe, Jonathan, le capitaine.

BERTHE, se retournant vers Jonathan.

Ainsi qu'à notre nouveau cousin.

BLANCHE.

Bien que le rôle des demoiselles d'honneur soit terminé.

JONATHAN.

Je suis très honoré, mesdemoiselles.

BERTHE.

Appelez-nous cousines.

JONATHAN.

Mesdemoiselles et chères cousines. Il me semble que nous devrions aller saluer les parents d'Avranches, puisqu'ils sont dans le grand salon.

Il remonte.

ANGÈLE.

Mais oui... allons les saluer.

BERTHE, à Blanche.

Tu vois, il ne nous embrasse pas.

ANGÈLE, à Berthe et Blanche, entre elles.

Il me tarde de le voir, le cousin d'Avranches ; il m'a dit hier : « Je ne vous appellerai madame que demain. » Pourquoi donc ?

BLANCHE.

Je ne sais pas, moi, ma chère.

ANGÈLE.

Eh bien ! je veux qu'il m'appelle madame. (En confidence.) Quand vous voudrez vous marier toutes les deux vous me demanderez des renseignements.

BLANCHE et BERTHE.

Mais tout de suite.

ANGÈLE.

Je vous dirai tout. Ah ! mon mari a entendu.

Elle les entraîne en riant, à droite.

JONATHAN, à part.

Elle va leur expliquer le symbole.

Il les suit.

SCÈNE VIII

LE CAPITAINE, BOISMOREAU, MADAME BOISMOREAU.

Ils restent un instant sans parler. M. et madame Boismoreau paraissent absorbés dans leurs réflexions. Le capitaine mâchonne sa moustache.

BOISMOREAU [*].

Quelle est ton impression, Pauline?

MADAME BOISMOREAU.

Je me recueille, Edgard.

BOISMOREAU.

Tu n'oses pas la dire.

MADAME BOISMOREAU.

Toi non plus.

Le capitaine, de plus en plus nerveux, continue à mâchonner sa moustache.

BOISMOREAU, après une pause.

On a vu quelquefois, rarement, des maris si ingénus!

MADAME BOISMOREAU, vivement.

Ce n'est pas le cas, ce n'est pas le cas, j'en répondrais.

BOISMOREAU.

J'en répondrais aussi.

Nouveau silence.

MADAME BOISMOREAU.

D'ailleurs, il n'aurait pas été embarrassé, et il l'était.

[*] Boismoreau, madame Boismoreau, le capitaine.

BOISMOREAU.

Et il l'était. Il l'était beaucoup.

MADAME BOISMOREAU.

Vous ne dites rien, capitaine?

LE CAPITAINE.

Rien, rien!

BOISMOREAU*.

Vous pensez, comme nous, qu'il y a dans la gaieté d'Angèle...

MADAME BOISMOREAU.

Quelque chose qui n'est pas naturel?

LE CAPITAINE.

Pas naturel, je crois bien!

BOISMOREAU.

Et que l'attitude de notre gendre?...

LE CAPITAINE.

Étrange! Très étrange. Je voudrais me tromper.

MADAME BOISMOREAU.

Vous en savez plus que vous ne voulez en dire.

LE CAPITAINE.

Non... non!

BOISMOREAU.

Si, si!

MADAME BOISMOREAU.

On ne doit rien cacher à une mère.

BOISMOREAU.

Ni à un père.

LE CAPITAINE, vivement **.

Ne vous montez pas la tête; n'allez pas vous imaginer que Carpett... Non, non, ce n'est pas cela, et il vaut mieux vous

* Madame Boismoreau, Boismoreau, le capitaine.
** Madame Boismoreau, le capitaine, Boismoreau.

dire tout de suite la vérité, la simple vérité... Carpett est sous l'influence...

BOISMOREAU et MADAME BOISMOREAU.

De quoi?

LE CAPITAINE.

Comment m'exprimerai-je? Ça arrive souvent, ces choses-là. C'est un honnête garçon... Il a des remords.

BOISMOREAU et MADAME BOISMOREAU.

Des remords!

LE CAPITAINE.

N'allez pas vous imaginer maintenant qu'il a tué quelqu'un. Ce n'est pas cela... ce n'est rien... Il avait une maîtresse.

MADAME BOISMOREAU.

Une maîtresse!

BOISMOREAU.

Mon gendre!

LE CAPITAINE.

Là, là, ne criez pas au feu, il ne s'agit pas d'une de ces maîtresses vulgaires...

MADAME BOISMOREAU.

Je l'aimerais mieux.

BOISMOREAU.

Moi aussi.

LE CAPITAINE.

J'aurais dû dire une liaison, une simple liaison. Je lui avais offert de négocier une rupture.

BOISMOREAU et MADAME BOISMOREAU.

Il n'a pas rompu!

LE CAPITAINE.

Eh bien! ça se voit tous les jours et personne n'en meurt. On n'ose pas rompre tout de suite et alors...

BOISMOREAU.

Tout s'explique!

LE CAPITAINE.

Parbleu !

MADAME BOISMOREAU.

Il avait juré à sa maitresse de lui rester fidèle, même après.

BOISMOREAU.

Voilà !

LE CAPITAINE.

Voilà certainement... Voilà. Je comprends votre colère, je la partage, mais enfin, voyons, mes chers parents, vous êtes des hommes... non, pas vous, ma cousine, mais vous en seriez digne. Soyons calmes !

MADAME BOISMOREAU.

Calmes ! M. Boismoreau peut-être ?

BOISMOREAU *.

Non, madame, non.

MADAME BOISMOREAU.

Mais moi !... On ne sait pas ce que c'est qu'outrager une mère dans la personne de sa fille.

BOISMOREAU.

Croyez-vous que je ressente moins cette injure, moi, son père ?

MADAME BOISMOREAU.

Ça ne se compare pas.

BOISMOREAU.

Comment, ça ne se compare pas ?

LE CAPITAINE.

Mais ne vous querellez pas. Raisonnons froidement et prenons un parti.

MADAME BOISMOREAU.

Le mien est pris.

---

* Le capitaine, madame Boismoreau, Boismoreau.

BOISMOREAU.

Le mien aussi.

MADAME BOISMOREAU.

Angèle plaidera en séparation.

LE CAPITAINE.

Y pensez-vous?

BOISMOREAU.

Demain, capitaine, demain!

LE CAPITAINE.

Raisonnez donc un peu.

MADAME BOISMOREAU, à Boismoreau.

Nous verrons quel est celui de nous qui aime le mieux sa
fille.

BOISMOREAU.

Oui, madame, nous le verrons.

LE CAPITAINE.

Les voilà partis.

MADAME BOISMOREAU.

Je vais consulter un avocat.

BOISMOREAU.

J'en consulterai un autre.

LE CAPITAINE.

Vous allez tout gâter.

MADAME BOISMOREAU.

Cela ne vous regarde pas.

BOISMOREAU.

Cela ne vous regarde pas.

JOSEPH, annonçant.

Monsieur Pinch.

LE CAPITAINE.

Voilà une diversion.

SCÈNE IX

Les Mêmes, PINCH.

MADAME BOISMOREAU, vivement, à Boismoreau.
Ne nous donnons pas en spectacle aux étrangers.

BOISMOREAU.
Soyez tranquille, madame, je sais me contenir.

PINCH, entrant par le fond *.
Je vous dérange peut-être ?

LE CAPITAINE, brusquement.
Monsieur Pinch, vous venez à propos.

MADAME BOISMOREAU.
Comment ?

BOISMOREAU.
Que voulez-vous dire ?

LE CAPITAINE, vivement.
Voilà mon vénérable cousin et ma respectable cousine
qui se mettent martel en tête.

MADAME BOISMOREAU, voulant l'arrêter.
Capitaine, je vous en prie...

BOISMOREAU, de même.
N'allez pas plus loin.

LE CAPITAINE.
Ils ont appris que leur gendre avait une maîtresse.

PINCH.
Ah !

* Le capitaine, Pinch, madame Boismoreau, Boismoreau.

LE CAPITAINE.

Et ils ne parlent de rien de moins que de plaider en
séparation !

PINCH, avec joie.

Ah !

LE CAPITAINE.

Vous êtes l'ami de Jonathan. Vous le connaissez bien.
Aidez-moi à le défendre.

PINCH.

Certainement.

MADAME BOISMOREAU.

Ce serait inutile.

LE CAPITAINE.

J'aime ce Jonathan, moi ! Je lui ai rendu service. Il est
jusqu'à présent, comme mari, au-dessous de tout ! Mais il
se corrigera. J'en fais mon affaire et je ne peux pas admettre
qu'on plaide ainsi en séparation.

PINCH.

D'autant qu'en France, — si je ne me trompe, — quand
on se sépare on reste marié.

LE CAPITAINE.

Plus que jamais ! On n'a même plus la chance de se
brouiller, on ne se voit pas.

PINCH.

En Amérique nous aurions le divorce.

MADAME BOISMOREAU, avec exaltation.

Ah ! monsieur, si quelqu'un en ce moment me donnait
le divorce, je l'embrasserais.

BOISMOREAU.

Pauline !

MADAME BOISMOREAU.

Ne prenez pas cela pour vous, Edgard.

BOISMOREAU.

Il aurait été si facile de rompre, hier, avant la cérémonie !

MADAME BOISMOREAU.

Oui.

PINCH.

On le pourrait peut-être encore.

BOISMOREAU et MADAME BOISMOREAU.

Aujourd'hui !

PINCH.

S'il y avait par hasard un cas de nullité...

MADAME BOISMOREAU.

Il doit y en avoir un.

LE CAPITAINE, à Pinch.

Qu'allez-vous leur mettre en tête ?

BOISMOREAU.

Vous m'ouvrez un horizon.

LE CAPITAINE.

Bon !

MADAME BOISMOREAU, à Pinch.

Merci !

BOISMOREAU, de même.

Merci !

LE CAPITAINE, à part.

Je regrette d'avoir consulté ce monsieur.

PINCH.

Voici Jonathan.

BOISMOREAU et MADAME BOISMOREAU

Ah !

SCÈNE X

JONATHAN, PINCH, BOISMOREAU, MADAME BOISMOREAU, LE CAPITAINE.

Jonathan paraît à la porte de droite ; il cause avec les parents d'Avranches.

MADAME BOISMOREAU, le regardant *.

Il est horrible !

BOISMOREAU.

Comme ses yeux respirent la fausseté !

MADAME BOISMOREAU.

Et ce nez ? comme c'est bien le nez d'un débauché !
Pouah !

BOISMOREAU.

Pouah !

JONATHAN.

Ils sont très bien, les parents d'Avranches. Ah ! bonjour,
Pinch. (Il va à Boismoreau.) Il y en a un qui a inventé le
moyen d'utiliser les marrons d'Inde. Il en fait du curaçao.
C'est une fortune. J'ai copié la recette : « Prenez deux
douzaines d'oranges, vous y ajouterez un marron d'Inde**. »

MADAME BOISMOREAU, très sèche.

Oui, monsieur, utilisez les marrons d'Inde.

JONATHAN, ahuri.

Qu'a-t-elle donc ?

BOISMOREAU.

Utilisez-les.

* Le capitaine, madame Boismoreau, Boismoreau, Pinch, Jonathan.
** Le capitaine, madame Boismoreau, Jonathan, Boismoreau, Pinch.

JONATHAN.

Nous en faisons du curaçao de Hollande.

MADAME BOISMOREAU.

Faites, monsieur.

JONATHAN.

Oh ! (A part.) Déjà belle-mère !

BOISMOREAU.

Faites, monsieur.

JONATHAN.

Lui aussi ! (A part.) En voilà deux que je céderai volontiers à William.

MADAME BOISMOREAU, en lui tournant le dos.

Pouah !

BOISMOREAU, de même.

Pouah !

Ils sortent par la droite, laissant Jonathan abasourdi.

JONATHAN.

Ils m'embrassaient tout à l'heure, et parce qu'un monsieur, qui est leur parent, me donne une recette pour utiliser les marrons d'Inde...

PINCH, s'approchant et en aparté.

Ça va bien, mon ami, ça va bien, ils te détestent.

JONATHAN.

Ah ! je te remercie.

PINCH.

Tu n'auras rien à faire pour rompre ton mariage ; il se cassera tout seul.

JONATHAN.

Ah ! tant mieux, tant mieux.

LE CAPITAINE, qui l'examinait.

Carpett !

JONATHAN.

Capitaine ?

LE CAPITAINE.

Je vous ai dit que je prendrais l'express de trois heures cinquante.

JONATHAN, avec joie.

Oui, capitaine, oui.

LE CAPITAINE.

Je ne le prendrai pas.

JONATHAN.

Ah, vraiment !

LE CAPITAINE.

C'est pour vous que je reste.

JONATHAN.

Pour moi ?

LE CAPITAINE.

Pour vous, qui avez besoin d'un appui dans cette maison.

JONATHAN.

Croyez-vous ?

LE CAPITAINE.

Et pour ma filleule.

JONATHAN.

Elle se porte à merveille, elle est très gaie.

LE CAPITAINE, sévère.

Précisément.

JONATHAN, le regardant avec inquiétude.

Ah !

LE CAPITAINE.

J'ai eu des maîtresses... beaucoup. Je leur ai juré de leur rester fidèle, souvent. Eh bien... jamais, jamais... si je m'étais trouvé dans ta situation...

JONATHAN.

Permettez, capitaine. (Bas, à Pinch.) Tu lui as donc raconté ?...

PINCH.

Rien.

JONATHAN.

Alors, comment le sait-il ?

PINCH.

Il l'a deviné.

JONATHAN.

A quoi ?

LE CAPITAINE, allant gravement à lui, lui tâtant le pouls.

Heu ! heu !

JONATHAN, étonné.

Qu'ayez-vous ?

LE CAPITAINE. Il lui abaisse vivement les paupières inférieures.

Bien pâle ! Pas de sang !

JONATHAN, à part.

En voilà encore un que je céderai volontiers à William !

SCÈNE XI

Les Mêmes, THIVOLET*.

THIVOLET, à la porte du fond, parlant à Joseph.

Il est inutile de m'annoncer, je veux seulement dire quelques mots au capitaine Richard. (Entrant.) Je tiens à lui parler devant M. Carpett, et la présence de son ami M. Pinch ne sera peut-être pas inutile.

TOUS.

Ah !

THIVOLET.

Me permettez-vous d'abord, capitaine, de vous adresser une question ?

LE CAPITAINE.

Très volontiers, cher monsieur.

* Le capitaine, Thivolet, Jonathan, Pinch.

18.

THIVOLET.

Pourquoi, hier, à la mairie, quand l'heureux époux prononçait le oui sacramentel, avez-vous dit à ma femme : Courage?

JONATHAN.

Hein !

LE CAPITAINE, interloqué.

Moi !

PINCH.

Bah !

THIVOLET, sur le même ton.

Pourquoi, en entrant à l'église, lui avez-vous redit : Courage?

JONATHAN, furieux.

Comment !

PINCH.

Oh !

LE CAPITAINE, à part.

Sapristi !

THIVOLET, de même.

Pourquoi, à minuit, au moment où les époux... lui avez-vous répété : Courage ! courage !

JONATHAN, exaspéré.

C'est trop fort !

PINCH.

Oh !

THIVOLET.

Je tiens à le savoir.

LE CAPITAINE.

Courage ! C'est un mot vague et usuel quand on est militaire.

JONATHAN.

Vous admettrez plutôt que ce brave capitaine ne sait pas toujours ce qu'il dit.

LE CAPITAINE, se retournant furieux vers Jonathan.

Je vous prie, monsieur, de modérer vos expressions.

JONATHAN.

Il a fallu une véritable aberration d'esprit.

LE CAPITAINE.

Prétendez-vous que je perds la tête?

JONATHAN.

Comment expliquez-vous les paroles absurdes?...

LE CAPITAINE, vivement.

Je n'ai jamais toléré le mot absurde appliqué à une de mes paroles ou à un de mes actes.

JONATHAN.

Alors dites tout de suite à M. Thivolet que vous aviez un vrai motif pour crier à sa femme : Courage!

LE CAPITAINE.

La question n'est pas là. Que désire monsieur Thivolet?

THIVOLET.

Mais, capitaine, vous devez bien vous en douter.

LE CAPITAINE.

Une affaire avec moi?

THIVOLET.

Non, pas avec vous.

LE CAPITAINE.

Avec Carpett, alors?

JONATHAN.

Ne parlez donc pas toujours.

THIVOLET.

Puisque vous n'expliquez rien.

LE CAPITAINE.

Nous nous expliquerons plus tard.

JONATHAN.

Mais non, pas plus tard, à présent.

LE CAPITAINE.

Pardon! Ça ne vous regarde plus?

JONATHAN *.

Comment, ça ne me regarde plus?

LE CAPITAINE.

Vous ne me ferez pas l'injure de ne pas avoir confiance en nous.

JONATHAN.

Qui, vous?

LE CAPITAINE.

Vos témoins, M. Pinch et moi, naturellement.

JONATHAN.

Prouvons d'abord à M. Thivolet qu'il se trompe absolument.

LE CAPITAINE.

C'est notre affaire.

JONATHAN.

Comment?

LE CAPITAINE.

Il me semble que cet entretien ne peut pas se continuer dans cette maison.

THIVOLET.

Je ne dirai plus un mot.

LE CAPITAINE.

J'ai encore ma chambre; elle est à deux pas.

THIVOLET.

Je vous y enverrai deux de mes amis.

LE CAPITAINE.

Voilà qui sera régulier. Passez donc.

PINCH, bas, à Jonathan.

Tâche de ne pas te faire tuer.

---

* Thivolet, le capitaine, Jonathan, Pinch.

JONATHAN.

Ça simplifierait tout, ça, hein?

LE CAPITAINE.

J'essaierai d'arranger l'affaire.

JONATHAN.

Arrangez ou n'arrangez pas, je m'en moque.

LE CAPITAINE.

Mais quand un mari sait tout!

JONATHAN.

Quoi, tout?

LE CAPITAINE.

Ce que les maris appellent tout.   Ils sortent par le fond.

JONATHAN, exaspéré, le suivant.

Il n'y a rien, il n'y a rien. (Revenant.) Je ne me battrai jamais avec un mari à qui je ne dois rien et qui n'a rien à me demander. Un mari sans mandat! Je n'ai pas promis à Carpett de me faire tuer pour lui laisser ma veuve. — Ma veuve!... Quand on est veuve, c'est qu'on a été la femme de quelqu'un... et jusqu'à présent... (Piteusement.) J'ai été héroïque. (Avec enthousiasme.) Je continuerai à être héroïque. Je n'ai qu'une peur, c'est d'être ridicule. (Faisant le mouvement du capitaine à son œil droit.) Bien pâle. Idiot!

SCÈNE XII

JONATHAN, LÉONTINE.

LÉONTINE, entrant par le fond *.

Comment! Seul!

JONATHAN, très embarrassé.

Ah!... moi? mais non, je...

* Léontine, Jonathan.

LÉONTINE.

Vous n'êtes pas avec votre femme? Un lendemain de noces!

JONATHAN.

Si... oh!... si!... Je ne la quitte pas... Je m'occupais d'elle. Je l'ai laissée dans un courant d'air et je venais chercher ce fichu...

LÉONTINE, rient *.

Non, pas celui-ci. C'est un tapis de table.

JONATHAN.

Ah!

LÉONTINE.

Vous continuez à être distrait.

JONATHAN.

C'est le bonheur, c'est la joie.

LÉONTINE.

Le bonheur! la joie! Vous me rappelez le duo de... Vous savez bien !

Elle chante quelques mesures du duo de Roméo et Juliette: *Nuit d'hyménée!* et Jonathan reprend avec elle.

JONATHAN.

C'est le morceau qui déplaisait tant à M. Thivolet.

LÉONTINE.

Précisément. J'espère que vous ne serez pas jaloux, vous.

JONATHAN.

Oh ! moi !

LÉONTINE.

D'abord vous avez une femme adorable. Je l'aime comme une sœur, et si vous ne la rendiez pas heureuse... (Changeant de ton.) Vous avez donc dit à votre parent le capitaine que j'étais très sensible ?

* Jonathan, Léontine.

JONATHAN.

Moi ? non, madame, non, pas du tout; et d'abord, je n'en sais rien.

LÉONTINE.

Vous pourriez le supposer. Ce serait même... aimable. Certes, un mariage est toujours émouvant pour une femme, mais j'ai la force de supporter ces émotions-là, et il n'était pas nécessaire de me dire à chaque instant : Courage!... courage!

JONATHAN.

Le capitaine a été absurde.

LÉONTINE.

C'est peut-être son habitude.

JONATHAN.

Et je vous supplie de lui pardonner.

LÉONTINE.

Ce ne serait rien, si mon mari ne l'avait pas entendu.

JONATHAN.

Ah ! oui... Voilà, voilà...

LÉONTINE.

Vous le connaissez : il en a tout de suite conclu que je vous adorais et que votre mariage me brisait le cœur.

JONATHAN.

Vous pouviez facilement lui prouver le contraire.

LÉONTINE.

Oh ! facilement !... Enfin, ce matin il était convaincu ; malheureusement, à déjeuner, je n'avais pas faim, ce qui lui a prouvé que les remords me coupaient l'appétit. Il a jeté sa serviette, il s'est levé et il a disparu; je n'ai aucune influence sur lui... de loin ; mais quand il vous verra adorant votre femme et ne pensant qu'à elle...

JONATHAN.

Oui, oui, certainement.

LÉONTINE.

Car vous êtes tout à fait heureux, n'est-ce pas?

JONATHAN, jouant l'enthousiasme.

Heureux ! oh ! heureux !...

LÉONTINE.

Comme on l'est ce jour-là, ne cherchez pas autre chose.

JONATHAN.

N'est-ce pas?

LÉONTINE.

Mais ce n'est pas vous que je veux interroger.

JONATHAN.

Ah !

LÉONTINE, souriant.

C'est votre femme, qui doit avoir bien des choses à me dire.

JONATHAN.

Je vous les dirai moi-même.

LÉONTINE.

C'est un peu léger, ce que vous me proposez là.

JONATHAN.

Léger ?

SCÈNE XIII

LES MÊMES, ANGÈLE, puis LE CAPITAINE.

ANGÈLE, accourant par la droite.

Léontine !

JONATHAN, à part.

Bon !

ANGÈLE, très gaiement *.

Léontine est ici, et on ne me prévient pas !... On me

* Jonathan, Léontine, Angèle.

laisse avec de vieux parents qui me donnent des recettes de ménage. **Tu vas bien ?**

LÉONTINE.

C'est à toi qu'il faut demander cela.

ANGÈLE.

Oh ! ma chère, je vais à ravir.

LÉONTINE, riant.

Eh bien ! à la bonne heure : tu as le courage de tes opinions.

JONATHAN, vivement.

Avec les natures nerveuses, on ne sait jamais à quoi s'en tenir.

LÉONTINE, bas, à Angèle.

As-tu déjà quelque influence sur ton mari ?

ANGÈLE, bas.

Je n'ai pas essayé.

JONATHAN.

Ainsi, moi, je suis nerveux... et il est incontestable que les gens nerveux subissent le contre-coup des variations météorologiques...

LÉONTINE, bas, à Angèle.

Eh bien, essaie.

ANGÈLE.

En quoi faisant ?

LÉONTINE.

En le priant de s'en aller.

JONATHAN.

J'ai observé ce phénomène chez les animaux.

ANGÈLE, b.s.

Je n'oserais jamais.

LÉONTINE.

Peureuse !

JONATHAN.

Prenez une pintade...

LÉONTINE, bas.

Allons.

Elle va s'asseoir sur le canapé.

JONATHAN.

Notez son chant, désagréable d'ailleurs, et vous verrez.

ANGÈLE, prenant son courage à deux mains *.

Monsieur Carpett...

JONATHAN, très gracieux.

Vous me dites ?

ANGÈLE.

Nous voudrions rester seules un instant, Léontine et moi.

JONATHAN, déconcerté.

Ah !

ANGÈLE.

Nous avons beaucoup de choses à nous dire.

JONATHAN.

Ne puis-je les entendre ?

ANGÈLE.

Oh ! non, songez donc que nous parlerons peut-être de vous.

LÉONTINE, riant.

Peut-être est charmant ! Nous ne parlerons pas d'autre chose. Là, êtes-vous content ?

JONATHAN.

Certes !... certes !

LÉONTINE.

Alors partez vite.

ANGÈLE.

Vous n'avez rien à y perdre.

JONATHAN.

Je me soumets.

* Jonathan, Angèle, Léontine.

ANGÈLE, bas, à Léontine.

Tu vois.

JONATHAN, en s'en allant, avec inquiétude.

Pourvu qu'elle ne parle pas du symbole.

Il sort par le fond.

LÉONTINE, à Angèle qui s'est assise à côté d'elle.

.Alors tu es heureuse?

ANGÈLE.

Très heureuse. Je ne me faisais pas du tout cette idée-là du mariage.

LÉONTINE.

Et quelle idée t'en faisais-tu?

ANGÈLE.

Je me faisais une idée confuse... un peu effrayante... un peu... je ne sais pas... Enfin, j'étais troublée. — Comme on a tort de ne pas dire tout simplement la vérité aux jeunes filles!

LÉONTINE.

Enfin, maintenant tu es contente. C'est le principal.

ANGÈLE.

Très... très contente.

LÉONTINE.

Alors, tu aimes ton mari?

ANGÈLE.

Oh! beaucoup.

LÉONTINE.

Et lui t'aime aussi?

ANGÈLE.

Naturellement. Quelle question!

LÉONTINE.

Tu as raison; je suis sotte. S'il ne t'aimait pas aujourd'hui (Apercevant Jonathan qui revient avec un plateau.) Vous revenez?

JONATHAN.

Nous sommes censés avoir déjeuné, nous n'avons rien pris.

J'apprends qu'on dînera très tard et j'ai pensé qu'un biscuit avec un verre de vin de Bordeaux... ça soutient.

ANGÈLE.

Mais non, je vous remercie... Je ne veux rien... Je vous remercie beaucoup.

LÉONTINE.

Je vous assure que vous avez eu tort de nous interrompre.

JONATHAN.

Alors, je me retire...

LÉONTINE.

Vous n'avez rien à y perdre, on vous l'a dit.

JONATHAN.

Je me retire.

Il s'en va un peu déconcerté.

LÉONTINE, reprenant.

Quand je me suis mariée, moi, M. Thivolet, qui te paraît si froid, était un volcan, un véritable volcan !

ANGÈLE.

Vraiment? ça devait bien t'amuser.

LÉONTINE.

Le jour de la noce, la veille même, il m'entraînait dans tous les petits coins, et il m'embrassait les mains! Hou! hou! hou!... avec fureur... Je me croyais seule, tout à coup je poussais un cri : « Ah! » C'est lui qui m'embrassait sur le cou, là... à cette place. Il adorait ça.

ANGÈLE, devenue pensive.

Ah!

LÉONTINE.

Je rougissais jusqu'au blanc des yeux et j'avais des peurs affreuses, parce qu'enfin on aurait pu nous surprendre.

ANGÈLE.

Oui.

LÉONTINE.

Et puis... j'étais si naïve! je croyais qu'un baiser était le comble de l'audace.

ANGÈLE, gaiement et ingénument.

Mais je le crois encore, moi.

LÉONTINE.

Tu dis?

ANGÈLE.

Je dis : il me semble qu'un baiser...

LÉONTINE.

Regarde-moi donc.

ANGÈLE.

Quoi?

LÉONTINE, stupéfaite.

Ah! par exemple!

JONATHAN, revenant avec un bol.

Vous toussiez tout à l'heure et j'ai pensé qu'une tasse de bouillon froid... froid... c'est très réconfortant!

LÉONTINE.

Alors, buvez-le.

JONATHAN.

Moi?

LÉONTINE.

Oui, vous.

JONATHAN, à part.

Elle se moque de moi.

ANGÈLE, à part, se levant ainsi que Léontine.

Je crois que jusqu'ici j'ai été trop imposante. (Allant à Jonathan, qui est resté interdit, son bol à la main.) Ne buvez pas tout.

JONATHAN.

Comment?

ANGÈLE.

J'en boirai la moitié.

JONATHAN.

Ah!

ANGÈLE.

Une femme peut bien boire dans la même tasse que son mari.

LÉONTINE, riant.

Crois-tu?

JONATHAN.

Certainement.

ANGÈLE plus bas.

Et puis j'ai un reproche à vous adresser.

JONATHAN.

Lequel?

ANGÈLE.

Léontine, examine donc ce coffret. C'est un cadeau de mon oncle Bernard.

LÉONTINE.

Ah! (Elle examine le coffret sur la cheminée.) Très curieux !

ANGÈLE, à Jonathan.

Vous ne m'avez pas encore embrassée.

JONATHAN, embarrassé.

Moi? mais, je... Elle est adorable.

ANGÈLE, plus bas.

Elle ne regarde pas.

JONATHAN, de même.

Oui... je... oui. Divine!

Il va l'embrasser au moment où le capitaine, qui est entré de la gauche, le retient par le bras.

LE CAPITAINE, lui montrant Léontine*.

Pas devant elle!

JONATHAN, stupéfait.

Hein?

* Le capitaine, Jonathan, Angèle, Léontine.

LE CAPITAINE, l'attirant à part.

On n'a jamais le droit d'être cruel envers une femme que l'on a aimée.

JONATHAN.

Quelle femme?

LE CAPITAINE.

Il faut, au moins, savoir rester gentilhomme.

Il laisse Jonathan interloqué et se rapproche de Léontine.

ANGÈLE, à part*.

Comme mon parrain est venu mal à propos! (Haut.) Viens, Léontine, mes cousines sont là.

LÉONTINE.

Eh bien! capitaine, vous ne me demandez pas de mes nouvelles?

LE CAPITAINE.

J'allais avoir cet honneur, madame.

LÉONTINE.

J'ai survécu à mon émotion, vous voyez.

LE CAPITAINE.

Oui, madame. (Léontine sort en riant par la droite et entraîne Angèle.) Elle a de l'aplomb, cette petite femme! J'aime ça, moi. Elle méritait un autre mari (Toisant Jonathan.) et un autre amant!

SCÈNE XIV

JONATHAN, LE CAPITAINE.

JONATHAN, furieux, mais se contenant.

Voulez-vous me redire, capitaine, pourquoi vous m'avez interrompu tout à l'heure?

* Jonathan, le capitaine, Léontine, Angèle.

LE CAPITAINE.

Vous ne l'avez pas compris?

JONATHAN.

Non!

LE CAPITAINE.

Je le regrette. — Nous nous sommes réunis chez moi. Après-demain à six heures, au Vésinet, à l'épée.

JONATHAN.

Ah! je me bats?

LE CAPITAINE.

Il avait le choix des armes; le mari, c'est de rigueur. Savez-vous manier une épée?

JONATHAN, contenant sa colère.

Assez bien, capitaine, assez bien.

LE CAPITAINE.

C'est égal, faites-vous la main.

JONATHAN.

Eh bien! non, capitaine, non, je ne me ferai pas la main. Je vais de ce pas proposer à ces dames une promenade autour du lac; je ferai atteler le coupé pour ma femme et pour moi : on n'y tient que deux.

LE CAPITAINE*.

Vous me parlez de tour du lac, quand je vous annonce que vous avez un duel.

JONATHAN.

Eh bien!... il m'amuse, mon duel. Voilà comme je suis, moi. (En sortant à droite.) Le coupé, on n'y tient que deux.

LE CAPITAINE.

Très brave, ce garçon-là... Je ne l'aurais jamais cru... Pas de sang dans les veines! Et brave! C'est superbe.

* Le capitaine, Jonathan.

SCÈNE XV

LE CAPITAINE, MADAME BOISMOREAU,
BOISMOREAU.

MADAME BOISMOREAU, entrant du fond, vivement, tenant à la main
une lettre cachetée, et appelant.

Boismoreau! Boismoreau!... Oh! le capitaine! Boismoreau
m'est inutile.

BOISMOREAU, arrivant de droite.

Qu'est-ce donc, chère amie *?

MADAME BOISMOREAU, au capitaine.

Voici une lettre adressée à ce monsieur.

LE CAPITAINE.

Pour Jonathan? Il sort d'ici.

MADAME BOISMOREAU.

Vous pensez bien que, si je l'ai prise, ce n'est pas pour
la lui donner.

LE CAPITAINE.

Vous la garderez?

MADAME BOISMOREAU.

Dans la situation où nous sommes, tout est permis à une
belle-mère. Je ne l'aurais pas ouverte seule, mais devant vous...

Elle déchire l'enveloppe.

LE CAPITAINE.

Ma cousine, que faites-vous? Ma cousine!

BOISMOREAU, voulant la retenir.

Je trouve que c'est un peu osé.

* Le capitaine, madame Boismoreau, Boismoreau.   .

19.

MADAME BOISMOREAU, lisant.

Elle vient du Havre!

LE CAPITAINE.

C'est amusant, une femme; ça ne recule devant rien.

MADAME BOISMOREAU, poussant un cri.

Oh! Lisez, capitaine, lisez.

LE CAPITAINE.

Jamais!

MADAME BOISMOREAU.

Lisez, Boismoreau, lisez.

BOISMOREAU, lisant.

« Sois heureux, j'arrive. » C'est une femme.

MADAME BOISMOREAU.

Continuez.

LE CAPITAINE.

Permettez! une lettre de femme, c'est sacré!

BOISMOREAU, continuant sur un geste impérieux de sa femme.

« J'ai reçu ta dépêche, j'ai tout compris. »

LE CAPITAINE.

Très inoffensif!

BOISMOREAU, de même.

« Tu t'es marié, mais c'est égal, puisque ça ne change rien. » Hein!

LE CAPITAINE.

Comment, ça ne change rien?

MADAME BOISMOREAU.

Oui, capitaine, oui.

BOISMOREAU.

J'en suis anéanti!

LE CAPITAINE.

Et c'est signé?...

BOISMOREAU, cherchant à lire la signature.

C... A... R...

MADAME BOISMOREAU.

Caroline.

BOISMOREAU.

Et des zigzags.

MADAME BOISMOREAU.

Ainsi ce monsieur a écrit au Havre qu'il se mariait, mais que ça ne changerait rien. Et Boismoreau se contente de lever les bras au ciel !

BOISMOREAU.

Mais je suis exaspéré, moi !

LE CAPITAINE.

Là ! là, ne vous montez pas encore la tête *.

MADAME BOISMOREAU.

Cette demoiselle va arriver !

LE CAPITAINE.

Et tout est perdu, n'est-ce pas ? D'abord ce n'est pas une demoiselle que Jonathan aimait, et elle ne s'appelle pas Caroline, et elle n'est pas au Havre. Elle y a passé ; mais comment aurait-elle écrit, puisqu'elle est à Paris depuis six jours ?... Votre lettre ne signifie rien.

MADAME BOISMOREAU.

A Paris ! Et je souffrirais que le mari de ma fille vécût publiquement...

LE CAPITAINE.

Publiquement ! c'est impossible, puisqu'elle est mariée.

MADAME BOISMOREAU.

Est-ce que cela les gêne ?

BOISMOREAU.

Oh ! non, non.

LE CAPITAINE.

Mais alors j'aime mieux vous dire la vérité. Ça vous calmera. (Les ramenant près de lui et à mi-voix.) C'est madame Thivolet.

* Madame Boismoreau, le capitaine, Boismoreau.

BOISMOREAU et MADAME BOISMOREAU, faisant un bond tous
les deux.

Madame Thivolet!

MADAME BOISMOREAU.

Léontine!

BOISMOREAU.

Léontine!

LE CAPITAINE.

Ça ne les calme pas, mais ça les tranquillise.

BOISMOREAU.

L'amie de ma fille!

MADAME BOISMOREAU.

Les femmes n'ont pas d'amies, elles n'ont que des rivales!

BOISMOREAU.

Madame Thivolet!

MADAME BOISMOREAU.

Une autre, je l'aurais peut-être supporté, mais Léontine!
C'est abominable, abominable!

BOISMOREAU.

Épouvantable!

SCÈNE XVI

Les Mêmes, JONATHAN, ANGÈLE, LÉONTINE.

JONATHAN, entrant gaîement du fond *.

La voiture est là. Ces dames n'ont plus qu'à mettre leurs
chapeaux ; nous allons au Bois.

MADAME BOISMOREAU.

Non, monsieur, non. Ces dames ne sortiront pas.

_____

* Le capitaine, madame Boismoreau, Jonathan, Boismoreau.

JONATHAN.

Ah!

ANGÈLE, qui est entrée par la droite avec Léontine.

Pourquoi donc, maman?

LÉONTINE*.

Êtes-vous souffrante, madame?

MADAME BOISMOREAU.

Moi, madame?

LE CAPITAINE, bas.

Contenez-vous devant votre fille.

Il remonte.

MADAME BOISMOREAU, se contenant avec peine.

Non, madame, non, je vous remercie.

BOISMOREAU, de même**.

Je vous remercie.

ANGÈLE.

Mais alors?...

LE CAPITAINE.

C'est le baromètre! c'est le baromètre qui baisse! Il pleuvra.

MADAME BOISMOREAU.

Oui, il pleuvra.

BOISMOREAU.

Il pleuvra.

LE CAPITAINE, à part***.

Qu'arriverait-il à cette pauvre famille si je n'étais pas là?

LÉONTINE, à Angèle.

Je t'assure que ton père et ta mère sont souffrants.

---

* Le capitaine, madame Boismoreau, Léontine, Angèle, Boismoreau, Jonathan.
** Madame Boismoreau, Léontine, Boismoreau, le capitaine, Angèle, Jonathan.
*** Madame Boismoreau, Jonathan, Boismoreau, Léontine, Angèle, le capitaine.

JONATHAN, avançant.

Quand nous aurions un peu de pluie, — on s'y fait, — dans des voitures fermées.

MADAME BOISMOREAU.

Je croyais, monsieur, que l'impudence avait des bornes.

BOISMOREAU.

Il paraît qu'elle n'en a pas.

JONATHAN.

Ah!

MADAME BOISMOREAU, bas.

Ne soyez pas surpris si, ce soir, ma fille reprend sa chambre de demoiselle.

BOISMOREAU.

Quant à vous, monsieur...

MADAME BOISMOREAU.

Nous vous donnerons une chambre d'invité.

BOISMOREAU.

D'invité.

On remonte. — Jonathân reste interdit.

LE CAPITAINE*.

Pourquoi n'as-tu pas suivi mes conseils?

JONATHAN.

Allez au diable!

LE CAPITAINE, furieux.

Jonathan!

ANGÈLE, descendant.

Mon parrain!

JONATHAN, au capitaine.

Comme il vous plaira; je suis à vos ordres.

ANGÈLE, allant à Jonathan.

Monsieur Carpett!

* Jonathan, le capitaine.

MADAME BOISMOREAU.

Viens, Angèle, viens, ne t'occupe pas de ton mari.

ANGÈLE.

Mais, maman...

Elle l'entraîne.

MADAME BOISMOREAU.

Nous rentrons au salon.

Elles sortent à droite.

BOISMOREAU, sévère.

Bonsoir, monsieur. (S'adressant à Léontine par distraction.) Et
madame Boismoreau dit quelquefois que je manque d'énergie!... (La reconnaissant.) Ah! pardon, madame.

Il sort avec dignité par la droite.

LÉONTINE.

Je voudrais bien savoir ce qui se passe, moi.

Elle sort au fond.

LE CAPITAINE, à Jonathan.

Tu n'avais qu'un ami, et tu le perds. (Changeant de ton.)
A bientôt, monsieur, vous aurez de mes nouvelles.

Il sort à droite.

JONATHAN, sans l'écouter.

Un chambre d'invité! Eh bien, j'aime mieux ça. Elle a
oublié son fichu.

Il prend le fichu sur la table et l'embrasse.

MADAME BOISMOREAU, revenant de droite et enlevant le fichu à
Jonathan. *

Pardon. (Avec intention.) Ce n'est pas à cette dame, c'est à moi.

JONATHAN.

Ah!

* Jonathan, madame Boismoreau.

ACTE TROISIÈME

Même décoration ; les rideaux de la fenêtre sont baissés ; une lampe allumée sur la table couverte de volumes ; d'autres volumes sur les meubles autour de Boismoreau.

SCÈNE PREMIÈRE

BOISMOREAU, MADAME BOISMOREAU.

Au lever du rideau, Boismoreau est seul assis à gauche de la table ; il parcourt un énorme volume : « Recueil de jurisprudence. » Madame Boismoreau entre doucement du fond, en toilette du matin.

BOISMOREAU.

Eh bien?

MADAME BOISMOREAU.

Je m'étais trompée ; elle n'a pas remué, elle dort.

BOISMOREAU.

Pauvre enfant !

MADAME BOISMOREAU.

Je me suis arrêtée, tout émue, en la voyant si calme dans son lit de jeune fille.

BOISMOREAU.

Qui aurait pu penser avant-hier, en sortant de la mairie, que ce matin?...

MADAME BOISMOREAU.

Je vous prie, monsieur Boismoreau, de ne pas vous attendrir.

BOISMOREAU.

C'est vous, madame Boismoreau, qui vous attendrissez.

MADAME BOISMOREAU.

Pourquoi me rappelez-vous ce jour maudit... que je voudrais effacer?

BOISMOREAU.

J'y travaille, vous voyez.

MADAME BOISMOREAU.

Je vois que vous avez passé la nuit à feuilleter de gros volumes.

BOISMOREAU.

Un recueil de jurisprudence. — J'ai pris quatre inscriptions de droit, jadis, — ça ne me sert pas, mais ça m'encourage... Passez-moi le volume 77.

MADAME BOISMOREAU.

77? (Elle lui passe son volume.) Et vous ne trouvez rien là dedans?

BOISMOREAU.

J'y trouve tout. Quand on lit ces ouvrages-là, on découvre que tout se plaide, tout se perd et tout se gagne.

MADAME BOISMOREAU.

Sérieusement, vous pensez que nous pouvons faire annuler ce mariage?

BOISMOREAU.

Madame Boismoreau, je ne doute plus de rien.

MADAME BOISMOREAU, prenant vivement un volume et s'asseyant.

Alors, je vais chercher aussi. A quel mot?

BOISMOREAU.

A tous. (Lisant.) « Des auteurs soutiennent que si, croyant épouser un honnête homme, on épouse un forçat libéré... »

MADAME BOISMOREAU, effrayée.

Ne me dites pas ça, vous me faites peur.

BOISMOREAU.

Je relève tout. (Lisant.) « D'autres au contraire... » Ah diable!

MADAME BOISMOREAU.

C'est vous, monsieur Boismoreau, qui avez voulu ce mariage.

BOISMOREAU.

Vous m'approuviez.

MADAME BOISMOREAU.

Je vous approuvais pour vous plaire.

BOISMOREAU.

Ce Jonathan vous charmait.

MADAME BOISMOREAU.

C'est vous qu'il charmait, vous le trouviez romanesque.

BOISMOREAU.

Vous le trouviez riche.

MADAME BOISMOREAU, se levant.

C'est vous qui le trouviez aimable.

BOISMOREAU.

C'est vous qui le trouviez bon.

MADAME BOISMOREAU, apercevant Bernard qui entre du fond.

J'en appelle à votre cousin M. Bernard.

BOISMOREAU, se levant.

Soit! qu'il réponde.

Ils s'emparent de lui.

SCÈNE II

Les Mêmes, BERNARD.

BERNARD, stupéfait *.

Hein! Quoi! qu'est-ce?

MADAME BOISMOREAU.

Est-ce moi qui ai découvert M. Jonathan?

* Boismoreau, Bernard, madame Boismoreau.

BOISMOREAU.

Vous posez mal la question. Est-ce moi qui ai décidé Angèle à épouser M. Jonathan ?

MADAME BOISMOREAU.

Si vous prenez des faux-fuyants !

BERNARD.

Permettez, mes chers parents, permettez ; vous êtes ravis de ce mariage, n'est-ce pas ?

MONSIEUR et MADAME BOISMOREAU.

Ravis !

BERNARD.

Il me semble...

MADAME BOISMOREAU.

Vous n'étiez donc pas là hier ?

BERNARD.

Je n'ai pas quitté la maison.

BOISMOREAU.

Et vous ne vous êtes aperçu de rien ?

BERNARD.

De rien.

BOISMOREAU.

Vous dormiez alors ? Vous vous êtes cru à votre bureau.

BERNARD, se rebiffant.

Mais non, pas du tout ; j'ai remarqué qu'on se regardait un peu comme chien et chat.

MONSIEUR et MADAME BOISMOREAU.

Eh bien ?

BERNARD.

Cela est si fréquent dans les ménages les plus unis...

MADAME BOISMOREAU.

On s'est marié avant-hier, et nous cherchons à faire casser le mariage ; voilà où nous en sommes.

BERNARD, stupéfait.

Allons donc!

BOISMOREAU.

Oui, mon bon Bernard, oui, voilà où nous en sommes.

MADAME BOISMOREAU.

Oui, nous cherchons des cas de nullité.

BOISMOREAU.

Dans ce répertoire de jurisprudence.

M. et madame Boismoreau reviennent à leurs livres.

BERNARD, interloqué, derrière la table.

C'est inouï! Que reprochez-vous à votre gendre?

BOISMOREAU.

Il avait une maîtresse.

BERNARD.

Bah!

MADAME BOISMOREAU.

Deux maîtresses!

BERNARD.

Oh!

BOISMOREAU.

Un duel!

BERNARD.

Bah!

MADAME BOISMOREAU.

Deux duels.

BERNARD.

Oh!

MADAME BOISMOREAU.

Et de plus tous les défauts.

BERNARD.

Je ne l'aurais jamais cru.

MADAME BOISMOREAU.

Son ami, M. Pinch, nous l'a avoué.

BOISMOREAU, revenant à sa jurisprudence.

Je trouve là un cas identique.

MADAME BOISMOREAU.

Ah!

BOISMOREAU.

On a perdu.

BERNARD, à lui-même.

C'est inouï!

SCÈNE III

LES MÊMES, LE CAPITAINE.

LE CAPITAINE, entrant du fond, très joyeux.

Que cherchez-vous là?

BOISMOREAU.

Un cas de nullité.

LE CAPITAINE, triomphant.

Ne cherchez plus, j'en ai un.

On se lève.

MADAME BOISMOREAU.

Oh! capitaine!

BOISMOREAU *.

Oh! mon ami!

LE CAPITAINE.

Nous nous sommes trompés de Carpett. Ce n'est pas Carpett et compagnie que nous avons épousé...

MONSIEUR, MADAME BOISMOREAU et BERNARD.

Bah!

LE CAPITAINE.

C'est un autre Carpett, un simple Carpett, un Carpett

---

* Boismoreau, le capitaine, madame Boismoreau, Bernard.

quelconque. Nous soutiendrons devant les tribunaux que
nous avons cru épouser Carpett et compagnie, ce n'est pas
lui, donc il y a erreur sur la personne. Ah! ah! je ne sais
plus ce que je dis... je parle comme un avocat.

BOISMOREAU, son volume en mains.

Attendez donc, j'ai un cas identique... On a perdu, mais
j'en ai un autre! on a gagné.

BERNARD.

Permettez, comment expliquerez-vous cette erreur?

BOISMOREAU.

Devant les tribunaux, on n'explique pas, on plaide.

MADAME BOISMOREAU.

Il n'est pas un juge, pas un, qui refuserait de me rendre
ma fille.

LE CAPITAINE.

Et d'ailleurs, M. Pinch, qui m'a donné ces renseignements...

MADAME BOISMOREAU.

Brave cœur!

BOISMOREAU.

Bon jeune homme!

LE CAPITAINE.

M. Pinch m'affirme que Jonathan ne fera aucune oppo-
sition.

Il remonte.

MADAME BOISMOREAU.

Il est horrible!

BOISMOREAU.

Il est odieux!

BERNARD *.

Permettez, pour rompre un mariage...

LE CAPITAINE.

Qui n'existe pas.

* Boismoreau, Bernard, madame Boismoreau, le capitaine.

BERNARD, avec doute.

Qui n'existe pas?

MADAME BOISMOREAU.

Angèle a repris sa chambre de jeune fille.

BOISMOREAU.

Et nous avons donné à son mari une chambre d'invité.

Ils se rasseyent et feuillètent leurs livres.

BERNARD *.

Ah!... (Bas, au capitaine.) Je vais remmener mes filles à Cahors.

LE CAPITAINE.

Partons de suite. (Haut.) Ne puis-je embrasser ma filleule?

MADAME BOISMOREAU.

Angèle n'est pas encore levée.

LE CAPITAINE.

Bah! et le sieur Jonathan?

BOISMOREAU.

Il n'est pas non plus sorti de sa chambre.

LE CAPITAINE.

Allons donc! Hier, ils étaient réunis et à neuf heures on était sur pied. Aujourd'hui, ils sont séparés et à onze heures... Enfin, la nature a de ces bizarreries.

MADAME BOISMOREAU.

C'est vous, capitaine, qui direz à ce monsieur...

LE CAPITAINE.

Je ne lui parle plus.

MADAME BOISMOREAU.

Ah!

LE CAPITAINE.

Il m'a répondu : Allez au diable!

* Boismoreau, madame Boismoreau, le capitaine, Bernard.

BERNARD.

Oh !

LE CAPITAINE.

C'est la première fois qu'on m'envoie à ce particulier ;
le sieur Jonathan ne le portera pas en paradis.

BOISMOREAU.

Le voici.

SCÈNE IV

BOISMOREAU, LE CAPITAINE, BERNARD, MADAME BOISMOREAU, JONATHAN.

JONATHAN, entrant par la droite, l'air souriant et satisfait.

Ah ! j'ai la bonne fortune de trouver la famille réunie.
J'en suis heureux... c'est de bon augure pour la journée.

Il va à la cheminée, devant la glace.

MADAME BOISMOREAU, avec indignation.

Il achève sa toilette ?

BOISMOREAU.

Ne disons rien, il préparerait sa défense.

MADAME BOISMOREAU.

L'indifférence la plus absolue.

LE CAPITAINE, il est derrière la table avec Bernard.

Du dédain même, vous entendez, percepteur.

BERNARD, consultant un indicateur des chemins de fer.

Je voudrais d'abord remmener mes filles à Cahors.

LE CAPITAINE.

Pas tout de suite.

JONATHAN, s'approchant.

Vous allez bien, belle-maman ?

MADAME BOISMOREAU, se levant.

Très bien, monsieur, parfaitement bien.

JONATHAN.

On le voit... vous avez la fraîcheur d'une rose.

MADAME BOISMOREAU.

Cette remarque est inutile.

Elle va s'asseoir sur le canapé *.

JONATHAN.

Pourquoi ?... Il me semble, d'ailleurs, que ce matin il fait un temps adorable, du soleil, pas trop, un air tiède et des parfums... (Il regarde.) Il y a de la verveine ici, c'est délicieux... n'est-ce pas, beau-père ?

BOISMOREAU, se levant.

Les juges apprécieront. (Bernard lui pousse violemment le coude.) Je veux dire, c'est une affaire d'appréciation.

Il va s'asseoir à côté de sa femme, Bernard va derrière le canapé.

JONATHAN**.

Et puis on est gai, tout le monde est gai, quand ce cher capitaine est là.

LE CAPITAINE.

Je vous prie, monsieur, de ne pas vous occuper de ma personne.

JONATHAN.

Vous m'en voulez encore ?

LE CAPITAINE.

Et je vous interdis de m'interroger.

JONATHAN.

Parce que je vous ai répondu un peu légèrement.

LE CAPITAINE.

Vous m'avez envoyé au diable !

---

* Le capitaine, Bernard, Boismoreau, Jonathan, madame Boismoreau.
** Le capitaine, Jonathan, Boismoreau, Bernard, madame Boismoreau.

JONATHAN.

C'est une phrase courante.

LE CAPITAINE.

N'essayez pas de la rattraper.

JONATHAN.

Oh ! ça, c'est un calembour... si, si, c'est un calembour.
Je ne la rattrape pas, je la retire.

LE CAPITAINE.

.Oui, c'est le système à la mode. On se flanque à la tête
les plus gros mots, pour les retirer ; on en retire même
davantage. Ça devient des compliments. Le capitaine
Richard ne donne pas dans ces godans-là.

JONATHAN.

Je ne peux pourtant pas me battre avec mon oncle. Car
vous êtes mon oncle à la mode de Bretagne. Et rappelle-toi
qu'hier tu m'as tutoyé...

LE CAPITAINE.

Nous en reparlerons plus tard, quand vous aurez rendu
raison au mari que vous avez offensé.

JONATHAN.

Tu recommences ?

LE CAPITAINE.

Il est juste qu'il passe le premier, à l'ancienneté et au choix.

JONATHAN.

Laisse-moi donc tranquille avec ton mari.

MADAME BOISMOREAU.

Nous savons, monsieur, quel cas vous faites du mariage !

JONATHAN.

J'en fais le plus grand cas, belle-maman, je trouve qu'il
n'y a rien de meilleur que le mariage, pas le mariage à
l'américaine, le mariage à la française, sans flirtation préa-
lable. Une jeune fille, candide, ingénue, naïve, divine !
divine !... Des grands-parents aimables !...

MADAME BOISMOREAU.

Oh ! n'abordons pas ce sujet. Mais puisque l'occasion s'en présente, je suis bien aise de vous dire que ma fille ne vous aime pas.

JONATHAN.

Ah !

MADAME BOISMOREAU, se levant.

Il a fallu de très grands efforts pour qu'elle consentît à vous épouser.

Elle se rassied.

JONATHAN.

Ah !

BOISMOREAU, qui pendant la scène n'a pas cessé de consulter son recueil, se levant.

Une sorte de contrainte morale. Je trouve là un jugement... (Madame Boismoreau lui donne un coup violent sur l'épaule.) Ah !... on l'a perdu, mais j'en ai un autre qu'on a gagné.

Il va s'asseoir à droite de la table.

JONATHAN.

Qu'est-ce qu'il fait donc, le beau-père ?

LE CAPITAINE, l'arrêtant.

Hier, vous aviez au moins une tenue convenable; aujourd'hui vous avez l'air impertinent.

JONATHAN.

Moi, impertinent ? Tenez, capitaine, je voudrais vous embrasser.

LE CAPITAINE.

Monsieur ! pas de sotte plaisanterie !

BERNARD, qui n'a pas cessé de consulter son indicateur.

J'ai un train à une heure vingt-cinq, je n'ai que le temps.

Il plie son indicateur et se dispose à sortir au moment où ses filles arrivent.

SCÈNE V

LES MÊMES, BLANCHE, BERTHE.

Elles entrent bruyamment du fond.

BLANCHE.

Madame Carpett?

BERTHE.

Où est madame Carpett?

BERNARD.

Comment, mesdemoiselles, vous sortez sans ma permission?

BLANCHE.

Mais, papa, tu n'y étais pas.

BERTHE.

Et nous avions promis à Angèle de venir la prendre.

BLANCHE.

Nous devons aller visiter les magasins.

BERTHE*.

Nous pouvons sortir avec elle, maintenant qu'elle est dame.

BERNARD.

Taisez-vous.

BERTHE et BLANCHE, étonnées.

Pourquoi?

MADAME BOISMOREAU, qui s'est levée, à Bernard.

Vous êtes sévère pour ces chères enfants. Non, mes mignonnes, Angèle n'est pas assez dame pour vous conduire, c'est moi qui me chargerai de ce soin.

* Le capitaine, Berthe, Blanche, Bernard, madame Boismoreau, Jonathan.

BLANCHE.

Mais quand Marguerite s'est mariée, elle nous a emmenées toute seule dans la voiture le lendemain.

MADAME BOISMOREAU.

Ce n'était pas la même chose.

BLANCHE et BERTHE.

Pourquoi ?

MADAME BOISMOREAU.

D'ailleurs Angèle n'est pas encore levée.

BLANCHE et BERTHE.

Ah !

BERTHE.

Elle nous avait dit qu'elle serait levée ce matin à sept heures.

BERNARD.

Taisez-vous.

BLANCHE.

Elle n'est pas souffrante ? Elle se portait si bien hier !

BERNARD.

Taisez-vous.

BERTHE.

Elle était si gaie !

BERNARD.

Taisez-vous, la voici.

SCÈNE VI

Les Mêmes, ANGÈLE.

Angèle, entrant du fond, très timide, très craintive, les yeux baissés, et n'osant regarder personne *.

ANGÈLE.

Ah ! je ne m'attendais pas à trouver tant de monde... Pardonnez-moi... Bonjour, ma mère.

* Le capitaine, Berthe, Bernard, Blanche, Boismoreau, Angèle, madame Boismoreau, Jonathan.

20.

MADAME BOISMOREAU.

Embrasse-moi, mon enfant, comme tous les matins.

ANGÈLE.

Oui, ma mère.

BOISMOREAU.

Et moi, Angèle?

ANGÈLE.

Vous aussi, mon père.

LE CAPITAINE, à part, allant à elle *.

Elle est charmante!... Il faut que cet Américain soit de pierre. (Il regarde Jonathan, qui sourit modestement.) Et il sourit encore!

ANGÈLE.

Vous allez bien, mon parrain?

LE CAPITAINE.

Oui, je vais bien. Je vais très bien, c'est toi qui vas mal.

ANGÈLE, baissant vivement les yeux.

Moi!

MADAME BOISMOREAU, voulant l'arrêter.

Capitaine!

LE CAPITAINE.

Quand je dis : tu vas mal, je m'entends.

BLANCHE, à Angèle.

Eh bien! ça te fait rougir?

Jonathan est de plus en plus modeste.

ANGÈLE.

Mais non, je ne sais pas ce que mon parrain veut dire. (Le regardant avec reproche et baissant tout à fait les yeux.) Que c'est mal!

LE CAPITAINE.

Quoi?

Il remonte.

* Berthe, Bernard, Blanche, le capitaine, Angèle, Jonathan, Boismoreau, madame Boismoreau.

MADAME BOISMOREAU, à son mari, qui cherche toujours.

Trouvez-vous?

BOISMOREAU.

Le même cas, absolument le même cas!

Pendant ce temps, Angèle a passé devant Jonathan et lui a pris la main. Jonathan est transporté, mais continue à être modeste.

ANGÈLE, à Bernard.

Vous êtes bien aimable de m'avoir amené mes cousines.

BERNARD, embarrassé.

Ce n'est pas moi, je pensais au contraire que, ce matin, leur visite vous paraîtrait indiscrète.

ANGÈLE, de plus en plus timide.

Mais non; pas du tout.

BERTHE.

N'est-ce pas que nous devons aller visiter les magasins?

ANGÈLE.

Oui.

BLANCHE.

Et il est convenu que nous t'appellerons tout le temps madame.

ANGÈLE.

Oh! non, vous me feriez rougir...

BLANCHE et BERTHE, étonnées.

Ah!

SCÈNE VII

LES MÊMES, LÉONTINE.

JOSEPH, annonçant.

Madame Thivolet.

MONSIEUR et MADAME BOISMOREAU, indignés.

Oh!

LE CAPITAINE.

Elle a de l'aplomb, cette petite femme-là !

Léontine entre par le fond.

LÉONTINE *.

Je vous demande pardon si je me présente sous le coup d'une émotion un peu vive. Vous en saurez tout à l'heure le motif. (Allant à Bernard.) Je vous prie, cher monsieur, de vouloir bien pour un instant renvoyer ces demoiselles.

BERNARD.

Volontiers.

Il remonte avec elles.

LÉONTINE.

Restez, vous, monsieur; vous ne serez pas de trop. (A Blanche et à Berthe.) Excusez-moi, mes mignonnes, ce que j'ai à dire ne peut pas se dire devant une demoiselle.

MADAME BOISMOREAU, vivement.

Sors, Angèle.

ANGÈLE.

Moi?

LÉONTINE, descendant vivement.

Oh! non, pas toi.

ANGÈLE **.

Je ne suis plus une demoiselle.

MADAME BOISMOREAU.

Sors, te dis-je.

LÉONTINE, la retenant.

Je voudrais bien parler devant Angèle, cela l'intéresse.

ANGÈLE, à madame Boismoreau.

Tu entends?

LÉONTINE.

Cela l'intéresse même beaucoup.

* Berthe, Bernard, Blanche, le capitaine, Angèle, Léontine, Boismoreau, madame Boismoreau, Jonathan.
** Le capitaine, Léontine, Angèle, madame Boismoreau, Bernard, Berthe, Blanche, Boismoreau, Jonathan.

MADAME BOISMOREAU, très sèche.

Permettez-moi de vous faire observer, madame, que je suis seule juge de ce qui intéresse ma fille. Retire-toi, mon enfant.

ANGÈLE.

Mais, cependant...

MADAME BOISMOREAU, sévère.

Retire-toi.

Elle la pousse vers la porte de droite, où Blanche et Berthe l'attendent.

BLANCHE.

A ta place, moi, je ne partirais pas.

BERTHE.

Moi non plus.

ANGÈLE.

Que voulez-vous, maman l'ordonne. Et mon mari ne dit rien.

BLANCHE.

Fais-lui signe.

ANGÈLE.

Je n'ose pas.

BERTHE.

Oh !... comme tu es devenue timide !

BLANCHE.

Tu vas nous dire pourquoi.

ANGÈLE.

Oh ! non, par exemple.

Elles sortent toutes les trois à droite

SCÈNE VIII

JONATHAN, LE CAPITAINE, BOISMOREAU, BERNARD, MADAME BOISMOREAU, LÉONTINE.

LÉONTINE *.

Je viens d'abord déclarer publiquement que j'ai beaucoup d'affection pour master Jonathan Carpett.

MONSIEUR et MADAME BOISMOREAU.

Hein ?

LÉONTINE.

Dans un naufrage où mon mari, qui ne sait pas nager, quoique diplomate, m'aurait laissé noyer, master Jonathan m'a sauvée au péril de sa vie, et je lui en serai éternellement reconnaissante.

Elle lui presse chaleureusement les mains.

MADAME BOISMOREAU, indignée.

Oh !

BOISMOREAU, de même.

Oh !

MADAME BOISMOREAU.

Il est inutile d'en entendre davantage ; venez, monsieur Boismoreau !

BOISMOREAU.

Venez, Bernard !

BERNARD.

Où sont mes filles ?

Ils sortent violemment tous les trois par la droite ; M. et madame Boismoreau, qui oubliaient le recueil de jurisprudence, reviennent le chercher et disparaissent.

* Le capitaine, Bernard, madame Boismoreau, Léontine, Boismoreau, Jonathan.

SCÈNE IX

JONATHAN, LE CAPITAINE, LÉONTINE.

LÉONTINE, un instant stupéfaite *.

Je m'attendais à être reçue... froidement... Mais qu'avez-vous donc pu leur dire ?

LE CAPITAINE.

Moi, madame ?

LÉONTINE.

Oui, vous. Vous avez déjà confié à mon mari que je le trompais.

LE CAPITAINE.

Moi ?

LÉONTINE.

En faveur de master Jonathan.

LE CAPITAINE.

Jamais.

LÉONTINE, continuant.

Qui manque, pour m'être agréable, à tous ses devoirs.

JONATHAN.

Hein ? Ah ! par exemple, capitaine !

LE CAPITAINE, à Léontine.

Mais au contraire, madame, c'est votre mari qui manifestait des soupçons.

LÉONTINE.

Et vous l'avez consolé !

LE CAPITAINE.

Je l'ai calmé.

* Le capitaine, Léontine, Jonathan.

LÉONTINE.

Je l'ai bien vu... il m'a reçue, entouré d'épées, de fleurets et de sabres. — Il se faisait la main.

JONATHAN.

Lui aussi... Vous lui avez donné ce conseil.

LE CAPITAINE.

C'était mon devoir.

LÉONTINE.

Mais ce n'est pas seulement à mon mari que vous avez conté votre joli roman, c'est-à M. et à madame Boismoreau.

LE CAPITAINE.

Au contraire, madame, au contraire. Mes excellents parents se montaient la tête...

LÉONTINE.

Et vous les avez calmés ?

LE CAPITAINE.

Je les ai tranquillisés.

LÉONTINE.

Je m'en suis aperçue tout à l'heure. Mais c'est abominable, cela, monsieur.

JONATHAN.

Abominable... madame ! Je ne savais pas que la bêt... la naïveté du capitaine avait pris ces proportions.

LE CAPITAINE.

Vous dites, monsieur ?

JONATHAN.

Je retire bêtise... Pardonnez-lui, madame ; il est inconscient.

LE CAPITAINE.

Quoi, inconscient?

JONATHAN.

Et s'il n'était pas mon parent...

LE CAPITAINE, furibond.

Je ne le serai pas longtemps. (Se retournant vers Léontine.) Il n'y a qu'un coupable, madame, c'est le sieur Jonathan Carpett, qui a manqué de confiance en moi.

LÉONTINE.

De confiance ?

LE CAPITAINE.

S'il m'avait avoué la vérité...

LÉONTINE.

Quelle vérité?

LE CAPITAINE.

Mais j'étais prêt à prendre votre défense, moi, madame.

LÉONTINE.

On n'a pas à prendre ma défense.

LE CAPITAINE.

Je comprends toutes les faiblesses.

LÉONTINE.

Je vous en félicite, monsieur, mais cela ne me regarde pas.

LE CAPITAINE.

Vous lui deviez de la reconnaissance.

LÉONTINE.

Eh bien ! vous avez une jolie opinion de moi, vous.

LE CAPITAINE.

Je vous trouve adorable!

LÉONTINE.

Je vous en remercie, et je sais ce qu'il faut penser des femmes que vous trouvez adorables.

SCÈNE X

LES MÊMES, ANGÈLE.

ANGÈLE, paraissant à la porte de droite *.

Maintenant, puis-je entendre?

LÉONTINE.

Mais je ne sais pas trop.

ANGÈLE, entrant résolument.

Eh bien j'entrerai tout de même: mes cousines se moquent de moi.

LÉONTINE.

Figure-toi qu'on s'est imaginé, dans ta famille, que j'aimais ton mari ; qu'en penses-tu ?

ANGÈLE.

Je pense que, si c'était vrai, je l'aurais vu la première.

LÉONTINE.

Et on suppose qu'il m'aime.

ANGÈLE, sautant au cou de Léontine.

Oh ! non, par exemple.

LÉONTINE, au capitaine, en souriant.

me semble que voilà une réponse? Elle ne vous suffit pas... Offrez-moi votre bras, nous allons trouver mon mari.

LE CAPITAINE, étonné.

Pourquoi, madame?

LÉONTINE.

C'est lui qui vous convaincra.

LE CAPITAINE, stupéfait.

M. Thivolet?

pitaine, Léontine, Angèle, Jonathan.

LÉONTINE.

Certainement, M. Thivolet. Vous croyez donc que je lui ai permis de passer la nuit à faire des armes ; ce matin, il n'avait plus de soupçons.

LE CAPITAINE, à part.

Je vais me toquer de cette petite femme-là.

LÉONTINE.

Adieu, Angèle, je te laisse avec ton mari ; tu ne te plaindras pas.

ANGÈLE.

Non, vraiment. (Bas.) Merci.

LÉONTINE.

Sais-tu que j'ai été très mal reçue par ta famille ? Je ne remettrai plus les pieds dans cette maison.

ANGÈLE.

Mais tu viendras chez moi (Se rapprochant de son mari.) je veux dire chez nous.

LÉONTINE.

Quand le capitaine sera convaincu que je ne suis pas si... adorable qu'il le pense... Allons, capitaine, allons, il faut que je sois réhabilitée et il n'est pas mal que vous soyez un peu puni... Venez voir M. Thivolet.

LE CAPITAINE.

A l'instant. (Après avoir fait un pas.) Mais alors, ma filleule reste ?

LÉONTINE.

Avec son mari, cela blesse votre pudeur. Ah ! mon pauvre capitaine, courage, courage !

LE CAPITAINE.

Vous voulez me faire tourner la tête !

LÉONTINE.

Oh ! non... J'ai assez de la tête de M. Thivolet à maintenir... Venez sans crainte.

Ils sortent par le fond.

SCÈNE XI

JONATHAN, ANGÈLE, MADAME BOISMOREAU.

ANGÈLE.

Elle est charmante, Léontine... et si gaie! et si sincère!
Quelle sotte idée on a eu de supposer... Ce n'est pas vrai,
au moins?

JONATHAN.

Vous avez répondu que non tout à l'heure!

ANGÈLE.

C'est que, lorsqu'on est heureux, on a peur de se
tromper.

JONATHAN.

Alors, vous êtes heureuse?

ANGÈLE, très timide et baissant les yeux.

Mais oui.

JONATHAN.

Heureuse d'être ma femme?

ANGÈLE, de même.

Sans doute.

JONATHAN.

Redites-le-moi, je vous en prie, redites-le-moi!

ANGÈLE.

Ne le savez-vous pas?

JONATHAN.

Oui, mais c'est égal : on a vu souvent des jeunes filles,
pour obéir à leurs parents, prendre des maris qui ne leur
plaisaient qu'à demi.

ANGÈLE.

Oh! moi, je ne l'aurais jamais pu.

JONATHAN.

N'est-ce pas?... Redites-le-moi, je vous en supplie, redites-le-moi.

ANGÈLE.

Si vous ne me plaisiez pas beaucoup...

JONATHAN.

Beaucoup!

ANGÈLE.

Je ne serais pas votre femme.

JONATHAN.

Évidemment! je n'y avais pas songé. Je suis trop modeste... ce n'est pas ça que je veux dire... je suis trop heureux!

ANGÈLE.

Et puis, j'ai vu tout de suite que vous m'aimiez.

JONATHAN, transporté.

Oh! oui, je vous aime... oui.

Il lui baise les mains.

MADAME BOISMOREAU, entrant.

Que vois-je?

JONATHAN.

La belle-maman!

MADAME BOISMOREAU, suffoquée*.

Angèle! Angèle! Ce monsieur... ce monsieur te baisait les mains!

ANGÈLE, bas.

Mais, maman, tu sais bien que, le jour de la noce, tu m'as dit...

MADAME BOISMOREAU.

J'ai eu tort. (A Jonathan.) Vous osiez dire à ma fille que vous l'aimiez?

JONATHAN.

Oui, madame.

* Jonathan, madame Boismoreau, Angèle.

ANGÈLE, bas.

Mais, maman, ne lui défends pas cela.

MADAME BOISMOREAU.

Ma fille! (A Jonathan.) Vous l'osiez...

JONATHAN.

Je l'osais et je l'oserai encore.

MADAME BOISMOREAU.

Vous!... (Elle prend une lettre et la lui montre.) Connaissez-vous
cela?

JONATHAN, faisant un bond, à part.

William!... William... est arrivé.

Angèle reste stupéfaite.

MADAME BOISMOREAU, triomphante.

Tu vois, ma fille, il n'a plus rien à répondre.

JONATHAN, abasourdi.

William!

MADAME BOISMOREAU.

Retirez-vous, Angèle, monsieur n'a plus rien à vous dire.

JONATHAN.

Mais si, mais si!

MADAME BOISMOREAU.

Votre trouble a déjà parlé.

ANGÈLE, bas, à madame Boismoreau, en retenant ses larmes.

Que contient donc cette lettre?

MADAME BOISMOREAU.

On ne peut pas te le dire.

ANGÈLE.

Oh!

Elles sortent par la gauche.

SCÈNE XII

JONATHAN, PINCH.

JONATHAN, seul, ahuri, relisant machinalement la lettre.

« Sois heureux... J'arrive... » (Avec colère.) Sois heureux !...
« Tu es marié, mais c'est égal, puisque ça ne change rien...»
Il trouve que ça ne change rien !

PINCH, accourant du fond.

Mon bon Jonathan !

JONATHAN, essayant de se remettre[*].

Pinch !

PINCH.

Mes compliments d'abord !... Tu as été admirable.

JONATHAN.

Ah ! tu trouves ?

PINCH.

William vient d'arriver ; il se plaignait de ne pas te voir,
je lui ai répondu : Ne te plains pas, Jonathan ne perd pas
son temps, il est occupé à se brouiller avec sa famille... Tu
as joliment réussi, par exemple.

JONATHAN, avec ironie.

N'est-ce pas ?

PINCH.

Figure-toi que ces idiots voulaient plaider en séparation
quand il est si facile de faire prononcer la nullité... article 180...

JONATHAN.

Et 181 !

_____
* Pinch, Jonathan.

PINCH.

Encore mes compliments!

JONATHAN.

Tu es bien bon.

PINCH.

Maintenant, tu n'as plus qu'à nous laisser agir. Tout est arrangé avec le capitaine.

JONATHAN, avec rage.

Le capitaine!... Encore le capitaine!

PINCH, le regardant avec surprise.

Qu'as-tu donc?

JONATHAN.

Moi?... Rien, je n'ai rien. Que pourrais-je bien avoir? William est arrivé! Il trouve cela tout simple, il a raison, je lui ai rendu un service. Il m'a dit : Va à Paris, tu trouveras une jeune fille ravissante. (s'exaltant.) Ravissante, entends-tu!... Plus belle encore au moral qu'au physique, comme dit sa mère. (se calmant.) Tu demanderas sa main, tu l'épouseras même en attendant, et trois jours après, moi... (S'exaltant et le menaçant.) Mais c'est abominable, sais-tu bien? c'est abominable!

PINCH.

A qui en as-tu maintenant?

JONATHAN.

Mais je pouvais lui plaire, moi, à cette jeune fille?

PINCH.

Jonathan! Es-tu fou?

JONATHAN, s'exaltant de plus en plus.

C'était impossible, n'est-ce pas?... Je ne suis pas beau comme William! Je n'ai pas sa tournure! Il est superbe, lui!... Un Antinoüs... d'Amérique! Mais si je lui plaisais pourtant, tel que je suis?

PINCH.

Mais tu ne lui plais pas, puisqu'ils veulent plaider en séparation.

JONATHAN.

Je n'ai pas la fortune de William ! Je n'hérite pas comme lui d'un oncle qui a un peu volé son prochain ! non... J'ai cependant quelque cent mille francs de rente, et cela compte en France.

PINCH, s'emportant aussi.

Mais il ne s'agit pas de ça... Il y a une convention... Tu as accepté un dépôt.

JONATHAN.

Oh ! je sais bien que tu me préfères William.

PINCH.

Pourquoi le préférerais-je ?... Non, je ne le préfère pas. Seulement, au moment de me quitter...

JONATHAN, toujours furieux.

Sur la passerelle !

PINCH.

Il a eu le temps de me crier : « Vingt mille dollars si l'affaire dont Jonathan s'est chargé réussit. »

JONATHAN.

Ah ! Ah ! Ah ! Ah ! Ah !

PINCH.

Ne nous crée pas d'obstacles, mon bon Jonathan. Je t'en supplie, ne nous crée pas d'obstacles.

JONATHAN.

Tu tiens à gagner les vingt mille dollars ?

PINCH.

C'est une somme. D'ailleurs, maintenant c'est fini, tout est arrangé.

JONATHAN, cherchant son chapeau.

Je vais voir William.

PINCH.

Il doit être avec les grands-parents.

JONATHAN.

Déjà?

PINCH.

Nous n'avions pas de temps à perdre. Il t'attendait, tu
n'es pas venu. J'ai prié le capitaine de le présenter.

JONATHAN, furibond.

Ah ! Très bien !... Ah ! Très bien !

PINCH.

Hier, tu le réclamais avec impatience. Il arrive !

JONATHAN, avec éclat.

Et si j'étais amoureux, moi !

PINCH, l'interrompant.

Ne nous crée pas d'obstacles.

JONATHAN.

Si j'étais amoureux de ma femme !

PINCH.

Que c'est bête pour un Américain !

SCÈNE XIII

Les Mêmes, LE CAPITAINE,
MADAME BOISMOREAU, puis ANGÈLE.

Madame Boismoreau revient la première, radieuse, par la droite *.

MADAME BOISMOREAU.

Charmant ! Charmant ! Il est charmant !

* Jonathan, madame Boismoreau, Pinch.

JONATHAN.

Hein?

MADAME BOISMOREAU, à Pinch.

Je parle de votre ami William, c'est un homme charmant!

PINCH, avec conviction.

N'est-ce pas, madame?

JONATHAN, le bousculant.

Veux-tu te taire, toi?

MADAME BOISMOREAU, continuant.

Nous l'avons laissé avec M. Boismoreau, qui en est enthousiasmé. Ils parlent de l'Amérique...

LE CAPITAINE, entrant.

Un homme superbe!

PINCH *.

N'est-ce pas?

JONATHAN.

Veux-tu te taire!

LE CAPITAINE.

Superbe!... Bien planté!

JONATHAN, à part.

Il me regarde. Je voudrais le couper en deux.

MADAME BOISMOREAU.

Quelle jolie tête!

LE CAPITAINE.

Et si aimable... pour moi! Voilà le mari qu'il fallait à ma filleule.

MADAME BOISMOREAU, avec un gros soupir.

Ah!

JONATHAN, qui s'est approché du capitaine.

Je vous prie de remarquer, monsieur, que vous parlez devant moi.

---

* Pinch, Jonathan, le capitaine, madame Boismoreau.

LE CAPITAINE.

Il avait vu Angèle, il nous l'a dit; il s'était épris d'Angèle. Il venait à Paris pour demander sa main.

PINCH.

Précisément.

LE CAPITAINE.

Parbleu! Et il trouve la place prise.

Angèle paraît à la porte du fond, très triste et très inquiète.

ANGÈLE, entrant*.

Papa me fait demander...

MADAME BOISMOREAU.

Ah! Oui, oui. Pour te donner une contenance, prends ce morceau de musique.

Elle le lui donne.

JONATHAN, à part.

La valse du baiser, comme pour moi!

MADAME BOISMOREAU.

Va, mon enfant.

ANGÈLE.

Mais je voudrais savoir pourquoi.

MADAME BOISMOREAU.

Pour voir ton père.

JONATHAN, furieux.

C'est trop fort.

PINCH, le retenant.

Ne nous crée pas d'obstacles.

Angèle sort à droite.

LE CAPITAINE, reprenant.

Et il trouve la place prise... par qui? Par son propre cousin.

MADAME BOISMOREAU, avec un gros soupir.

Hélas!

* Pinch, Jonathan, Angèle, madame Boismoreau, le capitaine.

JONATHAN, à part.

Elle est agaçante, la belle-mère.

LE CAPITAINE*.

Son propre cousin, dont je ne veux pas qualifier la conduite.

JONATHAN.

Qualifiez, monsieur, je vous prie de qualifier!

LE CAPITAINE.

Mais quand on pousse la vanité jusqu'à se vanter d'être aimé d'une femme...

JONATHAN.

Moi, je me suis vanté! Je demande au ciel si je me suis vanté depuis trois jours.

LE CAPITAINE.

Vous m'avez laissé croire que madame Thivolet vous aimait!

JONATHAN.

Je vous ai crié le contraire sur tous les tons.

LE CAPITAINE, persistant, avec attendrissement.

Je viens de la voir près de son mari... C'est le ménage le plus uni, le plus tendre qu'on puisse rêver!

JONATHAN.

Eh bien! Oui, oui, cent fois oui!...

LE CAPITAINE.

Je l'ai ramenée.

MADAME BOISMOREAU, allant à Jonathan.

Et vous êtes cause que j'ai été forcée de faire des excuses à cette jeune femme, une amie de ma fille.

JONATHAN, exaspéré.

Mais ce n'est pas moi, madame, c'est votre capitaine de cousin.

LE CAPITAINE.

Monsieur!

* Pinch, Jonathan, le capitaine, madame Boismoreau.

JONATHAN.

Ah! j'en ai assez à la fin!... Il faut que j'éclate! Je me
suis mis dans une situation absurde. Pinch m'y a enfermé,
vous m'y avez enfoncé. Je ne peux plus en sortir... Il faut
que je casse quelque chose... Je suis étranger, moi, je ne
connais pas vos mœurs; je suis seul à Paris. Je n'y ai pas
un ami, pas un, pas un.

                                    Il tombe assis près de la table.

ANGÈLE, qui est entrée par la droite avec Léontine *.

Eh bien! et votre femme?

JONATHAN, transporté.

Vous! Ah! Oui, vous!

MADAME BOISMOREAU.

Angèle! Est-ce qu'elle va l'aimer, à présent qu'on les sépare?

                              Elle s'empare d'Angèle et la fait passer à sa gauche

ANGÈLE.

Mais, maman...

MADAME BOISMOREAU.

Taisez-vous. Tu as vu un jeune homme avec ton père;
comment le trouves-tu?

ANGÈLE.

Oh! très mal, maman.

MADAME BOISMOREAU, LE CAPITAINE, PINCH.

Comment, très mal!

MADAME BOISMOREAU, à demi-voix.

Tu ne le trouves pas mieux que ce Jonathan?

ANGÈLE.

Ah! non... J'aime bien mieux mon mari.

JONATHAN.

Angèle!

* Pinch, Jonathan, Angèle, madame Boismoreau, Léontine, le capitaine.

SCÈNE XIV

LES MÊMES, BLANCHE, BERTHE,
puis BOISMOREAU.

BLANCHE, accourant effrayée.

Il y a une querelle dans le salon.

LE CAPITAINE et PINCH.

Une querelle!

Ils sortent vivement par la droite.

BERTHE.

Oui, notre oncle Boismoreau a jeté cet Américain à la porte.

MADAME BOISMOREAU.

Comment?

BLANCHE.

Papa dormait, ça l'a réveillé en sursaut, il est tombé.

BERTHE.

Mais ce ne sera rien.

LE CAPITAINE, ramenant Boismoreau furibond.

Boismoreau! Voyons! Boismoreau!

BOISMOREAU.

Jamais! Jamais * !

MADAME BOISMOREAU.

Qu'avez-vous donc?

BOISMOREAU, avec fureur.

C'est le neveu et l'héritier de Gordon!

* Léontine, Jonathan, le capitaine, Boismoreau, madame Boismoreau, Angèle.

MADAME BOISMOREAU.

Ah!

BOISMOREAU, avec rage.

Quand il m'a dit cela... (A Jonathan.) L'oncle de votre cousin, monsieur, est un fripon.

JONATHAN.

Je le sais, monsieur.

BOISMOREAU.

Et je me suis juré que si jamais je rencontrais un membre de sa famille, je le souffletterais... Je l'ai fait, je suis content.

JONATHAN.

Vous n'en avez pas l'air.

PINCH, revenant *.

William veut repartir ce soir pour l'Amérique, mais je le retiendrai, tout s'arrangera.

JONATHAN, vivement.

N'essaie pas.

LE CAPITAINE.

Mais cela ne change rien, nous annulons toujours le mariage.

ANGÈLE, accourant.

Non!

LE CAPITAINE **.

Comment, non?

JONATHAN, bas.

Non, il est trop tard.

LE CAPITAINE, se retournant vers M. et madame Boismoreau.

Qu'est-ce que vous me disiez donc, vous autres, que votre gendre n'aimait pas sa femme?

---

* Léontine, Jonathan, Pinch, le capitaine, Boismoreau, madame Boismoreau, Angèle, Bernard et ses filles derrière le canapé.

** Léontine, Pinch, Jonathan, le capitaine, M. et madame Boismoreau, etc.

ANGÈLE, vivement, allant prendre les mains de Jonathan.

Mais personne n'a dit cela.

JONATHAN.

Et personne ne le dira jamais.

LÉONTINE.

Le mari de l'avenir !

Angèle va serrer la main à Léontine.

PINCH.

Je suis volé, moi.

MADAME BOISMOREAU, étonnée à Jonathan*.

Permettez, vous étiez dans une chambre d'invité...

JONATHAN.

Sur le même balcon.

MADAME BOISMOREAU, regardant sa fille.

Comment?... (Angèle baisse les yeux. — Avec élan, à Jonathan).
Embrassez-moi, mon gendre !

JONATHAN.

Merci, belle-maman !

* Pinch, Léontine, Angèle, Jonathan, madame et M. Boismoreau, le capitaine, Bernard et ses filles.

FIN DE JONATHAN

LE TUNNEL

COMÉDIE EN UN ACTE

Représentée pour la première fois à Paris,
sur le Théâtre du PALAIS-ROYAL, le 16 mars 1877.

PERSONNAGES

CHAMPAGNOLLES, notaire	MM. GEOFFROY
VALTORET, avocat	PELLERIN.
CLODOMIR, peintre.	CALVIN.
GODONCOURT	BOURGEOTTE.
LE BARON DES GOUTTIÈRES	R. LUGUET.
ISABEAU CHAMPAGNOLLES	Mmes ALICE REGNAULT.
CHARLOTTE VALTORET	MARIE MAGNIER.
HERMANGARDE DE LA BACHELLERIE.	MATHILDE.
ROSALIE.	RAYMONDE.
GEORGETTE.	CHARVET.

La scène se passe de nos jours, à Paris.

———————

S'adresser, pour la mise en scène détaillée, au régisseur général du théâtre du Palais-Royal.

NOTA. — Toutes les indications sont prises de la gauche du public. Les changements de position sont indiqués par des renvois au bas des pages.

LE TUNNEL

Un salon chez Champagnolles. — Porte d'entrée au fond. De chaque côté de la porte d'entrée, une fenêtre avec store ; à gauche, premier plan, une cheminée ; au deuxième plan, une porte. A droite, deux portes ; du même côté, un guéridon avec une corbeille à ouvrage, un buvard et un album.

SCÈNE PREMIÈRE

ISABEAU, HERMANGARDE, GEORGETTE.

ISABEAU et HERMANGARDE travaillent assises près du guéridon. Isabeau sonne, Georgette entre par le fond.

ISABEAU, à Georgette *.

Ne vous ai-je pas donné lundi une lettre pour ma mère ?

GEORGETTE.

Oui, madame.

ISABEAU, à Hermangarde.

Tu vois.

HERMANGARDE.

Je n'ai rien reçu.

ISABEAU.

Alors, comment as-tu appris que mon mari était absent ?

HERMANGARDE.

Par hasard, chez les Boistêtu.

* Georgette, Isabeau, Hermangarde.

GEORGETTE.

Madame m'a remis deux lettres : une pour madame sa
mère, une autre pour M. Clodomir.

HERMANGARDE.

Clodomir ?

ISABEAU.

Un peintre, auquel mon mari vient de louer son cinquième étage.

HERMANGARDE.

Tu le connais ?

ISABEAU.

Pas du tout ; mais il me salue dans l'escalier ; j'en ai
profité pour lui envoyer des billets de loterie.

HERMANGARDE.

J'ai reçu des billets de loterie.

ISABEAU.

Toi ?

HERMANGARDE.

Vingt, à cinq francs. Je t'en rendrai dix-neuf.

ISABEAU.

Alors, c'est le peintre qui a reçu ma lettre ?

GEORGETTE.

Son nom était sur l'adresse.

ISABEAU, se levant.

Il l'a lue ?

GEORGETTE.

Oui, madame.

ISABEAU.

Qu'a-t-il dit ?

GEORGETTE.

Il a été si content qu'il m'a donné un louis.

ISABEAU.

Vous avez accepté ?

GEORGETTE.

Oui, madame, et il est venu cinq fois depuis hier.

ISABEAU.

Pourquoi faire ?

GEORGETTE.

Pour voir madame. Mais il n'est pas entré parce que
madame n'était pas seule.

ISABEAU.

Par exemple !

HERMANGARDE, se levant.

Que m'écrivais-tu donc ?

ISABEAU.

Une seule ligne : « Mon mari sera absent pendant deux
jours. »

HERMANGARDE.

Et tu envoies cela à ce monsieur ?

ISABEAU.

Mais, maman, ce monsieur est un sot s'il s'imagine
qu'une femme honnête écrit ces choses-là.

HERMANGARDE.

Sait-il si tu es honnête ?

ISABEAU.

Il devrait le savoir.

HERMANGARDE.

Mon Dieu ! Isabeau, que tu es naïve !

ISABEAU.

Voyons, maman, ne me gronde pas.

HERMANGARDE.

Je t'ai toujours dit que ton étourderie te jouerait de mauvais tours.

ISABEAU.

Je te jure que je ne suis plus étourdie depuis mon
mariage.

HERMANGARDE, se rasseyant.

Je m'en aperçois.

ISABEAU.

C'est que mon mari venait de partir, et j'étais si contente...

HERMANGARDE.

Contente !

ISABEAU.

Mais je vais parler à ce peintre, devant toi, avant que
M. Champagnolles revienne.

HERMANGARDE.

Quand revient-il donc ?

ISABEAU.

Aujourd'hui.

HERMANGARDE, se levant virement.

Mon gendre va arriver et tu ne me préviens pas !

ISABEAU.

Je te croyais prévenue.

HERMANGARDE.

Quel train doit-il prendre ?

ISABEAU.

L'express du matin.

HERMANGARDE, avec terreur.

Il va rentrer !... Mon chapeau !

Elle prend son chapeau qui est déposé sur un siège, vers le fond, à droite.

ISABEAU, à Georgette.

Voyez sur l'*Indicateur* à quelle heure arrive l'express de
Dijon.

Georgette sort à gauche.

HERMANGARDE.

A une heure cinq; c'est le train que prenait ton pauvre
père, M. de la Bachellerie.

ISABEAU.

Depuis dix ans le service peut être modifié.

HERMANGARDE.

Non, non! Les compagnies sont si routinières! — Mes gants!... où sont mes gants?

Elle cherche sur la cheminée *.

ISABEAU.

Voyons, maman, calme-toi!

HERMANGARDE.

Tu sais bien que monsieur ton mari n'aime pas à me voir.

ISABEAU.

Il ne te verra pas.

HERMANGARDE, *devant la cheminée.*

Il te ferait une scène s'il me trouvait ici, et ce n'est pas moi qui apporterai jamais le trouble dans ton ménage.

ISABEAU.

Je le sais, maman. — Tu mets ton chapeau de travers.

Elle arrange le chapeau d'Hermangarde.

HERMANGARDE.

Je ne suis pas une belle-mère comme les autres.

ISABEAU.

Oh! non, maman.

HERMANGARDE.

Je ne t'ai jamais dit de ne pas aimer ton mari?

ISABEAU.

Au contraire!

HERMANGARDE.

Bien qu'il ne soit ni jeune ni beau. Mais il a des mœurs, et tout est là, vois-tu; tout est là. (A demi-voix.) J'ai tant souffert avec Rodolphe! (Haut, en l'embrassant avec des larmes.) Adieu, ma chère enfant! Adieu.

Elle remonte.

* Hermangarde, Isabeau.

GEORGETTE, revenant avec l'*Indicateur**.

L'express est arrivé à midi.

ISABEAU et HERMANGARDE.

A midi?

HERMANGARDE.

Alors, mon gendre n'a pas pris l'express.

ISABEAU.

Ou il l'a manqué. A quelle heure arrive le train suivant?

GEORGETTE.

A huit heures quarante.

ISABEAU.

Tu vois, maman, que tu peux rester.

HERMANGARDE.

Ah! tant mieux! Je suis si troublée que je me serais évanouie dans ton escalier.

Georgette est sortie par le fond.

ISABEAU.

Pauvre maman.

HERMANGARDE **.

Je resterai jusqu'à sept heures. (Elle ôte son chapeau et se rassied
près du guéridon.) Mais vous recevez un journal du soir?

ISABEAU, assise.

On en achète toujours trois ou quatre.

HERMANGARDE.

Je tiens beaucoup à savoir si ce bon monsieur de Boistêtu
a été validé.

ISABEAU.

Tu le sauras.

On sonne.

HERMANGARDE, effrayée, se levant d'un bond.

Ah!... mon chapeau!

* Georgette, Hermangarde, Isabeau.
** Isabeau, Hermangarde.

ISABEAU, la rassurant.

C'est une visite.

HERMANGARDE.

Tu crois?

Elle se rassied. — Georgette revient par le fond, avec une ardoise qu'elle montre
à Isabeau *.

ISABEAU, lisant.

Charlotte de Lubersac! (Vivement.) Oui, oui, faites entrer.
(A Hermangarde.) C'est une amie de pension; je la croyais mariée.

Elle s'est levée, ainsi qu'Hermangarde.

SCÈNE II

ISABEAU, HERMANGARDE, CHARLOTTE.

GEORGETTE, annonçant au fond.

Mademoiselle Charlotte...

CHARLOTTE, l'interrompant gaiement.

Mais non, mais non; madame Valtoret.

Elle entre. — Georgette sort.

ISABEAU, allant à elle **.

A la bonne heure !

CHARLOTTE.

J'avais peur de ne pas être reconnue sous mon nom de dame.

ISABEAU.

Tu n'avais qu'à te montrer. (Hermangarde salue.) Ma mère.

CHARLOTTE ***.

Tu es heureuse, toi. Ton mari te laisse ta mère !

* Georgette, Isabeau, Hermangarde.
** Charlotte, Isabeau, Hermangarde.
*** Isabeau, Charlotte, Hermangarde.

ISABEAU.

Pas du tout. Maman est en visite. Si j'avais ma mère avec moi, je serais la plus heureuse des femmes : je me croirais toujours demoiselle.

Isabeau et Charlotte se sont assises à gauche, et Hermangarde près du guéridon.

CHARLOTTE.

Ah ! — Tu as épousé un notaire?

ISABEAU.

Oui.

CHARLOTTE.

Qui déteste les avocats?

ISABEAU.

On t'a dit cela?

CHARLOTTE.

Moi, j'ai épousé un avocat qui déteste les notaires.

ISABEAU.

Vraiment?

CHARLOTTE.

On lui a manqué le testament de son oncle.

HERMANGARDE.

M. Valtoret est célèbre comme avocat.

CHARLOTTE.

Très éloquent au tribunal, dit-on.

HERMANGARDE.

Il est député?

CHARLOTTE.

Non. Parce qu'il veut être procureur général.

HERMANGARDE.

Ce qui n'empêche pas les clients d'abonder?

CHARLOTTE.

Au contraire. Mais il les trouve coupables pour se faire la main. (A Isabeau.) Si tu as un procès, ne le prends pas. Excellent homme, d'ailleurs... un peu nerveux, un peu jaloux de sa femme. En somme, amusant. Seulement, il ne s'agit pas de mon mari, il s'agit du tien. Est ce un notaire sévère?

ISABEAU.

Il a des phases, comme la lune. Il passe de la cravate blanche à l'habit de fantaisie, suivant l'heure et le lieu, régulièrement.

HERMANGARDE.

Toujours sévère au moral.

ISABEAU.

Oui. Au moral, il n'a pas de quartiers.

CHARLOTTE.

Est-il aimable?

HERMANGARDE, avec énergie.

Non.

ISABEAU, souriant.

Il ne faut pas que cela t'effraye.

CHARLOTTE.

Oh! rien ne m'effraye, moi. Veux-tu me le présenter?

ISABEAU.

Il est à Dijon.

CHARLOTTE.

Oh! mon Dieu! Quand sera-t-il de retour?

ISABEAU.

Ce soir, je l'espère.

CHARLOTTE.

C'est que j'ai un grand service à lui demander, et le temps presse. Tu ne sais peut-être pas que M. Champagnolles a un filleul?

ISABEAU.

Non, vraiment.

CHARLOTTE.

Et bien! il en a un, et je venais le lui montrer. (Se levant.) Mais, au fait, tu peux bien le voir aussi.

22.

ISABEAU, se levant, ainsi qu'Hermangarde.

Volontiers.

CHARLOTTE.

Il t'intéressera.

Elle va à la porte du fond.

ISABEAU.

J'adore les enfants! (Elle remonte vivement et se trouve en face d'un grand jeune homme qui entre timidement.) Ah!

SCÈNE III

ISABEAU, HERMANGARDE, CHARLOTTE, GODONCOURT.

CHARLOTTE, présentant Godoncourt *.

M. Godoncourt, notaire, comme son parrain. Quand je dis notaire... Vous me permettez d'expliquer la situation à ces dames?

GODONCOURT, il blèse et bégaye légèrement.

Je vous en prie.

On s'assied. Les dames reprennent leurs places; Godoncourt va chercher un siège au fond.

CHARLOTTE.

Pour être notaire, il faut acheter une étude. Pour acheter une étude, il faut trouver une dot. Pour trouver une dot, il faut chercher une femme. M. Godoncourt en a découvert une, fort jolie : il se montre, il plaît. Ne soyez pas fat, Godoncourt.

GODONCOURT.

Fat! Oh! madame!

CHARLOTTE.

Le mariage est décidé; l'étude est achetée; le grand jour arrive; on va avec pompe à la mairie. (Elle se lève.) L'adjoint

* Isabeau, Charlotte, Godoncourt, Hermangarde.

a mis son écharpe et ses lunettes : « Monsieur, consentez-vous à épouser mademoiselle Ernestine-Valentine-Joséphine, et cætera, ici présente? » M. Godoncourt répond : « Avec plaisir. »

HERMANGARDE et ISABEAU, souriant.

Ah!

GODONCOURT, accablé.

Oui.

CHARLOTTE.

Éclat de rire général; l'adjoint en perd son sérieux; mais il continue : « Mademoiselle, consentez-vous à prendre pour époux monsieur César-Eusèbe-Ulysse Godoncourt, ici présent? » — « Non. »

ISABEAU et HERMANGARDE.

Comment?

GODONCOURT.

Oui.

CHARLOTTE.

Tout est rompu. Le père reprend sa fille et sa dot; mais le notaire ne veut pas reprendre son étude : nous avons deux cent mille francs à payer le premier mars, il nous faut une autre femme fin courant.

GODONCOURT.

Absolument!

CHARLOTTE.

M. Godoncourt éploré se jette dans mes bras; depuis trois jours, nous sommes en quête. Ce matin, à neuf heures, nous nous montrions à l'église Saint-Augustin; nous avons déplu. A onze heures, nous étions aux magasins du Bon Marché; nous avons déplu. N'en rougissez pas, Godoncourt.

GODONCOURT.

Je n'en rougis pas, je le regrette.

CHARLOTTE.

Enfin, il m'apprend qu'il est le filleul d'un notaire. Mais ce sont les notaires qui font les mariages! Et je suis l'amie de pension de madame Champagnolles. Courons chez M. Champagnolles. Et nous voici. Ton mari nous trouvera une femme, n'est-ce pas?

ISABEAU.

Cela n'est pas commode.

HERMANGARDE.

Je pensais à la nièce de M. Champagnolles.

CHARLOTTE, se levant.

Ton mari a une nièce?

On se lève.

ISABEAU.

Adolphine... Mais, maman...

CHARLOTTE.

Elle n'est pas jolie? Cela nous est égal,

GODONCOURT.

Oui.

ISABEAU.

Elle est... un peu...

CHARLOTTE.

Bossue?

ISABEAU.

Voûtée.

CHARLOTTE.

Tu dis voûtée, moi je dis bossue. Cela ne fait rien.

GODONCOURT.

Rien.

ISABEAU.

Et ses yeux...

CHARLOTTE.

Sont louches?

ISABEAU.

Ils sont étranges.

CHARLOTTE.

Tu dis, étranges; moi je dis, louches; cela ne nous arrête pas.

GODONCOURT.

Non.

ISABEAU.

.Enfin, elle est...

CHARLOTTE.

Elle est très laide! — Quelle dot?

ISABEAU.

Trois cent mille francs.

CHARLOTTE.

Cent mille francs de boni! — Elle est adorable.

GODONCOURT.

Adorable!

CHARLOTTE.

Donne-moi son adresse.

ISABEAU.

Adolphine Choupin, rue Tronchet, 67.

CHARLOTTE.

As-tu un prétexte pour m'introduire?

ISABEAU.

Des billets de loterie.

CHARLOTTE.

A merveille : tu fais d'une pierre deux coups. Je vais
montrer M. Godoncourt.

GODONCOURT.

Je suis prêt.

Il reporte sa chaise.

CHARLOTTE.

Et nous revenons dans la soirée demander à ton mari
cette précieuse personne; car je suis sûre qu'elle est pétrie
de perfections morales.

ISABEAU.

Assurément.

CHARLOTTE.

Un paquet de qualités solides !

HERMANGARDE.

Oui.

CHARLOTTE.

Voilà qui doit vous réconforter, Godoncourt ?

GODONCOURT.

Je n'avais pas besoin de cela.

Il remonte.

CHARLOTTE, le montrant.

N'est-ce pas qu'il est intéressant?

Elle va pour sortir.

ISABEAU.

Oui. — Mais attendez donc!

CHARLOTTE.

Quoi?

ISABEAU.

Vous arriverez trop tard !

CHARLOTTE, redescendant.

Encore ?

ISABEAU.

Je crois qu'Adolphine est promise.

CHARLOTTE.

A qui ?

ISABEAU.

Au baron des Gouttières.

GODONCOURT, qui est redescendu.

C'est mon compatriote. Il est aussi de Tonnerre.

ISABEAU.

Je crois même que mon mari lui a donné sa parole.

CHARLOTTE.

Ah! monsieur Godoncourt, il serait beau d'enlever Adolphine au baron des Gouttières.

GODONCOURT, avec énergie.

Essayons!

CHARLOTTE.

Essayons! — Cela devient un roman de chevalerie.

GODONCOURT.

Oui.

CHARLOTTE, prenant le bras de Godoncourt.

Au revoir, ma mignonne. — Madame! — Ne te dérange pas. (Godoncourt se confond en salutations.) Allons, monsieur Godoncourt, le temps presse! — (En sortant.) Il est toujours convenu, n'est-ce pas, que vous ne dites rien et que vous vous montrez de profil?

GODONCOURT.

Oui, madame.

Ils sortent par le fond.

SCÈNE IV

HERMANGARDE, ISABEAU, puis GEORGETTE.

HERMANGARDE *.

Elle est étonnante, cette petite femme-là!

ISABEAU.

Elle a toujours été ainsi.

HERMANGARDE.

Très ancienne famille, ces Lubersac. Il y a un Lancelot de Lubersac qui prétend remonter au valet de trèfle. — Eh bien! elle a épousé un avocat.

ISABEAU.

Pourquoi me regardes-tu? Je ne me plains pas, moi, d'avoir épousé un notaire. Je reproche seulement à mon mari sa conduite envers toi.

HERMANGARDE.

Elle est correcte, sa conduite; il est mon gendre, il me déteste, c'est naturel. Je suis une belle-mère philosophe.

Isabeau, Hermangarde.

ISABEAU.

Avoue, au moins, qu'il est injuste. — Car, enfin, c'est toi qui me l'as choisi.

HERMANGARDE.

Je ne le regrette pas. — J'aurais pu te faire épouser un gentilhomme, comme M. de la Bachellerie... Mais j'ai tenu à te donner un homme vertueux... Voilà pourquoi j'ai choisi un notaire.

ISABEAU.

Je le sais, maman.

HERMANGARDE.

Un notaire considérable, membre de la Chambre de discipline, notaire de la Banque égyptienne.

ISABEAU.

J'apprécie bien toutes ses qualités.

HERMANGARDE

Il est peut-être moins brillant que le mari de cette dame, — que je ne connais pas, d'ailleurs. — Il n'a pas le charme d'Alcibiade; il a la vertu de Caton, — ne t'en plains pas. — (A demi-voix.) J'ai tant souffert avec Rodolphe! (haut.) Mais je ne voudrais pas que madame Valtoret te donnât des goûts mondains.

ISABEAU.

Ce serait difficile avec mon mari; il n'a même pas voulu m'abonner à *la Vie parisienne*.

HERMENGARDE.

Il a eu raison.

ISABEAU.

Et quand je lui ai parlé des nouveaux corsets...

HERMANGARDE.

En peau?

ISABEAU.

Oui, maman.

HERMANGARDE.

Tu voudrais t'habiller en femme sauvage?

ISABEAU.

Il paraît que quand on est bien faite...

HERMANGARDE.

Qui t'a dit que tu étais bien faite?

ISABEAU.

Mais, maman...

HERMANGARDE.

Ce n'est pas ton mari?

ISABEAU.

Oh! non! Il est bien trop vertueux pour cela. Je fais une supposition.

HERMANGARDE.

Isabeau, tu m'inquiètes.

GEORGETTE, accourant par le fond *.

Voici monsieur!

HERMANGARDE, effrayée.

Ciel!

ISABEAU.

Par quel train arrive-t-il?

HERMANGARDE.

Il va me rencontrer! — Mon chapeau!

ISABEAU.

Entre dans ma chambre.

HERMANGARDE, avec terreur.

C'est lui!

Elle se sauve à gauche, laissant son chapeau, son mouchoir, ses gants. — Georgette la suit.

ISABEAU, seule.

Il va deviner à mon trouble que maman est là!

Elle s'assied près du guéridon, prend une plume et fait semblant d'écr pour se donner une contenance.

* Isabeau, Georgette, Hermangarde.

SCÈNE V

ISABEAU, CHAMPAGNOLLES, puis GEORGETTE.

CHAMPAGNOLLES, entrant vivement par le fond *.

C'est moi!

ISABEAU, se levant.

Ah!

CHAMPAGNOLLES.

Me voilà... Champagnolles... ton petit Champagnolles! (Isabeau le regarde avec étonnement.) Bonjour, ma chère amie! (il l'embrasse.) Bonjour, ma bonne Isabeau!

Il l'embrasse encore.

ISABEAU, à part.

Jamais il ne m'avait tant embrassée.

CHAMPAGNOLLES, à part, allant vers la glace de la cheminée.

Je voudrais bien savoir si j'ai l'air d'un homme troublé. Non, pas trop.

ISABEAU.

Vous me voyez toute surprise!

CHAMPAGNOLLES, revenant à elle, gaiement.

Pourquoi donc?

ISABEAU.

Parce que je ne vous attendais que ce soir.

CHAMPAGNOLLES.

Il était convenu...

ISABEAU.

Que vous prendriez l'express : il est arrivé à midi.

___

* Champagnolles, Isabeau.

CHAMPAGNOLLES.

A midi! tu crois? c'est bien possible.

ISABEAU.

Par quel train êtes-vous venu?

CHAMPAGNOLLES.

Par le suivant.

ISABEAU.

Le suivant arrive à huit heures du soir.

CHAMPAGNOLLES.

Oui, oui... mais moi, pour aller plus vite... j'ai pris un train de marchandises.

ISABEAU.

Comment, un train de marchandises!

CHAMPAGNOLLES.

Je veux dire... que... je... Il me tardait tant de te revoir! mon Dieu! comme il me tardait de te revoir! Tu vas bien? pas de migraine? Tu n'as pas la petite migraine? allons, tant mieux. — Je prendrais bien un potage.

ISABEAU, remontant à gauche *.

Je vais vous le faire préparer.

CHAMPAGNOLLES.

Tu sais comment je les aime? un joli croûton de pain au milieu; mais Rosalie connaît mes goûts. C'est moi qui l'ai formée.

ISABEAU.

Vous allez passer dans votre chambre?

CHAMPAGNOLLES.

Non, j'attends quelqu'un.

ISABEAU.

Déjà! vous n'avez même pas une minute à me donner quand vous revenez de voyage! Vous me rendrez jalouse.

---

* Isabeau, Champagnolles.

CHAMPAGNOLLES.

Jalouse ! ne dis pas cela ; ne dis pas cela, je t'en prie.

ISABEAU.

Enfin, je me sacrifie. Vous allez dans votre étude ?

CHAMPAGNOLLES.

Non. On ne peut pas entrer dans mon étude sans être dévisagé par tous mes clercs.

ISABEAU, souriant.

C'est donc une dame ?

CHAMPAGNOLLES.

Comment, une dame ? où as-tu pris cela, une dame ? C'est un avocat.

ISABEAU.

Eh bien ?

CHAMPAGNOLLES.

Eh bien ! j'ai une affaire... ou plutôt c'est lui qui a une affaire...et je ne veux pas... c'est-à-dire... il ne veut pas... nous ne voulons pas qu'on nous voie ensemble. Tu comprends?

ISABEAU.

Pas très bien.

CHAMPAGNOLLES.

Alors, je le recevrai ici.

ISABEAU.

Ici ?

CHAMPAGNOLLES.

Tu te retireras dès qu'on l'annoncera, n'est-ce pas ?

ISABEAU.

Oui, mon ami. (a part.) Je voudrais pourtant bien prendre le chapeau de maman.

GEORGETTE, entrant par le fond, à Champagnolles *.

Monsieur Valtoret...

* Isabeau, Georgette, Champagnolles.

CHAMPAGNOLLES.

Ah ! laisse-nous, ma bonne Isabeau. A tout à l'heure,
n'est-ce pas ? — (A Georgette.) Faites entrer.

ISABEAU, bas, à Georgette.

Vous reviendrez tout doucement prendre le chapeau de
maman, pendant que ces messieurs causeront.

GEORGETTE.

Oui, madame.

Elle va annoncer.

ISABEAU, près de la porte de gauche, à part.

M. Valtoret ! mais c'est le mari de Charlotte !

GEORGETTE, annonçant.

Monsieur Valtoret !

Isabeau sort par la gauche, suivie de Georgette.

SCÈNE VI

CHAMPAGNOLLES, VALTORET, puis GEORGETTE.

VALTORET, entrant *.

Monsieur Champagnolles, notaire ?

CHAMPAGNOLLES.

C'est moi, monsieur.

VALTORET.

Vous m'avez fait l'honneur, monsieur, de passer chez moi.

CHAMPAGNOLLES.

Je vous ai attendu vingt-cinq minutes et je me suis
décidé à vous laisser quelques lignes pressantes.

VALTORET.

Vous voyez que j'accours.

Champagnolles, Valtoret.

CHAMPAGNOLLES, lui indiquant un siège.

Je vous en remercie.

Valtoret passe à gauche et dépose son chapeau sur le siège.
Il ne s'asseoit pas.

VALTORET *.

De quoi s'agit-il ?

CHAMPAGNOLLES, debout.

Monsieur, j'arrive de Dijon.

VALTORET.

J'y ai souvent plaidé.

CHAMPAGNOLLES.

J'ai l'habitude, quand je voyage, de monter dans le
compartiment où je vois le plus de dames, parce que ça
me garantit des fumeurs. Ce matin, je n'ai pas eu le choix
et j'ai voyagé avec cinq cigares. Ils se sont bien tournés
de mon côté en me disant : « La fumée ne vous incommode
pas ?... » Elle m'incommode énormément, mais un homme
n'aime pas avouer ces choses-là. Je leur ai répondu : « Pas
du tout, pas du tout. » Et j'ai été enfumé. A Tonnerre,
j'étouffais; à Laroche, je suffoquais; à Sens, on s'arrête
pour déjeuner.

VALTORET.

J'avais un oncle à Sens. Il aurait testé en ma faveur, sans
la maladresse d'un notaire...

CHAMPAGNOLLES.

Il y a des notaires maladroits.

VALTORET.

Mais je ne vous interromps pas : vous êtes à Sens.

CHAMPAGNOLLES.

Oui. Là, il me vient une idée qui me paraît heureuse;
j'aperçois une très jolie robe pain brûlé qui descendait du
compartiment des dames, juste au moment où l'homme
du chemin de fer tapait sur l'essieu : ding! ding! Je me

* Valtoret, Champagnolles.

précipite d'un air effaré : « Je vous conseille, madame, de
ne pas rentrer dans ce wagon : l'essieu sonne mal. » —
« Ah! mon Dieu! » fait-elle épouvantée. — « Mais vous
avez une place à côté. » — « Vous me sauvez la vie! » Je lui
offre mon bras et je l'installe à ma droite. Vous voyez
mon idée.

CHAMPAGNOLLES.

VALTORET.

Pas encore.

CHAMPAGNOLLES.

Quand mes cinq compagnons font mine d'ouvrir leurs
porte-cigares : « Pardon, messieurs, la fumée incommode
madame. » Et je promène sur eux un regard triomphant...
pendant que ma voisine relève sa voilette et, d'une voix
angélique : « Mais pas du tout, au contraire, je vais allumer
une cigarette. » — J'avais introduit un sixième fumeur!

VALTORET.

Est-ce comme avocat, ou comme simple amateur, que je
dois écouter cette petite drôlerie?

CHAMPAGNOLLES.

C'est comme avocat.

VALTORET.

Alors, je prends des notes?

CHAMPAGNOLLES.

Je vous en prie. (Valtoret s'installe au guéridon*.) Heureusement
que nous perdons deux voyageurs à Montereau; un autre
descend à Moret. La jeune veuve, — elle m'avait appris
qu'elle était veuve, — se penchait sur moi pour admirer le
paysage. A Fontainebleau, nous restons seuls. Je suppose
qu'elle va se mettre à l'aise en s'éloignant; pas du tout, elle
se rapproche : elle veut m'habituer à la cigarette; elle m'y
habitue... N'écrivez pas ça!

VALTORET.

J'écrirai tout.

* Champagnolles, Valtoret.

CHAMPAGNOLLES.

Alors, j'abrège. Elle était charmante, si charmante que je n'osais pas la regarder, et je crois que j'aurais résisté si nous étions revenus jusqu'à Paris au grand jour... mais il y a un tunnel.

VALTORET, écrivant.

Ah!

CHAMPAGNOLLES.

A Melun, un tunnel très court. Je ne mesure pas la distance, je perds la tête... Tout à coup, elle pousse des cris de pintade, en se jetant sur la sonnette d'alarme. Je regarde : le tunnel était passé, et il y avait une tête d'employé à la portière. Je reste ahuri, mais elle sonnait toujours; le train s'arrête, on accourt, on dresse procès-verbal, on repart, et je suis cité en police correctionnelle. — Ce n'est pas sérieux, n'est-ce pas ?

VALTORET, se levant.

Comment, pas sérieux! Article 330 du Code pénal, loi du 13 mai 1863, article 332.

CHAMPAGNOLLES.

Mais non, mais non, rien de tout cela.

VALTORET, passant à gauche*.

Attentat...

CHAMPAGNOLLES, l'interrompant.

Rien, absolument rien. Je vous ai dit que le tunnel était très court, un tout petit tunnel.

VALTORET.

Tentative...

CHAMPAGNOLLES, l'interrompant.

Vous n'avez pas compris. C'est cette dame qui a été charmante.

VALTORET.

Il y a eu lutte.

* Valtoret, Champagnolles.

CHAMPAGNOLLES.

Quelle lutte?

VALTORET.

Puisqu'on a couru à la sonnette d'alarme.

CHAMPAGNOLLES.

Pour se donner une contenance, en apercevant la tête de l'employé.

VALTORET.

Vous êtes allé chercher la victime dans un autre wagon.

CHAMPAGNOLLES.

Quelle victime? quel wagon? C'était pour empêcher de fumer.

VALTORET.

Farceur!

CHAMPAGNOLLES.

Hein! quoi? (Il aperçoit Georgette qui entrait à pas de loup par la gauche pour prendre le chapeau d'Hermangarde.) Georgette! (D'un ton très doux.) Que désirez-vous, Georgette?

GEORGETTE, interdite*.

Je viens mettre de l'ordre.

CHAMPAGNOLLES.

Plus tard, Georgette; nous sommes en conférence. Plus tard, je vous en prie.

GEORGETTE.

Oui, monsieur.

Elle sort par le fond.

CHAMPAGNOLLES, la conduisant à la porte.

Plus tard... (Revenant furieux à Valtoret**.) Avez-vous l'intention de me défendre ou de m'accuser?

VALTORET, même jeu.

Pour vous défendre, il faut prévoir l'accusation. Le fait

---

* Valtoret, Georgette, Champagnolles.
** Valtoret, Champagnolles.

est patent, il est constaté. — Vous devez avoir des antécédents?

CHAMPAGNOLLES.

Des antécédents?

VALTORET.

Quand on a des bonnes comme celle qui sort d'ici !

CHAMPAGNOLLES.

Georgette !

VALTORET.

Elle est très appétissante, cette Georgette.

CHAMPAGNOLLES.

Certainement, elle est appétissante.

Georgette revient à pas de loup par le fond, pour prendre le chapeau.

VALTORET, la regardant.

Et familière !

CHAMPAGNOLLES, allant à Georgette.

Georgette, ma fille, je vous ai dit que nous avions à causer.

GEORGETTE, s'en allant.

Oui, monsieur.

Elle sort par la gauche. — Valtoret est passé à droite.

CHAMPAGNOLLES*.

Elle est très appétissante, — je ne l'avais pas remarquée jusqu'à ce jour. — Très appétissante... N'écrivez pas ça !

VALTORET, assis et écrivant.

Je prévois l'accusation : une fort jolie bonne à laquelle l'accusé parle avec une douceur peu ordinaire.

CHAMPAGNOLLES.

Je parle avec douceur, parce que c'est dans ma nature : je suis doux.

VALTORET, qui furète partout. — Ouvrant l'album.

Et des photographies de comédiennes !

* Champagnolles, Valtoret.

CHAMPAGNOLLES.

Pour amuser madame Champagnolles.

VALTORET, lisant une dédicace.

« A mon parrain chéri, sa petite Zoé. »

CHAMPAGNOLLES.

Eh bien ! puisque je suis son parrain !

VALTORET.

La mère a été charmante.

Il referme l'album.

CHAMPAGNOLLES.

Qu'est-ce que cela prouve? J'ai été très souvent parrain, moi.

VALTORET, écrivant.

Ah! ah!

CHAMPAGNOLLES.

Parce que je suis bon enfant et que ça coûte cher.

VALTORET, se levant.

C'est ce que nous appelons des antécédents.

CHAMPAGNOLLES.

Je vous dis que non, N-O-N, non!

VALTORET.

Alors vous ne vous rappelez dans votre existence aucune faiblesse?

CHAMPAGNOLLES.

Comment, aucune? Vous êtes bête, ma parole d'honneur!

VALTORET.

Monsieur !

CHAMPAGNOLLES.

Il est clair qu'avant mon mariage j'ai, comme tout le monde... Mais elles n'avaient pas de sonnettes d'alarme, et quand elles en auraient eu !

VALTORET, s'asseyant et écrivant.

Avouez-le donc : vous avez toujours aimé les jolies femmes.

CHAMPAGNOLLES.

Eh bien ! non... n'écrivez pas... Elles ont été toutes laides.

VALTORET *.

Des passions sauvages, alors !

Il se lève et remonte à gauche.

CHAMPAGNOLLES, furieux.

Sauvages!... (A part.) Je regrette d'avoir pris un avocat. — (Allant au guéridon.) Sauv... — (S'arrêtant en regardant le papier où Valtoret prend des notes). Qu'avez-vous mis là en tête : « Affaire Champagnolles » ?

VALTORET.

Naturellement.

CHAMPAGNOLLES.

Vous ne pouvez pas mettre : Affaire Trois-Étoiles ?

VALTORET.

Ah çà ! croyez-vous qu'on va vous juger sous un pseudonyme ?

CHAMPAGNOLLES.

Je n'avais pas encore pensé à cela, moi. — Mon nom sera dans tous les journaux ?

VALTORET.

Il y sera ce soir.

CHAMPAGNOLLES.

Comment, ce soir !

VALTORET.

Vous faites arrêter un train express, et vous ne voulez pas qu'on le sache !

CHAMPAGNOLLES.

Permettez, permettez, mais je suis notaire, moi, — membre de la Chambre de discipline, et j'ai une femme ! Isabeau apprendrait que son mari... jamais !... jamais !... jamais !

* Valtoret, Champagnolles.

VALTORET.

Cependant...

CHAMPAGNOLLES.

Jamais... quand je devrais... Mais il est abominable, votre Code pénal! Vous n'êtes pas effrayé, vous, en songeant qu'un honnête homme, un brave père de famille, est exposé tous les jours en voyageant...

VALTORET.

Moi, je dors en chemin de fer.

CHAMPAGNOLLES.

Vous êtes bien heureux.

VALTORET.

Et je voyage toujours avec ma femme.

CHAMPAGNOLLES.

Alors je comprends. — Mais je ne vous demande plus maintenant de me sauver du tribunal... de l'amende... de la prison. Tout cela n'est rien. Je vous demande un conseil pour cacher cette catastrophe à madame Champagnolles.

VALTORET.

Envoyez-la en Italie.

CHAMPAGNOLLES.

Je l'enverrai en Égypte, — c'est plus loin. J'irai l'y rejoindre. Mais je ne peux pas la faire partir tout de suite, sans préparation !

VALTORET.

Non, et jusqu'à son départ...

CHAMPAGNOLLES.

Je l'occuperai... J'ai une idée; je vous jure que je l'occuperai.

VALTORET, prenant son chapeau.

Très bien ! — Je n'ai plus qu'à vous recommander la plus grande prudence pendant l'instruction de l'affaire.

CHAMPAGNOLLES.

Oh! prudent! je le serai.

VALTORET.

Modérez vos passions.

CHAMPAGNOLLES, furieux.

Mes passions! mais... je n'en ai pas. — Je vous répète que c'est elle... qui a été charmante... et que je n'aurais pas osé lui serrer la main sans le tunnel... un petit tunnel, on peut le mesurer; il n'a pas changé de place. Dites cela au tribunal.

VALTORET, en sortant.

Vous n'allez pas, j'espère, m'apprendre ce que j'ai à dire au tribunal!

CHAMPAGNOLLES, le poursuivant.

Si! je veux vous l'apprendre... vous n'avez pas compris un mot... Je vais recommencer mon histoire... J'arrive de Dijon... J'ai l'habitude, quand je voyage...

Il disparaît par le fond, à la suite de Valtoret.

SCÈNE VII

GEORGETTE, ISABEAU, HERMANGARDE.

Pendant qu'ils sortaient par le fond, Georgette reparaissait par la porte de gauche, en les suivant des yeux. Puis la tête d'Isabeau se montre à la porte, puis celle d'Hermangarde.

GEORGETTE, regardant par la porte du fond.

Monsieur a pris son chapeau, il descend l'escalier.

ISABEAU, avec joie *.

Il sort.

HERMANGARDE, entrant.

Enfin!

* Hermangarde, Isabeau, Georgette.

GEORGETTE, regardant toujours.

Il remonte.

HERMANGARDE, effrayée.

Ah!

Elle se précipite dans la chambre à gauche. — Isabeau la suit.

ISABEAU.

Calme-toi, maman, calme-toi.

SCÈNE VIII

GEORGETTE, CHAMPAGNOLLES.

Georgette restée seule, est allée prendre le chapeau et l'emporte de l'air
le plus simple.

CHAMPAGNOLLES, revenant furieux *.

Je regrette d'avoir pris un avocat. Mais j'y penserai plus
tard. Pour le moment, il s'agit d'occuper ma femme. Georgette!

GEORGETTE, au moment où elle met la main sur le bouton
de la porte.

Monsieur!

CHAMPAGNOLLES, durement.

Approchez!

GEORGETTE, s'avançant un peu.

Oui, monsieur.

CHAMPAGNOLLES, de même.

Posez ce que vous tenez là, et écoutez-moi.

GEORGETTE, étonnée.

Mais, monsieur...

CHAMPAGNOLLES, violemment.

M'avez-vous compris?

* Georgette, Champagnolles.

GEORGETTE, interdite.

Oui, monsieur.

Elle pose vivement le chapeau sur un siège à gauche et se rapproche.

CHAMPAGNOLLES.

J'ai loué récemment mon cinquième étage à un peintre.

GEORGETTE.

M. Clodomir?

CHAMPAGNOLLES.

Savez-vous ce qu'il peint ?

GEORGETTE.

Non, monsieur.

CHAMPAGNOLLES.

Allez lui demander s'il peut descendre chez son proprié-
taire. Pas à l'étude, au salon.

GEORGETTE, avec étonnement.

Ah !

CHAMPAGNOLLES.

Allez!

GEORGETTE.

Je vais, monsieur, je vais.

Elle sort en courant par le fond.

CHAMPAGNOLLES, seul.

Occuper ma femme ! surveiller les visiteurs ! supprimer
des journaux! car les journaux du soir auront déjà la nouvelle. (D'un ton amer.) Mon avocat m'en donne l'espérance.
On aura confié à un pigeon de Melun que l'express de
Dijon a été retardé par un déraillement intime, sous le
tunnel ! On me désignera par mes initiales, U. C. Je m'appelle Ulysse. Il n'y a que deux prénoms commençant par
un U, Urbain et Ulysse. On m'en a donné un, pour me
faire reconnaître. Monsieur U. C., notaire. Champagnolles !
C'est Champagnolles ! Comment, Champagnolles !... Et ma
femme... J'en ai la chair de poule. Tout cela parce que...
un petit menton à fossette... Ce que c'est que de nous !

GEORGETTE, revenant par le fond *.

M. Clodomir descend.

CHAMPAGNOLLES.

C'est bien.

GEORGETTE, à part.

Il m'a encore donné vingt francs. Il croit que c'est madame qui le demande, pauvre jeune homme ! (Allant à Champagnolles, avec son plus gracieux sourire.) Voilà tout ce que monsieur avait à me dire ?

CHAMPAGNOLLES, la regardant sans lui répondre.

Je voudrais bien voir les gens qui ont fait le Code pénal dans un wagon en tête à tête avec ces yeux-là ! Mais qu'est-ce que j'ai dans les veines, moi ? (A Georgette.) Non, ce n'est pas tout.

GEORGETTE, plus gracieuse encore.

Ah !

CHAMPAGNOLLES.

Je vous donne vos huit jours.

GEORGETTE.

Monsieur me renvoie !

CHAMPAGNOLLES.

Oui. (A part.) Je ne veux plus de jolies femmes autour de moi, je ne me sens pas assez fort.

GEORGETTE.

Monsieur me dira pourquoi ?

CHAMPAGNOLLES.

Non, non, je ne vous le dirai pas.

GEORGETTE, vivement, avec des larmes.

Je vous jure que ce n'est pas vrai, monsieur; je vous jure que ce n'est pas vrai.

CHAMPAGNOLLES.

Quoi ?

* Champagnolles, Georgette.

GEORGETTE.

Sur la tête de ma tante !

CHAMPAGNOLLES.

Quelle tête? quelle tante?

GEORGETTE.

C'est la cuisinière qui a dit cela à monsieur, et monsieur croit tout ce que lui dit la cuisinière.

CHAMPAGNOLLES.

On ne m'a rien dit; je vous renvoie parce que vous ne faites pas mon affaire.

GEORGETTE, avec un calme plein de dignité.

Alors, c'est différent! Je vais chercher une autre place.

Elle sort avec majesté à droite, deuxième plan.

CHAMPAGNOLLES.

Allez... Voilà une exécution faite. Je me sens plus léger. (On frappe discrètement à la porte du fond.) C'est le peintre. Entrez.

SCÈNE IX

CHAMPAGNOLLES, CLODOMIR.

CLODOMIR, entrant avec crainte, à part *.

C'est le mari !

CHAMPAGNOLLES, assis à gauche.

Veuillez vous asseoir, monsieur.

CLODOMIR, s'asseyant près du guéridon, à part.

Que peut-il me vouloir?

CHAMPAGNOLLES, avec inquiétude.

Vous êtes peintre?

* Champagnolles, Clodomir.

CLODOMIR.

Oui, monsieur.

CHAMPAGNOLLES.

Quel genre de peinture?

CLODOMIR.

La nature morte.

CHAMPAGNOLLES.

Oui... la... c'est-à-dire...

CLODOMIR.

Une bécasse pendue par le bec, une tomate endommagée, un radis coupé en quatre, un artichaut effeuillé, une pêche entamée...

CHAMPAGNOLLES.

Vous ne feriez pas le portrait de ma femme?

CLODOMIR, interloqué.

Le... de... de... le?...

CHAMPAGNOLLES.

Le portrait de madame Champagnolles?

CLODOMIR, à part, avec joie.

C'est elle qui lui a suggéré cette idée.

CHAMPAGNOLLES, se levant.

Vous hésitez?

CLODOMIR, de même.

Hésiter! oh! monsieur, ce ne serait pas d'un artiste.

CHAMPAGNOLLES.

Je ne vous demande pas une œuvre d'art.

CLODOMIR.

Vous l'aurez... Je serais à l'Institut, monsieur, si des confrères envieux ne m'avaient pas toujours fermé la porte des expositions.

CHAMPAGNOLLES.

Je veux un portrait qui soit très long à faire.

CLODOMIR.

Long à faire. (A part.) Oh ! les femmes ! (Haut.) Nous mettrons les mains ?

CHAMPAGNOLLES.

Avec les bras.

CLODOMIR.

Décolletée alors ?

CHAMPAGNOLL .

Est-ce plus long ?

CLODOMIR.

Naturellement, à cause... des épaules.

CHAMPAGNOLLES.

Très décolletée.

CLODOMIR, à part, avec enthousiasme.

Divin ! c'est divin !... (Haut.) Toilette de bal ?

CHAMPAGNOLLES.

Une robe de soie à carreaux, à petits carreaux, à tout petits carreaux ; vous les peindrez tous.

CLODOMIR.

Avec joie.

CHAMPAGNOLLES.

Vous en aurez bien pour quinze jours ?

CLODOMIR.

Pour trois mois, si madame Champagnolles daigne poser deux heures par jour.

CHAMPAGNOLLES.

Comment, deux heures ! mais huit heures, dix heures, du matin au soir, toute la journée. Elle ne fera pas autre chose.

CLODOMIR.

S'il en est ainsi... (A part.) Oh ! les femmes ! les femmes !

CHAMPAGNOLLES.

Je voudrais seulement qu'elle pût poser dans ce salon.

CLODOMIR, remontant.

Le jour y est excellent. Quand commencerons-nous ?

Il dispose les sièges à gauche.

CHAMPAGNOLLES*.

Tout de suite.

CLODOMIR, transporté.

Tout de suite ! Je vais préparer mes couleurs, je rapporte ma toile et mon chevalet.

CHAMPAGNOLLES.

Très bien ! Voilà une occupation pour Isabeau.

CLODOMIR, revenant.

Quel fond mettrons-nous ?

CHAMPAGNOLLES.

Un fond compliqué, un papier à carreaux... à tout petits carreaux ; vous les peindrez tous !

CLODOMIR.

Parfaitement.

Il va à gauche poser un fauteuil qu'il tourne et retourne avec des airs inspirés, pendant que Rosalie entre par le premier plan de droite, en tenue de cuisinière, avec un potage qu'elle apporte à Champagnolles.

SCÈNE X

CHAMPAGNOLLES, CLODOMIR, ROSALIE.

ROSALIE**.

Il faut bien faire le service de la femme de chambre ! Mademoiselle est à sa toilette ! Voilà le potage de monsieur.

Elle le pose sur le guéridon et remonte.

* Clodomir, Champagnolles.
** Clodomir, Champagnolles, Rosalie.

CHAMPAGNOLLES, s'asseyant près du guéridon et prenant le bol.

Merci, Rosalie.

CLODOMIR, bas, à Champagnolles.

Vous avez une bien jolie cuisinière !

Il remonte.

CHAMPAGNOLLES, regardant Rosalie.

Hein ! Rosalie ? Mais il a raison, sapristi ; il a raison !

Clodomir change encore un fauteuil de place et regarde Rosalie.

ROSALIE, cherchant, à part *.

Madame m'a dit de prendre le chapeau de madame sa mère.

Elle aperçoit le chapeau, va le prendre avec soin et le porte respectueusement.

CLODOMIR, passant près de Champagnolles**.

Elle est bigrement jolie !

CHAMPAGNOLLES, prenant son potage.

Il est bête de me dire ça.

CLODOMIR, à part.

Et maintenant, à mes couleurs. Du rose ! du rose ! et du rose !

Il sort vivement par le fond.

ROSALIE, se rapprochant de Champagnolles.

Avec le gros croûton de pain... comme monsieur l'aime ! Monsieur m'en dira des nouvelles !

CHAMPAGNOLLES.

Pourquoi me regardez-vous avec ces yeux-là ?

ROSALIE.

Je regarde monsieur comme toujours.

CHAMPAGNOLLES.

Comme toujours ! Je ne l'avais jamais remarqué.

---

* Clodomir, Rosalie, Champagnolles.
** Rosalie, Clodomir, Champagnolles.

ROSALIE.

Quand monsieur m'a appris le pudding diplomate...

CHAMPAGNOLLES.

Quel pudding ?

Il fait sauter sa cuiller, qui tombe sur ses genoux.

ROSALIE, vivement.

Oh ! monsieur a taché son pantalon.

Elle s'agenouille et essuie le pantalon avec son tablier. Champagnolles se lève précipitamment.

CHAMPAGNOLLES.

Rosalie ! je vous donne vos huit jours.

ROSALIE.

Monsieur badine ?

CHAMPAGNOLLES *.

Non ! je ne badine pas ; je vous flanque à la porte.

ROSALIE, pétrissant le chapeau d'Hermangarde.

Ah ! c'est comme ça ? eh bien ! je veux partir tout de suite !

CHAMPAGNOLLES.

Tant mieux !

ROSALIE.

Vous allez venir visiter mes malles.

CHAMPAGNOLLES.

J'y vais.

ROSALIE.

Si vous croyez que je tiens à votre baraque !

Elle jette au fond le chapeau, qu'elle a mis en chiffon.

CHAMPAGNOLLES, furieux.

Quoi, baraque ! Quelle baraque ? Qu'entendez-vous par baraque ? Emportez ce bol !

ROSALIE.

Je l'emporterai si je veux...

Ils se baissent tous les deux pour ramasser la cuiller. Champagnolles effleure sa joue ; elle se frotte avec la main comme si elle avait reçu un baiser.

* Champagnolles, Rosalie.

CHAMPAGNOLLES.

Ce n'est pas vrai !

ROSALIE, se frottant la joue.

Eh bien ! ne vous gênez pas !

Elle sort à droite, premier plan.

CHAMPAGNOLLES, la suivant, furieux.

Ce n'est pas vrai ! ce n'est pas vrai ! entendez-vous !

Il sort à la suite de Rosalie, en emportant le bol.

SCÈNE XI

CHARLOTTE, GODONCOURT, puis ISABEAU.

Charlotte entre par le fond, suivie de Godoncourt, au moment où Champagnolles sort.

CHARLOTTE, étonnée *.

Que se passe-t-il?

GODONCOURT.

C'est lui !... c'est mon parrain.

CHARLOTTE **.

Il est donc revenu de Dijon ?

GODONCOURT.

Je le savais.

CHARLOTTE.

Depuis quand le saviez-vous ?

GODONCOURT.

Depuis cinq minutes. C'est le baron des Gouttières qui me l'a annoncé. Il était dans le même train que lui.

CHARLOTTE.

Il me tarde de le voir, cet homme sévère. — Et qu'êtes-vous allé faire, chez le baron ?

* Charlotte, Godoncourt.
** Godoncourt, Charlotte.

GODONCOURT.

J'y suis allé pour le faire parler.

CHARLOTTE.

Bah ! Avez-vous réussi ?

GODONCOURT.

Pas beaucoup. Il était très occupé.

CHARLOTTE.

De quoi ?

GODONCOURT.

Je l'ignore.

CHARLOTTE.

Alors, vous ne savez pas où en sont ses projets de mariage ?

GODONCOURT.

La corbeille est achetée.

CHARLOTTE.

Et vous me contez cela tranquillement.

GODONCOURT.

J'ai toujours de l'espoir.

CHARLOTTE.

Bah !

GODONCOURT.

J'aurai pour moi la jeune personne.

CHARLOTTE.

Alors, Godoncourt, vous croyez avoir produit une vive impression sur notre petite merveille !

GODONCOURT, tirant gravement un portrait-carte de sa poche.

J'ai sa photographie.

CHARLOTTE, stupéfaite.

Vous avez son portrait ?

GODONCOURT.

Oui, oui, madame...

CHARLOTTE.

Mais je tombe des nues, moi.

GODONCOURT.

J'avais mis une annonce dans les journaux : « Un jeune homme distingué, de jolie tournure... »

CHARLOTTE.

J'ai lu ça. « Bonne santé, aimable, spirituel... »

GODONCOURT.

C'était moi.

CHARLOTTE.

« Position lucrative et honorable... »

GODONCOURT.

« En province. — Écrire à Fleur-de-Lilas, poste restante. »

CHARLOTTE.

On vous a écrit ?

GODONCOURT, modestement.

Beaucoup. — « Mademoiselle A........ » huit points...

CHARLOTTE.

Adolphine!

GODONCOURT.

M'a demandé ma photographie...

CHARLOTTE.

Vous la lui avez envoyée ?

GODONCOURT.

Et elle m'a envoyé la sienne.

CHARLOTTE.

Mais alors, c'est de l'amour ?

GODONCOURT.

Oui, madame. Et jugez de ma surprise et de ma joie, en reconnaissant dans Adolphine...

CHARLOTTE.

L'amante de Fleur-de-Lilas... Eh! eh! si le baron des Gouttières est chatouilleux !...

GODONCOURT.

Il l'est beaucoup.

CHARLOTTE.

Ah!

GODONCOURT.

Et il a trouvé une photographie dans le corsage...

CHARLOTTE, vivement.

Comment, dans le corsage!

GODONCOURT.

Je veux dire qu'elle est tombée par hasard...

CHARLOTTE.

Oui... oui... arrangez cela, Godoncourt; arrangez, je vous en prie.

ISABEAU, entrant par la gauche.

Rosalie ne reparait plus. — Charlotte!

CHARLOTTE *.

Oh! ne t'étonne pas. J'ai pris l'habitude d'être partout chez moi. Je trouve que cela simplifie beaucoup l'existence. — Il parait que M. Champagnolles est arrivé?

ISABEAU.

Arrivé transformé! Je l'enverrai souvent à Dijon. Et sais-tu quelle est la première personne qu'il a reçue?

CHARLOTTE.

Non.

ISABEAU.

M. Valtoret.

CHARLOTTE.

Mon mari. — Alors tu as vu mon mari?

ISABEAU.

Je l'ai entrevu.

CHARLOTTE.

Comment le trouves-tu?

* Godoncourt, Isabeau, Charlotte.

ISABEAU.

Très bien.

CHARLOTTE, lui prenant la main.

Tu es un ange.

ISABEAU, discrètement.

Et Adolphine?

CHARLOTTE.

Nous nous aimons!

ISABEAU.

Déjà! (A part.) Il a du courage!

CHARLOTTE.

Nous avons échangé nos photographies.

ISABEAU, à Godoncourt.

Ah! mes félicitations, monsieur, les plu sincères.

CHARLOTTE.

Nous n'avons plus qu'à corrompre M Champagnolles.

ISABEAU.

Tu n'as qu'un moyen de le voir paisiblement : c'est de dîner avec nous.

CHARLOTTE.

Très volontiers.

ISABEAU.

Monsieur aussi.

GODONCOURT.

Oh! madame... Oh!

ISABEAU.

Mais qu'a-t-on fait du chapeau de maman? (L'apercevant.) Ah! le voilà!

CHARLOTTE.

Ça?

ISABEAU.

Il est un peu déformé.

CHARLOTTE.

Ce n'est plus un chapeau.

ISABEAU.

Je vais le réparer... Qui a pu l'arranger comme ça?...
M. Champagnolles ne sait pas que c'est celui de maman...
à moins que ce ne soit d'instinct!

CHARLOTTE, riant.

Tu sais que mon mari en serait capable?

ISABEAU, de même.

Mais le mien aussi.

Elle sort à gauche.

CHARLOTTE, ôtant son chapeau et ses gants *.

Eh bien! Godoncourt, nous voici dans la place. Mais que
ferai-je de vous jusqu'à l'heure du dîner?

GODONCOURT.

Il m'est venu une idée.

CHARLOTTE.

Voyons!

GODONCOURT.

Si j'envoyais un bouquet de lilas blancs!...

CHARLOTTE.

A la dame de vos pensées? Mais votre idée est une
trouvaille, Godoncourt; du lilas blanc avec du muguet et
des boutons de roses.

GODONCOURT.

N'est-ce pas?

CHARLOTTE.

Allez, allez vite.

GODONCOURT.

Je vais et je reviens.

Il sort par le fond.

CHARLOTTE, seule.

Ils sont charmants, ces amoureux de la quatrième page!
— Voyons, je dîne ici; il faut que j'envoie une dépêche à
mon mari.

Elle s'asseoit près du guéridon et paraît très absorbée par la rédaction de sa dépêche.

* Charlotte, Godoncourt.

24.

SCÈNE XII

CHARLOTTE, CHAMPAGNOLLES.

CHAMPAGNOLLES, revenant par le fond, très ému; son habit est blanc
de plâtre sur les manches et sur l'épaule *.

Je suis entré dans la chambre de Rosalie; elle a exigé
que je la fouille comme à la frontière. Je m'y suis refusé :
elle m'a répondu qu'il y allait de son honneur! Je veux
sortir, je brouille la serrure; elle crie; un voisin passe, il
enfonce la porte, et on me trouve enfermé avec ma cuisinière. En voilà des antécédents! Après cette série de surex-
citations malsaines, j'ai besoin d'embrasser ma femme.

Il va embrasser Charlotte, qui pousse un cri.

CHARLOTTE, se levant.

Ah!

CHAMPAGNOLLES, ahuri.

Une étrangère! (Il recule epouvanté.) C'est trop fort, cette
fois!... C'est trop fort.

CHARLOTTE.

Monsieur Champagnolles, sans doute?

CHAMPAGNOLLES.

Oui, oui, madame... (A part.) Elle a la peau d'une douceur...

CHARLOTTE.

Madame Valtoret.

CHAMPAGNOLLES.

Ah! madame... (A part.) La femme de l'avocat.

CHARLOTTE.

Je crois que maintenant nous pouvons nous donner la
main.

* Champagnolles, Charlotte.

CHAMPAGNOLLES, embarrassé.

Certainement.

CHARLOTTE.

Puisque vous avez commencé par où l'on finit... quand
on est très audacieux.

CHAMPAGNOLLES.

Je vous assure, madame, que je me suis trompé; je vous
ai prise pour ma femme...

CHARLOTTE.

Est-ce que vous faites souvent de ces erreurs-là?

CHAMPAGNOLLES.

Jamais! madame, jamais!

CHARLOTTE.

Alors, c'est une primeur que vous m'avez offerte?

CHAMPAGNOLLES.

Madame, je vous supplie d'agréer mes excuses.

CHARLOTTE.

Ah! des excuses!... au point où nous en sommes!

CHAMPAGNOLLES.

Comment, au point où nous en sommes!

CHARLOTTE.

Ne trouvez-vous pas que la glace est rompue? — Je dîne
chez vous ce soir.

CHAMPAGNOLLES.

Hein?

CHARLOTTE.

Et j'ai le projet de vous faire acheter un second baiser.

CHAMPAGNOLLES.

Non, madame, non.

CHARLOTTE.

Nous le porterons au compte de votre femme, je n'ai pas
de vanité. — Monsieur Champagnolles, j'ai l'honneur de
vous demander la main de mademoiselle Choupin...

CHAMPAGNOLLES.

Je l'ai promise au baron des Gouttières.

CHARLOTTE.

Cela nous est égal. (Continuant.)... Pour M. Godoncourt, votre filleul.

CHAMPAGNOLLES, à part.

Mon filleul!... Un antécédent! — (Haut.) Mais je me brouillerai avec le baron.

CHARLOTTE.

La main d'Adolphine, ou je dis tout!

CHAMPAGNOLLES.

Je l'accorde, madame; je l'accorde.

CHARLOTTE.

Merci! Je vais faire porter une dépêche... ne vous dérangez pas, mon ami.

Elle sort par le fond.

CHAMPAGNOLLES, seul.

Son ami! — Enfin! elle est partie, je suis seul... Je respire.

SCÈNE XIII

CHAMPAGNOLLES, HERMANGARDE,
puis ISABEAU.

HERMANGARDE, revenant par la gauche, en parlant à Isabeau, qui est encore dans la chambre voisine.

Je ne partirai pas sans saluer madame Valtoret. — Mon gendre!

Elle reste interdite.

CHAMPAGNOLLES.

Ma belle-mère!

Il reste ahuri.

ISABEAU, entrant.

Ah! mon Dieu!

CHAMPAGNOLLES, à part.

J'avais oublié ma belle-mère!

ISABEAU, passant vivement entre eux *.

Maman est entrée en passant... Elle ne s'arrête pas...
Vous savez qu'elle a l'habitude d'aller tous les jours, à cette
heure-ci, chez madame de Boistêtu : c'est son cercle, à elle.

CHAMPAGNOLLES.

Ah!

ISABEAU.

C'est là qu'elle apprend les nouvelles.

CHAMPAGNOLLES.

Les nouvelles!

ISABEAU.

Chacun a ses petites faiblesses.

CHAMPAGNOLLES.

Ils sont très bavards, ces Boistêtu?

ISABEAU.

Non, mais le mari de leur nièce est reporter d'un grand
journal?... et alors...

CHAMPAGNOLLES.

Eh! quoi, belle-maman, vous ne nous sacrifieriez pas les
Boistêtu?

HERMANGARDE, étonnée.

Vous dites...

ISABEAU.

N'essayez pas de la retenir, mon ami.

CHAMPAGNOLLES.

Mais si, mais si, je la retiendrai cette chère belle-maman!
Tu ne t'imagines pas comme j'ai du plaisir à la voir!

* Hermangarde, Isabeau, Champagnolles.

ISABEAU.

Vous!

HERMANGARDE.

Je connais, monsieur, vos sentiments à mon égard.

Isabeau est remontée à droite.

CHAMPAGNOLLES.

Mal... vous les connaissez mal, belle-maman. J'allais précisément vous envoyer chercher.

ISABEAU*.

Elle!

HERMANGARDE.

Pourquoi, monsieur?

ISABEAU, *à part, en voyant entrer Clodomir.*

M. Clodomir!

CHAMPAGNOLLES.

Pour... mais pour... (*Apercevant Clodomir.*) Parce que... il m'est venu une idée.

HERMANGARDE.

Laquelle?

SCÈNE XIV

CHAMPAGNOLLES, ISABEAU, HERMANGARDE. CLODOMIR, puis CHARLOTTE.

Clodomir est entré avec sa toile et son chevalet.

CHAMPAGNOLLES, à Hermangarde**.

Je voudrais avoir votre portrait!

ISABEAU.

Est-ce possible?

---

* Hermangarde, Champagnolles, Isabeau.
** Hermangarde, Champagnolles, Clodomir, Isabeau, Charlotte.

CHAMPAGNOLLES.

Oui, belle-maman, oui.

HERMANGARDE.

Sérieusement?

CHAMPAGNOLLES, montrant Clodomir.

Vous voyez.

HERMANGARDE.

Ah! mon gendre, il faut que je vous embrasse.

Elle lui saute au cou.

CHAMPAGNOLLES, à part.

Voilà qui me remet dans mon assiette.

Clodomir remonte au fond, à droite, où il dispose son chevalet.

ISABEAU, avec joie[*].

Alors, vous me permettez de voir maman?

CHAMPAGNOLLES.

Je crois bien!

ISABEAU.

Elle pourra monter tous les soirs, en allant chez les Boistétu?

CHAMPAGNOLLES.

Elle n'ira pas chez les Boistétu, cette chère belle-maman ; elle ne nous quittera pas.

ISABEAU.

Vous voulez donc qu'elle reste avec nous?

CHAMPAGNOLLES.

Avec nous!... mais je... oui, oui avec nous, toujours.

ISABEAU, sautant de joie[**].

Oh! maman, maman ! tu vas habiter avec nous!

Elle remonte.

[*] Hermangarde, Champagnolles, Isabeau, Clodomir, Charlotte.
[**] Hermangarde, Isabeau, Champagnolles, Clodomir.

HERMANGARDE, à Champagnolles.

Je n'aurais jamais osé vous le demander.

CHAMPAGNOLLES, entre ses dents.

Tout cela parce qu'un petit menton à fossette... ce que c'est que de nous ! maudit tunnel... maudit tunnel !

Clodomir arrange gravement sa toile, son chevalet et ses couleurs, sans s'occuper de personne, regardant Isabeau avec des yeux blancs et des sourires inspirés. Isabeau, très mal à l'aise devant lui, ne sait quelle contenance prendre.

CHARLOTTE, revenant.

Je n'ai trouvé que le concierge.

CHAMPAGNOLLES, ahuri, à part.

Elle revient !

ISABEAU, allant à Charlotte*.

Il faut que je te présente mon mari.

CHARLOTTE, gracieuse.

C'est inutile, la présentation est faite.

ISABEAU.

Vraiment ?

CHARLOTTE.

Nous nous sommes déjà embrassés.

ISABEAU.

Embrassés !

CHAMPAGNOLLES.

Oui... oui... je... J'ai...

ISABEAU.

Oh ! je ne suis pas jalouse.

Elle remonte.

CHARLOTTE.

Tu as tort, ma bonne Isabeau.

CHAMPAGNOLLES, bas **.

Madame ! madame ! Vous ne savez pas ce que cette plaisanterie a de cruel dans un pareil moment.

* Hermangarde, Champagnolles, Isabeau, Charlotte, Clodomir au fond.
** Isabeau, Hermangarde, Champagnolles, Charlotte, Clodomir.

CHARLOTTE.

Pourquoi, monsieur Champagnolles?

CHAMPAGNOLLES.

Pourquoi?... mais pour... pour rien. (A part.) Maudit tunnel! maudit tunnel!

Hermangarde s'est attifée devant une glace et vient se poser devant Clodomir.

HERMANGARDE *.

Suis-je bien ainsi?

CLODOMIR, la regardant avec ahurissement.

Hein? Qu'est-ce?

CHAMPAGNOLLES.

Ma belle-mère. Vous peindrez aussi ma belle-mère.

CLODOMIR, démonté.

Ah!

CHAMPAGNOLLES.

Avec ma femme.

ISABEAU.

Moi!

CHAMPAGNOLLES.

Mais oui, mais oui, c'est une surprise que je te ménageais. (L'embrassant.) Ma bonne Isabeau, ma chère Isabeau, place-toi.

ISABEAU.

Avec joie!

CHAMPAGNOLLES, à part.

Elle est très jolie aussi, ma femme. — Mais qu'est-ce que j'ai donc dans les veines, moi?... Ah! c'est ma femme!

CLODOMIR.

Très bien. — Madame la mère regarde avec tendresse madame sa fille, qui me regarde...

CHAMPAGNOLLES.

Eh bien, et moi! Je veux y être aussi, moi.

* Champagnolles, Isabeau, Hermangarde, Clodomir, Charlotte.

CLODOMIR.

Un tableau de famille, alors?

Il prend sa toile, qui était en hauteur, et la place en travers sur le chevalet.

CHAMPAGNOLLES *.

Précisément... Nous nous plaçons... Belle-maman est là. (Il prend une rose dans une corbeille de fleurs, sur la cheminée, et la donne à Hermangarde, qui est assise dans un fauteuil.) Je lui donne une rose. Tenez la gracieusement... Et moi ici. Un notaire national entre sa femme et sa belle-mère! C'est un sujet cela. — (A part.) Pour un homme habitué à peindre des radis coupés en quatre. — Il me semble que nous faisons bien ainsi?

CHARLOTTE, assise en face d'eux.

Mais très bien, mais tout à fait bien. (A Clodomir.) Vous ne trouvez pas, monsieur?

CLODOMIR, avec rage. entre ses dents.

Si, madame; si, très bien... ne bougez plus.

Il commence à esquisser.

CHAMPAGNOLLES, tout à coup.

Je suis mieux de trois quarts.

Il change de pose.

HERMANGARDE, même jeu.

Moi aussi.

CHAMPAGNOLLES.

Mais il faudrait avoir quelque chose à la main... ça se fait toujours... Isabeau pourrait tenir un oiseau, un petit oiseau... (Il prend un oiseau empaillé sur la cheminée et le pose sur le doigt d'Isabeau.) Là. — Moi je prendrai une plume... ma plume de notaire... (Il prend une énorme plume d'oie qui se trouve sur le guéridon et se pose.) Là. — Il me semble que nous faisons bien ainsi?

CHARLOTTE.

Oh! très bien!

CLODOMIR, effaçant.

Ne bougez plus.

CHARLOTTE.

Je vais vous distraire en vous racontant des histoires.

* Isabeau, Champagnolles, Hermangarde, Clodomir, Charlotte.

CHAMPAGNOLLES, allant vivement à elle *.

Des histoires! Permettez, quelles histoires?

CHARLOTTE, se levant.

Ne vous effarouchez pas, mon aimable ami, — je peux vous donner ce titre.

CHAMPAGNOLLES.

Je ne m'effarouche pas, seulement...

CHARLOTTE.

Je respecterai vos chastes oreilles.

CHAMPAGNOLLES, à part.

Elle a dit : chastes! Elle me raille!

CHARLOTTE, se rasseyant.

Voulez-vous des histoires de voyage?

CHAMPAGNOLLES.

Non, non. (A part.) Il faut l'empêcher de parler. (Haut.) Permettez-moi, madame, de vous offrir des bonbons... que j'apporte de Dijon.

CHARLOTTE.

Très volontiers.

CHAMPAGNOLLES, à part.

Je les avais achetés à Sens pour ma voisine. (Haut.) Je crois que le sac s'est crevé dans ma poche.

CHARLOTTE, se levant.

Ce n'est rien, voici une feuille de papier pour les recevoir.

Charlotte a pris une feuille de papier, l'a posée sur la table, a versé dessus le sac de bonbons, et se prépare à les goûter. Pendant ce temps, on a sonné dans l'antichambre.

ISABEAU, posant l'oiseau qu'elle tenait.

On sonne, et je ne sais pas ce que sont devenues la femme de chambre et la cuisinière.

CHAMPAGNOLLES.

Je les ai mises à la porte.

* Isabeau, Hermangarde, Clodomir, Champagnolles, Charlotte.

ISABEAU.

Vous?

CHAMPAGNOLLES.

Oui, Isabeau, oui... mais c'est égal, j'irai ouvrir moi-même. Pose... Posez!

Il sort par le fond.

CHARLOTTE.

Mais il est parfait, ton mari.

ISABEAU.

Je ne le reconnais plus.

HERMANGARDE.

J'étais sûre qu'il finirait par me rendre justice.

ISABEAU, bas, à Clodomir, qui s'est approché *.

Monsieur, le billet que vous avez reçu...

CLODOMIR, sans la laisser achever, tirant un médaillon de sa poche.

Je l'ai encadré!

ISABEAU.

Comment!... Mon mari!

Clodomir reprend sa place.

SCÈNE XV

Les Mêmes, GEORGETTE, ROSALIE.

CHAMPAGNOLLES, revenant.

Non, mesdemoiselles, non, c'est inutile.

*Georgette et Rosalie, qui étaient restées toutes les deux dans le fond,
se précipitent tout à coup.*

GEORGETTE**.

Monsieur qui est si bon pour les bonnes!

* Isabeau, Clodomir, Hermangarde, Charlotte.
** Isabeau, Hermangarde, Rosalie, Champagnolles, Georgette, Clodomir, Charlotte.

ROSALIE.

Monsieur qui est si bon pour les cuisinières!

CHAMPAGNOLLES.

Non, je ne suis pas bon; non.

GEORGETTE.

On n'avait que des sourires avec monsieur.

ROSALIE.

On peut bien dire qu'on n'avait que de l'agrément.

CHAMPAGNOLLES.

C'est faux! c'est faux! laissez-moi!

GEORGETTE.

Monsieur qui aimait tant que je lui attache sa cravate.

CHAMPAGNOLLES.

Jamais! jamais! entendez-vous!

ROSALIE.

Monsieur qui venait mettre lui-même le poivre dans la mayonnaise!

CHAMPAGNOLLES.

Parce que vous en mettiez trop!

CHARLOTTE.

Allons, monsieur Champagnolles, avouez vos petites faiblesses.

CHAMPAGNOLLES.

Madame...

CHARLOTTE.

Et laissez-vous attendrir.

ISABEAU.

Mais enfin, mon ami, que vous ont-elles fait?

CHAMPAGNOLLES.

Ce qu'elles m'ont fait! ce qu'elles...

CHARLOTTE, se penchant à son oreille*.

Je crois que le plus sage est de pardonner.

CHAMPAGNOLLES.

Madame!

CHARLOTTE, aux domestiques.

Monsieur Champagnolles a pardonné.

GEORGETTE et ROSALIE.

Oh! merci, monsieur, merci.

HERMANGARDE, se levant.

Alors, je prierai Georgette d'aller m'acheter un journal du soir.

CHAMPAGNOLLES.

Non, non, nous ne lirons plus que *la Vie parisienne*.

ISABEAU.

Ah!

CHAMPAGNOLLES. à part.

Parce qu'elle ne raconte pas les accidents.

ISABEAU,

Mais maman voudrait savoir si l'élection de M. de Bois-têtu est invalidée.

CHAMPAGNOLLES.

Elle doit l'être. Et puis, bonne maman, vous ne pouvez pas lire, puisque vous posez.

CLODOMIR.

J'accorderai un repos à madame.

HERMANGARDE, à Georgette.

Alors, voilà trois sous.

Hermangarde donne de l'argent à Georgette, celle-ci va pour sortir ; Champagnolles l'arrête, prend l'argent qu'elle avait dans la main et le met dans sa poche.

CHAMPAGNOLLES.

Pas de repos ! pas de repos !

* Isabeau, Hermangarde Rosalie, Georgette Champagnolles, Charlotte, Clodomir.

ROSALIE.

Moi, J'ai le *Petit Journal* à la cuisine.

Elle va pour sortir à droite.

CHAMPAGNOLLES, *l'arrêtant* *.

D'ailleurs, il me vient une idée. Puisque c'est un tableau de famille, on pourrait y ajouter les serviteurs... dans des poses appropriées.

CLODOMIR.

Parfaitement, parfaitement !

CHAMPAGNOLLES.

Nous placerions Georgette ici... Rosalie là. Elles ne bougeraient plus ; elles ne bougeraient jamais.

CLODOMIR.

C'est une idée, cela.

CHAMPAGNOLLES*.

Nous y gagnerions de la couleur : je donnerai à Georgette un éventail ; elle éventera belle-maman... et à la cuisinière...

CLODOMIR.

Un panier de légumes.

CHAMPAGNOLLES, à part.

Il rentre dans sa spécialité. (Haut.) Une corbeille de fleurs.

Il donne à Rosalie la corbeille de fleurs qui est sur la cheminée. Chacun prend une pose.

CLODOMIR, *effaçant.*

Ne bougez plus.

CHAMPAGNOLLES.

Vous l'entendez, ne bougez plus.

* Isabeau, Hermangarde, Champagnolles, Georgette, Rosalie, Clodomir, Charlotte.

** Isabeau, Champagnolles, Georgette, Hermangarde, Rosalie, Clodomir, Charlotte.

SCÈNE XVI

Les Mêmes, VALTORET.

VALTORET, paraissant à la porte du fond.

Tout est ouvert.

CHARLOTTE.

Mon mari !

CHAMPAGNOLLES.

L'avocat !

VALTORET, étonné *.

Madame Valtoret !

CHARLOTTE.

Oui, monsieur Valtoret. Je vais vous présenter à mon amie de pension madame Champagnolles.

CHAMPAGNOLLES, vivement, à Isabéau qui s'approchait.

Tu poses, toi... va donc poser... (Isabeau remonte. — A Valtoret.) Vous voyez, nous faisons un tableau de famille : belle-maman, ma femme et moi-même, avec les serviteurs. C'est patriarcal.

CHARLOTTE, bas.

Est-ce que vous traitez une affaire avec M. Valtoret?

CHAMPAGNOLLES.

Une?... Oui... c'est-à-dire... c'est lui...

CHARLOTTE.

Qui veut acheter quelque chose ?

CHAMPAGNOLLES.

Un château.

CHARLOTTE, à Valtoret.

Vous m'achetez un château?

VALTORET.

Moi?

* Isabeau, Champagnolles, Valtoret, Charlotte. Les autres au fond.

CHAMPAGNOLLES, vivement à Charlotte.

Monsieur voulait vous surprendre.

VALTORET.

Que diable dites-vous là, vous?

CHAMPAGNOLLES, l'entraînant.

Pourquoi venez-vous ainsi au milieu de ma famille?

VALTORET.

Je viens chercher la feuille où j'ai pris mes notes.

CHAMPAGNOLLES.

Vous ne l'avez pas?

VALTORET.

Non.

CHAMPAGNOLLES.

Affaire Champagnolles?

VALTORET.

Je ne sais plus ce que j'en ai fait.

CHAMPAGNOLLES.

Mon aventure! avec les antécédents! Ah! c'est trop fort.

VALTORET.

Nous la retrouverons.

Ils cherchent.

HERMANGARDE, à Clodomir.

Suis-je bien ainsi?

CLODOMIR.

Oui, madame, oui.

ISABEAU*.

Que cherchez-vous donc, mon ami?

CHAMPAGNOLLES.

Oh! rien, rien!

ISABEAU.

Puis-je vous aider?

* Valtoret, Champagnolles, Georgette, Hermangarde, Rosalie, Clodomir, Isabeau, Charlotte.

25.

CHAMPAGNOLLES.

Non, non, tu poses. Regarde ton peintre.

CHARLOTTE, au guéridon.

Excellentes, ces pralines de Dijon.

CHAMPAGNOLLES, à Valtoret*.

Ciel!

VALTORET.

Quoi?

CHAMPAGNOLLES.

Je la vois.

VALTORET.

Où?

CHAMPAGNOLLES.

Sur la table.

VALTORET.

Ah!

CHAMPAGNOLLES.

Sous les bonbons!

VALTORET.

Oui, oui.

CHAMPAGNOLLES.

Et votre femme les mange!

VALTORET.

Eh bien!

CHAMPAGNOLLES.

Eh bien! quand on les aura mangés, on lira : « Affaire Champagnolles! » en grosses lettres. Car vous avez une écriture ridicule.

VALTORET.

Monsieur!

CHAMPAGNOLLES.

Je lis d'ici : « Sous le tunnel ». Je vais couvrir le tunnel avec ceux qui sont restés dans ma poche.

Il va vivement comme pour prendre un bonbon et les éparpille sur la feuille de papier; il cherche dans ses poches pour en ajouter d'autres.

* Valtoret, Champagnolles, Charlotte. Les autres au fond.

SCÈNE XVII

Les Mêmes, GODONCOURT.

GODONCOURT, se précipitant par le fond*.
Mon parrain,, mon parrain!

CHAMPAGNOLLES.
Hein! Quoi?

CHARLOTTE, à Champagnolles.
Mon aimable ami, monsieur Godoncourt.

GODONCOURT.
J'ai appris votre retour par le baron des Gouttières.

CHAMPAGNOLLES.
Ah!

GODONCOURT.
Qui était dans le même train que vous.

CHAMPAGNOLLES, épouvanté, à part.
Le même train! je suis perdu! Il sait tout! (Haut.) Mais c'est Godoncourt, c'est ce bon Godoncourt, Ulysse... Ulysse comme moi...

GODONCOURT.
Oui, mon parrain.

CHARLOTTE.
Vous me permettez d'offrir vos bonbons?

CHAMPAGNOLLES.
Non, non, ne les dérangez pas.

CHARLOTTE.
Ah! il paraît qu'il faut les manger sur place.

CHAMPAGNOLLES.
Est-ce que vous les trouvez bons?

* Valtorel, Godoncourt, Champagnolles, Charlotte. Les autres au fond.

CHARLOTTE, prenant des bonbons.

Excellents !

CHAMPAGNOLLES.

Oh ! oh ! (A part.) Elle découvre la sonnette d'alarme !

Il va de Charlotte à Godoncourt.

GODONCOURT.

Alors, le baron...

CHAMPAGNOLLES.

Et qui vous amène, mon bon Ulysse ?

GODONCOURT.

Je voudrais me marier.

CHAMPAGNOLLES.

Vous marier ! Parlons de votre mariage... (Isabeau s'approche pour prendre des bonbons.) Isabeau aussi ! (La repoussant.) Ne mange pas ça, ne mange pas ça... ils ne valent rien.

GODONCOURT.

Mais le baron...

CHAMPAGNOLLES.

Vous voulez vous marier... avec qui ?

GODONCOURT.

Avec votre nièce.

CHARLOTTE.

M. Champagnolles vous l'accorde ; c'est fait.

Elle prend des bonbons.

GODONCOURT.

Ah ! mon parrain !...

Il saute au cou de Champagnolles, qui ne peut plus aller à la table.

CHAMPAGNOLLES, apercevant Hermangarde qui va vers le guéridon.

Ma belle-mère ! — Ils ne valent rien, belle-maman... (Tirant des bonbons de sa poche.) En voici d'autres... Ceux-ci sont pour le peintre.

CLODOMIR, descendant et prenant des bonbons.

Oh ! merci, monsieur.

CHAMPAGNOLLES.

Mais non, mais non... Posez donc, belle-maman... (A part.) J'en mourrai, si ça dure.

Hermangarde va se rasseoir.

GODONCOURT.

Du reste, le baron des Gouttières va venir.

CHAMPAGNOLLES.

Ici?... Il va venir ici?... Fermez les portes! (On sonne.) Je vais dire que je n'y suis pas.

ISABEAU, le retenant*.

Restez, mon ami... Georgette est allée ouvrir.

CHAMPAGNOLLES, bas, à Valtoret.

Je suis perdu!

VALTORET.

Pourquoi?

CHAMPAGNOLLES, bas.

Il était dans le même train.

VALTORET.

Bah!

CHAMPAGNOLLES.

Et je lui refuse la main de ma nièce.

GEORGETTE, annonçant.

Le baron des Gouttières!

CHAMPAGNOLLES, à Valtoret.

Soutenez-moi!

VALTORET.

Je vous disais bien que vous étiez coupable.

CHAMPAGNOLLES.

Hein?

---

* Isabeau, Hermangarde, Rosalie, Champagnolles, Valtoret, Clodomir, Charlotte.

SCÈNE XVIII

Les Mêmes, LE BARON DES GOUTTIÈRES.

LE BARON, entrant, tenue de vieux beau*.

Oh! pardon, pardon! je dérange?

CHAMPAGNOLLES.

Non, non... au contraire... Nous faisons un tableau de famille : ma femme, ma belle-mère et moi-même, avec les serviteurs, c'est patriarcal. — (Aux autres.) Mais posez... posez donc!

LE BARON.

Un seul mot, très urgent. — (Aux autres.) Vous permettez?

Valtoret, Charlotte et Godoncourt vont près de Clodomir qui peint; Isabeau, Georgette, Hermangarde et Rosalie continuent de poser. Des Gouttières et Champagnolles restent seuls sur le devant de la scène.

(A Champagnolles.) Je viens vous rendre votre parole.

CHAMPAGNOLLES.

Ah! oui.

LE BARON.

J'ai réfléchi... Votre nièce...

CHAMPAGNOLLES, l'arrêtant.

Je comprends... (A part.) Il ne veut pas être le neveu d'un homme qui va être traîné devant les tribunaux. Voilà où j'en suis.

LE BARON, lui faisant faire quelques pas en avant et se penchant
à son oreille.

J'étais dans le compartiment voisin.

CHAMPAGNOLLES, effrayé.

Chut!

* Isabeau, Georgette, Hermangarde, Rosalie, Des Gouttières, Champagnolles, Valtoret, Charlotte, Godoncourt.

LE BARON.

Et je viens vous demander le secret.

CHAMPAGNOLLES, à part.

A moi?

LE BARON.

Les cris de cette jeune dame me sont allés au cœur.

CHAMPAGNOLLES.

Chut!... Ils vous sont allés au cœur?

LE BARON, avec émotion.

Il faut un sentiment de candeur et une vertu bien rares à notre époque, pour s'alarmer ainsi... sans raison. (Lui prenant la main.) Car je vous connais, mon cher notaire.

CHAMPAGNOLLES, étonné, à part.

Sans raison!

LE BARON, continuant.

Elle en est convenue; alors, j'ai vu les journaux, j'ai étouffé l'affaire, et...

CHAMPAGNOLLES.

Et?...

LE BARON.

Je l'épouse.

CHAMPAGNOLLES.

Oh! (Il court prendre la feuille sur laquelle sont les bonbons.) Voulez-vous un bonbon?

LE BARON.

Volontiers.

Champagnolles verse le reste des bonbons dans le chapeau du baron, et met prestement la feuille de papier dans sa poche. Les autres se sont rapprochés.

CHAMPAGNOLLES, à Valtoret.

L'affaire est arrangée.

VALTORET *.

Bah! sans moi!

* Des Gouttières, Isabeau, Champagnolles, Valtoret, Clodomir, Charlotte, Godoncourt. Les autres au fond.

CHAMPAGNOLLES, à Godoncourt.

Vous épouserez Adolphine.

GODONCOURT.

Oh!

CHARLOTTE, à Godoncourt.

Et ne dites plus : Avec plaisir.

CHAMPAGNOLLES, embrassant Isabeau.

Je ne voyagerai jamais sans toi.

ISABEAU.

Oh! que c'est aimable!

CHAMPAGNOLLES.

Et je dormirai, comme l'avocat. (Au peintre, qui s'avance.)
Vous, vous ne peindrez plus que ma belle-mère.

FIN DU TUNNEL.

OH ! MONSIEUR !

SAYNÈTE

Cette saynète a été écrite à la prière d'un ami commun
d'après un scenario de

MADEMOISELLE MARIE DUMAS

Mademoiselle Marie Dumas en a fait la création dans les
salons et au théâtre.

OH ! MONSIEUR !

Une enfant de seize ans, mignonne, blonde et rose,
Qui vient d'abandonner la robe du couvent,
Seule, dans un salon dont la porte est bien close,
  Un peu coquette, un peu rêvant,
Examine l'effet de sa métamorphose.
  Rassemblant ses doigts effilés,
Elle donne de l'air à ses cheveux bouclés,
  Elle abaisse un bout de dentelle,
Et puis elle sourit. — Elle est contente d'elle.
  La porte s'ouvre tout à coup.
   La voilà surprise,
   Plus rouge qu'une cerise,
  Devant trois glaces de Venise.
 Ciel ! c'est sa mère. — Elle lui saute au cou.
C'est un petit moyen qu'une mère pardonne.
  Celle-ci, d'ailleurs, était bonne,
  Jeune encore, veuve et baronne.

  — Berthe, d'où vous vient cet émoi ?
Ne craignez pas que je vous gronde.

  — Ma mère, ayez pitié de moi,
J'ai grand'peur.
    — Peur ? vous ? Et de quoi ?
— De tout.

   — C'est bien vague.

— Du monde.

On nous en dit tant de mal au couvent.
On le peint sous des couleurs telles,
Que je n'ose en parler sans des frayeurs mortelles
Et que j'y rêve souvent.
Hier j'étais petite fille;
Je suis demoiselle, à présent.
Il ne faut plus que je babille,
Je dois prendre un air imposant.
Eh bien ! je suis timide avec mon cousin Charle,
Un simple lycéen, bruyant et réjoui.
Supposez qu'un jeune homme, un étranger me parle,
Je répondrai toujours : « Oui. »

— Gardez-vous-en bien, ma fille.

— Alors je dirai : « Non. »

— C'est aussi dangereux.
— Cependant...

— Non et oui, qu'on croit brouillés entre eux,
Sur des lèvres de femme ont des airs de famille.

— Eh ! que répondre alors?

— Un mot qui ne dit rien.

— Oh! Monsieur! par exemple. Oh! Monsieur! n'est pas grave,
Et, dit d'un air décent, oh ! Monsieur ! fait très bien.
Oh ! Monsieur ! à la tierce. Oh ! Monsieur ! à l'octave.
Avec de jolis saluts.
Que de gens haut placés n'en ont jamais dit plus !

— Merci, maman, me voici bien tranquille.

Je répondrai joujours : « Oh ! Monsieur ! » avec soin.

Et la baronne opère une retraite habile,
En disant : « Ces deux mots ne peuvent mener loin. »

Quelques instants après, la porte s'ouvre encore.
Un valet, qui croyait la baronne au salon,
D'un air très solennel et d'une voix sonore
Annonce : Le vicomte Albert de Monsablon.
Le vicomte est charmant : il a bonne tournure,
De beaux favoris blonds sous des cheveux foncés.
En voyant Berthe seule et ses grands yeux baissés,
Il se donne un instant des airs embarrassés ;
Mais le traître est ravi de la mésaventure.

— Mademoiselle Berthe ! à Paris ! Le hasard
        Me gardait là sa meilleure surprise.
Vous avez pour toujours quitté la robe grise ?
Vous venez apporter dans votre doux regard
La joie à la maison ? Puis-je en prendre ma part ?

— Oh ! monsieur !

                — Je restai, devant vous, cet automne
Muet d'étonnement sans pouvoir dire un mot,
    En retrouvant une grande personne
Grave et belle...

                — Oh ! Monsieur !

                        — J'ai dû paraître sot ?

— Oh ! monsieur !

                — Mais faut-il que cela vous étonne ?
Je vous avais laissée enfant,

      Tout occupée
A revêtir d'un satin triomphant
        Votre poupée.
Vous ne l'habillez plus.

           — Oh! Monsieur!

                 — Que c'est loin!
La poupée aujourd'hui se fane dans un coin.
Vous aurez d'autres jeux, vous aurez d'autres fêtes.
Aimerez-vous la danse?

           — Oh! Monsieur!

                 — Oui, vous êtes
A cet âge où le bal a des enivrements.
        On rêve un mois de sa toilette :
Quelques volants de tulle ou de gaze discrète
D'abord... Dans les cheveux une rose coquette,
Des perles qu'on enroule en des replis charmants,
Et puis une émeraude, une aigrette de flamme,
Des colliers de rubis, — et puis des diamants...

        — Oh! Monsieur!

              — Quand vous serez dame.
Il faut prendre un mari pour porter des bijoux :
C'est un bon procédé que la mode a pour nous.
Mais vous êtes si jeune!

          — Oh! Monsieur!

              — Il me semble
Qu'il est tout près, le temps où nous jouions ensemble
Sous les arbres du parc... Vous en souvenez-vous?

— Oh ! Monsieur !

   — Je vous vois toute petite fille,
Vos longs cheveux bouclés trop lourds pour leur résille,
   Courant sous les grands bois muets,
   Les pieds couverts jusques à la cheville
   De boutons d'or et de bluets.
   Et puis on jouait à la guerre.
     Votre grand frère
   Organisait de superbes combats :
Il était général et nous étions soldats.

— Oh ! Monsieur !

   — Heureux temps ! jours de joie et d'ivresse
   Projets fous, serments insensés !
Comme j'ai le cœur plein de ces bonheurs passés !
Ils m'apparaissent tous, mais voilés de tristesse.

— Oh ! Monsieur !

   — Auront-ils jamais un lendemain ?
Et n'est-ce pas pour vous un souvenir frivole,
Indécis et fuyant comme la luciole
Que l'on a vue, un soir, sur le bord du chemin ?

— Oh ! Monsieur !

   — Mais comment pourrez-vous me comprendre,
Me voyant devant vous, mes yeux dans vos grands yeux,
Enivré d'un bonheur que rien ne saurait rendre,
Lorsque je vous dirai : « Je suis bien malheureux ! »

— Oh ! Monsieur !

   — Oui, vous êtes bonne !

Je lis bien la pitié dans vos yeux attendris :
Et cependant, ma douleur vous étonne.

— Oh ! Monsieur!

— Vous m'avez compris?
Est-ce un rêve? Est-ce vrai? Faut-il que je vous croie?
C'est dans ces moments-là que l'on voudrait mourir.

— Oh! Monsieur!

— Non; le ciel, pour moi, vient de s'ouvrir;
Tout s'éveille en mon cœur, tout chante et tout flamboie.
Berthe, pardonnez-moi, je me croyais plus fort.
Mais cette phrase-là déborde de mon âme :
Voulez-vous être ma femme?

— Oh ! Monsieur!

— Je sais que j'ai tort.
Je n'ai pas suivi le programme:
Il faut que mes parents demandent votre main.
Puis-je attendre huit jours? Puis-je attendre à demain?
Je ne vous veux que de vous-même.

— Oh! Monsieur!

— M'aimez-vous autant que je vous aime?
Non, non, ce serait trop; mais j'attends un aveu.
Berthe, m'aimerez-vous un peu?

— Oh! Monsieur!
Sur ce mot, la porte s'est ouverte;
La baronne s'avance avec solennité.

— Ah! vous trouvez, madame, un homme transporté!
Accordez-moi la main de Berthe.

Hein ! qu'est-ce là ?

          — Je l'aime, et mon cœur affolé...

     — Monsieur, monsieur, pas devant elle.

— Mais elle m'aime aussi !

         — Quoi !

           — Ne sois pas cruelle,

Maman.

      — Vous avez donc parlé ?

— Non, maman... J'ai suivi les leçons à la lettre.
Je les suivrai toujours, je peux te le promettre.
Mais c'est bien effrayant, et je n'ose y penser :
      Pour dire qu'on aime
    Deux mots suffisent... Je crois même
   Que l'on pourrait s'en passer.

FIN DE OH ! MONSIEUR ! ET DU TOME DEUXIÈME.

TABLE

IMPRIMERIE CHAIX, RUE BERGÈRE, 20, PARIS. — 1894-10-92. — (Encre Lorilleux).